大家小书

中国古典小说名作十五讲

宁宗一 著

北京出版集团
北京出版社

图书在版编目（CIP）数据

中国古典小说名作十五讲 / 宁宗一著. — 北京：北京出版社，2023.5
（大家小书）
ISBN 978-7-200-17161-7

Ⅰ. ①中… Ⅱ. ①宁… Ⅲ. ①古典小说—小说研究—中国 Ⅳ. ①I207.41

中国版本图书馆 CIP 数据核字（2022）第 073190 号

总策划：	安 东　高立志	责任营销：	猫 娘
本书选题：	王铁英	责任印制：	陈冬梅
责任编辑：	王铁英	装帧设计：	金 山

·大家小书·

中国古典小说名作十五讲

ZHONGGUO GUDIAN XIAOSHUO MINGZUO SHIWU JIANG

宁宗一　著

出　　版	北京出版集团 北京出版社
地　　址	北京北三环中路 6 号
邮　　编	100120
网　　址	www.bph.com.cn
总 发 行	北京出版集团
印　　刷	北京华联印刷有限公司
经　　销	新华书店
开　　本	880 毫米 ×1230 毫米　1/32
印　　张	10.375
字　　数	166 千字
版　　次	2023 年 5 月第 1 版
印　　次	2023 年 5 月第 1 次印刷
书　　号	ISBN 978-7-200-17161-7
定　　价	58.00 元

如有印装质量问题，由本社负责调换
质量监督电话　010-58572393

总　序

袁行霈

"大家小书",是一个很俏皮的名称。此所谓"大家",包括两方面的含义:一、书的作者是大家;二、书是写给大家看的,是大家的读物。所谓"小书"者,只是就其篇幅而言,篇幅显得小一些罢了。若论学术性则不但不轻,有些倒是相当重。其实,篇幅大小也是相对的,一部书十万字,在今天的印刷条件下,似乎算小书,若在老子、孔子的时代,又何尝就小呢?

编辑这套丛书,有一个用意就是节省读者的时间,让读者在较短的时间内获得较多的知识。在信息爆炸的时代,人们要学的东西太多了。补习,遂成为经常的需要。如果不善于补习,东抓一把,西抓一把,今天补这,明天补那,效果未必很好。如果把读书当成吃补药,还会失去读书时应有的那份从容和快乐。这套丛书每本的篇幅都小,读者即使细细地阅读慢慢地体味，也花不了多少时间，可以充分享受读书的乐趣。如果把它们当成补药来吃也行，剂量小，吃起来方便，消化起来也容易。

我们还有一个用意，就是想做一点文化积累的工作。把那些经过时间考验的、读者认同的著作，搜集到一起印刷出版，使之不至于泯没。有些书曾经畅销一时，但现在已经不容易得到；有些书当时或许没有引起很多人注意，但时间证明它们价值不菲。这两类书都需要挖掘出来，让它们重现光芒。科技类的图书偏重实用，一过时就不会有太多读者了，除了研究科技史的人还要用到之外。人文科学则不然，有许多书是常读常新的。然而，这套丛书也不都是旧书的重版，我们也想请一些著名的学者新写一些学术性和普及性兼备的小书，以满足读者日益增长的需求。

"大家小书"的开本不大，读者可以揣进衣兜里，随时随地掏出来读上几页。在路边等人的时候，在排队买戏票的时候，在车上、在公园里，都可以读。这样的读者多了，会为社会增添一些文化的色彩和学习的气氛，岂不是一件好事吗？

"大家小书"出版在即，出版社同志命我撰序说明原委。既然这套丛书标示书之小，序言当然也应以短小为宜。该说的都说了，就此搁笔吧。

要把名著读到这种程度

来新夏

著名学者、中国文学史家宁宗一先生,先后任教于南开大学中文系和东方艺术系,以精研古代小说、戏曲蜚声学坛。著述繁富,颇多创见,嘉惠后学者甚众。先生与我相识逾一甲子,而交谊之进展,当分二阶段。前三十年,大氛围紧张,人多谨言慎行,即使擦肩而过,亦仅颔首致意,类君子之交,其淡如水,而宁先生才名,则心仪已久。后一阶段稍呈宽松,彼此又在同一宅区前后楼,衡宇相望,于是交往日密,交谈亦少顾忌。先生少我八岁,而识见之精,谈吐之雅,风姿潇洒,令人神往。继而家庭生活,个人隐私,皆能心心沟通。甚至彼此互为作品写序,交换著作,倾吐积愫,几于无话不谈。20世纪80年代,宁先生与时俱进,学术研究更展新猷——着重探索经典文本审美化以及心灵史意义等课题,颇见进益,成《心灵文本》《倾听民间心灵回声》等著作，使中国古代文学史研究一新面目。

我行年九十，精力见衰，有请序者多婉拒。唯宁先生既为数十年之多闻友，时相切磋，难吝笔墨；今又读其书，虽老悖驽钝，或尚有愚者一得，乃就读书所得点滴，略择一二，敷衍成文，聊以塞责。

小说、戏曲为中国古代文学史之主要构成，迨至元、明、清各代。其时二者已呈主流之势，其研究者夥颐。我亦曾浏览涉猎多人论述，不乏佳作，而能立足美学，触及心灵，辨析考镜，以深入原著精髓者，则殊属少见。宁先生之所以能有此见识者，盖以少承家学，长而受李何林、王玉章、华粹深、许政扬诸名师指点，加以天资聪慧，好学勤奋，每有研读，辄从原著入手，结构个人文脉，独立思考，比较印证，铸成卓见特识。其引据征信，犹约略可见乾嘉诸老流风余韵。其著述之能超越群伦者，实缘多年深研潜究所致也。

宁先生晚年精心之作多为古典小说，其思路、行文不逊往昔。其著作多以心灵史观点为核心，多层次、多侧面、多角度展示其回归心灵之理念。所论小说部分自《莺莺传》始，经明代"四大奇书"，下至《儒林外史》《红楼梦》诸作，无不运其庖丁解牛之刀，鞭辟入里地揭示各书作者多为心灵雕刻之巨匠，而小说文本皆为作者心灵之投影。其于《金瓶梅》，既不斤斤于考证作者笑笑生之生平，更不屑一顾世俗谩言《金瓶梅》为诲淫之作，而是深入发掘作者对中国小说之美学贡献以及纵观明代小说审美意识之演变。论《红楼梦》则不同于一般论述，而定格为曹雪芹的心灵自传，言《红楼梦》既是一首青春浪漫曲，也是充满悲凉慷慨之挽诗，更是别创新意。

宁先生年逾杖朝，犹笔健如此，学术生命当不可期。今见此扛鼎之作，能不令人咋舌羡慕？设非学殖深厚，曷克臻此？宁先生之所以在学术上能老而不衰，稍加分析，即可知其得益于凡研究探索皆从原著切入，直奔心灵，并身体力行以求其效。其研讨审美化心灵史诸作，乃宁先生汇聚一生心血之最新成果，是将学术性、赏鉴性、可读性融为一体之佳著，而其内涵深厚，文笔条鬯，尤能引人入胜。反复循读，耐人寻味，不禁令老叟为之汗颜拜服。

我与宁先生虽已进高年，而笔耕不辍之念犹存，虽来日苦短，但桑榆未晚，心灵时有激荡。我愿与宁先生携手共进，奋力为所处时代做出应有之贡献。至望诸友督察之。是为之序！

2012年7月

写于南开大学邃谷

行年九十岁

目 录

001 / 绪论：为什么经典名著值得反复品读

013 / 心灵的辩证法
　　——我读《莺莺传》

037 / 考据，不应该遮蔽审美视线
　　——读陈寅恪的《读〈莺莺传〉》

041 / 镂心刻骨的痴情
　　——读《碾玉观音》随想

056 / 政治史的战争风俗画卷
　　——浅论《三国演义》

077 / 《水浒传》的民族审美风格

099 / 智慧的较量
　　——读《西游记》

122 / 笑笑生对中国小说美学的贡献

——评《金瓶梅词话》

167 / 重读《金瓶梅》断想

174 / 艺术与道德并存

——读《聊斋志异·西湖主》随想

187 / 动人魂魄

——读《聊斋志异·促织》随想

199 / 一位古代小说家的文化反思

——吴敬梓对中国小说美学的拓展

219 / 喜剧性和悲剧性的融合

——《儒林外史》的实践

245 / 寂寞的吴敬梓

——鲁迅"伟大也要有人懂"心解

248 / 心灵的绝唱

——《红楼梦》论痕

258 / 面对大师的心灵史

——走向世界的《红楼梦》

277 / 综论：明清时期小说观念更新的宏观考察

296 / 编后絮语

绪论：为什么经典名著值得反复品读

我们喜欢说，经典名著是说不尽的。但是，人们总要追问，何谓经典？哪些是经典？哪些才是名著？经典和名著是怎样确立的？又是什么时候被确认的？这些，自然是见仁见智了。然而我们又不能不对经典的含义寻找出一种共识。

在关于经典的多重含义下，我想经典当是那些真正进入了文化史、文学史，并在文化发展过程中起过重大作用、具有原创性和划时代意义以及永恒艺术魅力的作品。它们往往是一个时代、一个民族历史文化最完美的体现，按先哲的说法，它们是"不可企及的高峰"。当然，这不是说它们在社会认识和艺术表现上已经达到了顶峰，只是因为经典名著往往标志着文化艺术发展到了一个时代的最高表现力，而作家又以完美的艺术语言和形式把身处现实的真善美与假恶丑，以其特有的情感体验深深地镌刻在文化艺术的纪念碑上，而当这个时代一去不复返，其完美的艺术表达和他的情感意识、体验以至他们对自己时代和现实认识的独特视角，却永恒地存在而不可能被取代、被重复和被超越。

一、经典名著是一个民族的心灵史

我们不妨拿出几部人们再熟悉不过的经典小说文本，说明它们是如何从不同的题材和类型共同叙写了我们民族心灵史的。比如，《三国演义》并非如有的学者所说是一部"权谋书"。相反，它除了给人以阅读的愉悦和历史启迪以外，更是给有志于"王天下"者倾听的英雄史诗。它弘扬的是：民心为立国之本，人才为兴邦之本，战略为胜利之本。正因为如此，《三国演义》在雄浑悲壮的格调中弥漫与渗透着的是一种深沉的历史感悟和富有力度的反思。它作为我们民族在长期的政治和军事风云中形成的思想意识和感情心态的结晶，对我们民族的精神文化生活产生过广泛而深远的影响。

看《水浒传》，我们会感到一种粗犷刚劲的艺术气氛扑面而来，有如深山大泽吹来的一股雄风，使人顿生凛然荡胸之感。刚性雄风，豪情惊世，不愧与我们民族性格中阳刚之气相称。据我所知，在世界小说史上，还罕有这样倾向鲜明、规模宏大的描写民众抗暴斗争的百万雄文，它可不是能用一句"鼓吹暴力"简单评判的小说。

《西游记》是一部显示智慧力量的神魔小说。吴承恩写了神与魔之争，但又绝不严格按照正与邪、善与恶划分阵营。它揶揄了神，也嘲笑了魔；它有时把爱心投向魔，又不时把憎恶抛掷给神，并未把挚爱偏于佛、道任何一方。在吴承恩犀利的笔锋下，宗教的神、道、佛，从神圣的祭坛上被拉了下来，显现了它的原形。《西游记》不是一部金刚怒目式的小说，讽刺和幽默这两个特点贯穿全书，我想，只有心胸开朗、热爱生活的人，才会流露出这种不可抑制的幽默感。应当说，吴氏是一位温馨的富于人情味的人文主义者，他希望他的小说给人间带来笑声。

《金瓶梅》则并不是一部给我们温暖的小说。冷峻的现实主义精神，使灰暗的色调一直遮蔽和浸染全书。这位笑笑生的腕底春秋，展示出明代社会的横断面和纵剖面。它不同于《三国演义》《水浒传》《西游记》那样以历史人物、传奇英雄和神魔为表现对象，而是以一个带有浓厚的市井色彩、从而同传统的官僚地主有别的恶霸豪绅西门庆一家的兴衰荣枯的罪恶史为主轴，借宋之名写明之实，直斥时事，真实地暴露了明代中后期社会的黑暗、腐朽和不可救药。作者第一个引进了"丑"，把生活中的否定性人物作为主人公，直接把丑恶的事物剖析给人看，展示出冷峻的真实。《金瓶梅》正是以过人的感知力和捕捉力，及时反映出明代中后期现实生活中的新矛盾、新斗争。它可不是它之前的小说只是时代的社会奇闻，而是那个时代的社会缩影。

《儒林外史》在当时的小说界也是别具一格，使人耳目一新。吴敬梓在小说中，强劲地呼唤人们在民族文化中择取活力不断的源泉，即通过知识分子群体的、批判的自我意识，来掌握和发扬我们民族传统的人文精神；另一方面，把沉淀于中国

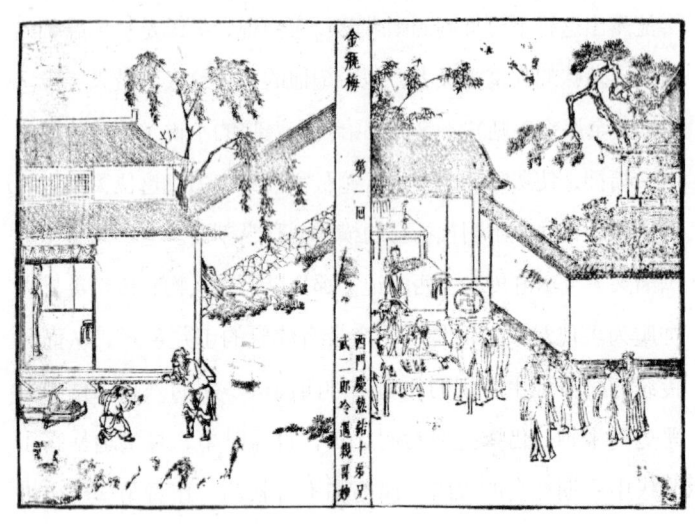

《新刻绣像批评金瓶梅》第一回插图

知识分子的文化—心理结构中没有任何生命力的政治、社会和文化形态——八股制艺和举业至上主义——特别是那些在下意识层面还起作用的价值观念加以扬弃,从而笑着和过去告别。

正如鲁迅先生所说,《红楼梦》一经出现,就打破了传统的思想和手法。曹雪芹的创作特色是自觉偏重于对美的发现和表现。他更愿意诗意地看待生活,这就开始形成他自己的优势和特色。而就小说的主调来说,《红楼梦》既是一支绚丽的燃烧着理想的青春浪漫曲,又是一首充满悲凉慷慨之音的挽诗。《红楼梦》写得婉约含蓄,弥漫着一种多指向的诗情朦胧,这里面有那么多的困惑,那种既爱又恨的心理情感辐射,常使人陷入两难的茫然迷雾。但小说同时又有那么一股潜流,对于美好的人性和生活方式,如泣如诉的憧憬,激荡着要突破覆盖着它的人生水平面。小说执着于对美的人性和人情的追求,特别是对那些不含杂质的少女的人性美感所焕发着和升华了的诗意,正是作者审美追求的诗化的美文学。比如,进入"金陵十二钗"正、副、又副册的红粉丽人,一个一个地推到读者眼前,让她们在大观园这座人生大舞台上尽情地表演了一番,然后又一个个地给予她们以合乎人生逻辑的归宿,这就为我们描绘出令人动容的悲剧的美和美的悲剧。

《红楼梦》乃是曹氏的心灵自传。恰恰是因为他经历了人

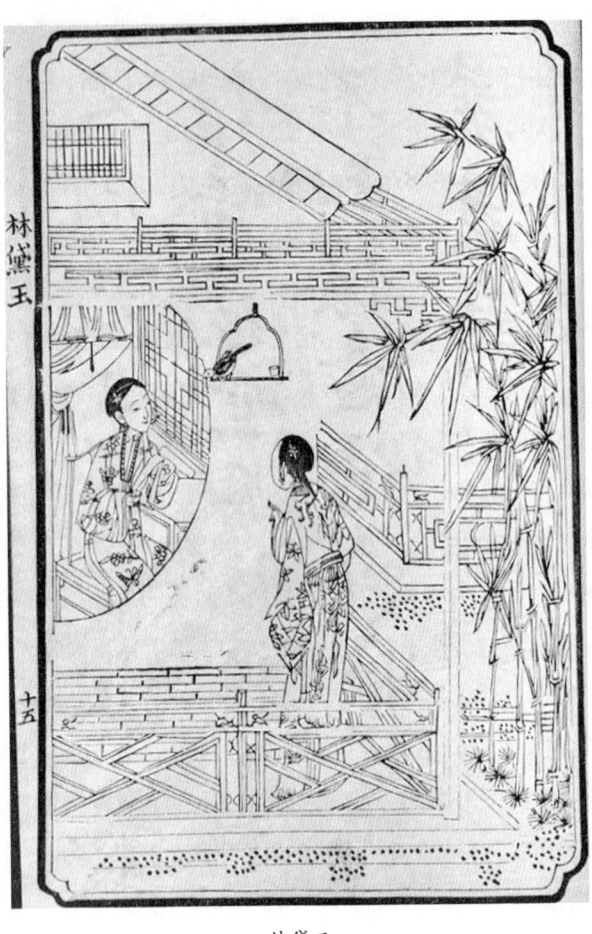

林黛玉

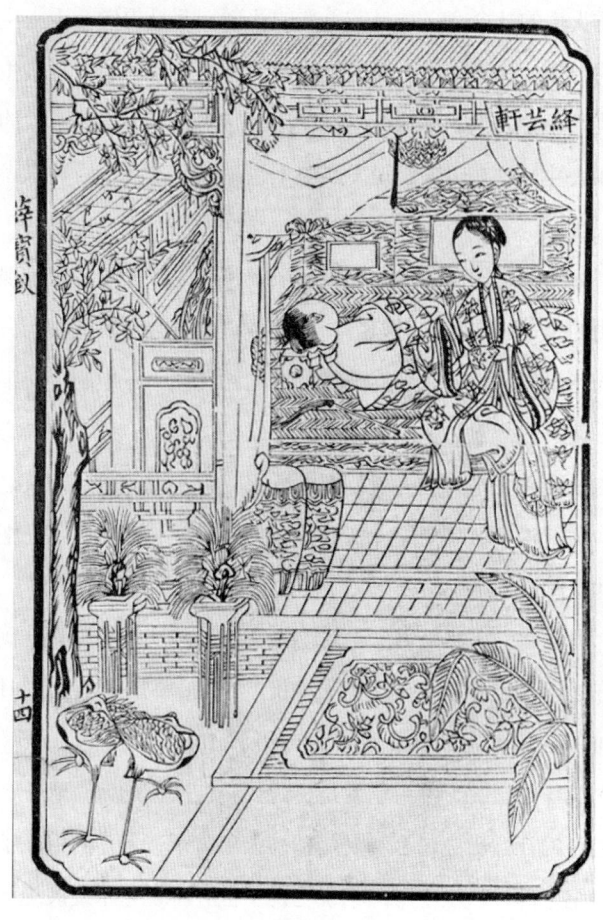

薛宝钗

生的困境和内心的孤独后,才对生命有了深沉的感叹,他不仅注重人生的社会意义,是非善恶的评判,而且更倾心于人生遭际的况味的执着品尝。曹氏已经从写历史、写社会、写人生,到执意品尝人生的况味,这就在更深广的意义上表现了人的心灵和人性。这在中国小说发展史上也是前无古人、后启来者的巨大超越。

从民族美学风格的形成角度来观照,《红楼梦》已呈现为鲜明的个性、内在的意蕴与外部的环境相互融合渗透成同一色调的艺术境界,得以滋养曹雪芹的文化母体——中国传统丰富的古典文化。对它影响最深的,不仅是美学的、哲学的、心理学的,而首先是诗的。我们把它称之为诗小说,或曰诗人之小说,《红楼梦》是当之无愧的。我们可以说《红楼梦》已把章回体这种长篇小说的独立文体推进到了一个崭新的阶段。

写至此,深感鲁迅先生对小说文体及其功能界定之准确。他在《近代世界短篇小说集·小引》一文中说,小说乃"时代精神所居的大宫阙"(见《三闲集》)。信哉斯言!从《三国》至《红楼》,都可以说是"时代精神所居的大宫阙",它们包容的社会历史内容和文化精神太丰富了,于是它们成了一座座纪念碑,一座座中国小说史乃至世界小说艺术发展史上的里程碑。后人不仅从中得到了那么多历史的、审美的认知,而且对它们包含的文化意蕴至今也未说尽。随着人们感知和体验的加深、审美力的提高，它们是永远说不尽的。一切经典名著的真正魅力也正在于此。何谓经典，在这里也就得到了最有力的证明。

另外，我国古典诗词，从《诗三百》《楚辞》到李杜、苏辛；散文从庄周到韩柳；戏曲从十大悲剧到十大喜剧，其中不乏经典名篇，几乎都是一座座永难挖掘尽的精神文化矿藏，其历史的深度和文化反思的力度，特别是它们的精神层面的底蕴，值得我们不断品味其中的神韵。所以，传世之经典名著和所谓热门的、流行的、媚俗的畅销书不是同义语，也绝不是在一个等次上。

二、在反复阅读中建立自己的精神世界

经典名著的阅读同样是一个值得深入思考的问题。之所以初读经典与重读经典、浅读经典与深读经典，不仅仅是因为这些经典名著已经过时间的淘洗和历史的严格筛选，本身的存在证明了它们的不朽，因而需要反复地阅读；也不仅仅是因为随着我们人生阅历的积累和文学修养的不断提升而需要重读、深读、精读，以获得新的生命感悟和情感体验。这里说的经典阅

读，乃是从文化历史发展过程着眼的，仅就我们个人亲身感知，僵化的形而上学只会给经典名著带来太多的误读和谬读。比如那机械刻板的经济决定论，使我们阅读名著时，到处搜罗数据以理解时代背景；而解析文本时，只要一句"阶级局限"也可成为万能的标签，从而夺走许多传世之作鲜活的生命。至于那个"通过什么反映了什么"的万古不变的公式，更是死死套住了人们的阅读思维。就是在这种被扭曲了的阅读心态下，使我们对传统文化中的经典名著产生了太多太多的误解。

改革开放，思想解放，冲破禁区，经典名著重印，给读书界带来了前所未有的生气。然而，这里仍然存在一个阅读和重读以及如何重读经典的问题。不可否认，经典对一些读者而言也许只是被知晓的程度：或只限于了解书名和主人公的名字，对作品本身却知之甚少；或即使读过，也只是浅尝辄止。而重读或深阅读却绝非"再看一遍"，也非多看几遍。如果仅仅停留于"看几遍"，那可能只是无用的重复。重读的境界应当像意大利作家伊塔洛·卡尔维诺在《为什么读经典》一书中所言：经典，是每次重读都像初读那样带来新发现的书；经典，是即使我们初读也好像是在重温的书。这位作家是用这种体会来解释何谓经典的，但同样道出了阅读经典的感受。它启示我们，初读也好，重读也好，都意味着把经典名著完全置于新的阅读空间之中，即对经典进行主动的、参与的、创造性的阅读。换言之，在打开名著那不朽的超越时空的过程中，建立起自己的阅读空间。而这需要的，是营造一种精神氛围，张扬一种人文情怀，也许只有这样才能感受到一种期望之外的心灵的撼动。

事实是，读书是纯个体活动。我们读一本书，读得再深再透也只是个人的视角和体验。而一部经典名著，当然不是给一个人、一群人看的，而是无数个人都会读它，这就会有千千万万种不同的读法，不同的心灵体验。在阅读这个领域倒不妨借用这句名言：独立之精神，自由之思想。所以，当你跳出传统阅读的思维模式和话语圈子，你才会明敏地发现一个个既在文本之外又与文本息息相关的阅读事实。因此开辟多向多元多层次的思维格局，培育自身建设性的文化性格，是我们在面对经典名著时必须要有的一种健康的阅读心态。

文化传统是一个国家的灵魂。作为传统文化的核心的经典，则是一个民族、一个国家的灵魂，对它的核心价值应深怀敬畏之心。经典资源除具有培养审美力、愉悦心灵之功能以外，还葆有借鉴、参照、垂范乃至资治的社会文化功能。对于每个公民来说，经典名著在我们以科学的现代意识观照下，其内涵必有启迪当代公民明辨何为真善美，何为假恶丑，何为公正,何为进步与正义之功能,并从中汲取力量,有所追求,有所摒弃,有所进取。印象中有位当代作家谈到阅读名著的感受,他认为阅读进入了敬畏,那阅读便有了一种沉重和无法言说的尊重,便有了一种超越纯粹意义上的阅读的体味和凝思,进而有了自卑,深感自己知识的贫乏,对世界和中国历史竟那样缺少骨肉血亲的了解。我想,这就是经典的力量!

当然,事情还有另一面,那喧嚣和浮躁的风气,以及商业因子竟然太多地渗入到阅读世界。人们不妨看看大大小小的书店里那"经典"的盛况:"经典小说""经典美文""经典抒情诗"……可以说滥用"经典"之名已然成风;而琳琅满目、五花八门的"解读"也随风而生。这种功利虚幻症的蔓延,令人感叹。

今天,我们呼唤阅读经典名著,乃是一种文化上的渴望。在商业大潮和浮躁的氛围下,我们更需要精神的滋养、心灵的脱俗。李渔说:"毒气所钟者能害人,则为清虚之气所钟者,其能益人可知矣。"物质产品如此,精神产品当然更是这样。文学艺术是最贴近人类灵魂的精神产品。我们的使命是把阅读看成生命的一部分,因为阅读经典名著已经进化成了我们生命的一种欲望。

心灵的辩证法
——我读《莺莺传》

从"第一次印象"谈起

对于文艺爱好者来说,可能都有过这样的欣赏经验:读一篇文学作品(特别是那些叙事类作品)的第一印象,往往会成为今后对这篇作品进行抑扬褒贬和审美判断的一个十分重要的关键。这也许是因为,对于读者来说,每篇作品只可能有一个"初次印象"。这如同一个人第一次看到一个性格特异的人,听到一个新鲜的故事,看到一件别致的事物,对他来说这一切都是新鲜的。这个珍贵的新鲜感,在以后第二次、第三次的阅读中有时反而会淡漠了。这一规律常常出现在文艺鉴赏者的精神活动中。

我不能忘记第一次读元稹《莺莺传》时那种耳目一新的新

奇之感。但那初次的印象，却又是一种很复杂的感受：它的文体是那样简约明澈、清新隽美，而且在那轻淡的描述里，有着一种自始至终强烈地拨动着人们心灵的琴弦（就是这一点也足以与白行简的《李娃传》和蒋防的《霍小玉传》等相媲美）。可是，传奇中作家借人物之口的告白和小说的形象内容本身的矛盾却又使人深感困惑：张生用情不专、负心背义抛弃莺莺，是封建社会背景下产生的行为，然而这"始乱之，终弃之"的行为不仅不视为薄幸残忍，反而被认为这样做是"善补过"。莺莺的悲剧确实是概括了历史上许多受封建礼教约束和轻薄少年遗弃的善良少女的共同命运，然而这样的少女为什么竟被诬为"不妖其身，必妖于人"的"妖孽"，而且还是出于曾经狂热地追求过她的人之口？总之，这篇小说给人们的最初印象就像是一支旋律和谐优雅的乐曲，在收煞时突然发出了使人难以忍受的噪声，或是像一出哀怨凄绝的悲剧，在凝聚和升华到崇高美的境界时骤然掺进了某种笑剧的因素，而破坏了整个作品的情调。

现在，虽然已经是时过境迁了，可那"两重性"的初次印象依旧是萦回脑际，而且似乎还在执拗地支配着自己的审美感情。但是，令我最触绪牵情的仍然是莺莺这个悲剧人物的命运。这说明，真正强有力的、作用于读者感情的还是作品提供的美的艺术形象。事实上《莺莺传》这篇小说的主体和真正的审美价值，不论我们愿意不愿意，只能是关于女主人公莺莺一生的故事。因此，如果贬低莺莺在小说中的地位，而只看重其他部分（诸如用抉隐索微的方法去考证张生是不是元稹，莺莺是不是出身高门甲族），那就无异于大观园中少了贾宝玉，《空城计》中没了诸葛亮。现在，我们如果调转角度，不是首先抓住小说对社会现象的某些零星的暴露或影射，以及那苍白无力的说教，而是从女主人公的悲剧和性格的角度来看，那么《莺莺传》的全貌才会真正呈现在我们面前。

看来我们的任务应当是努力遵循形象思维的规律，从莺莺这一形象完整的艺术创造，从这一人物典型的全部结构来进行美学分析。

"性格就是命运"[①]

记得《歌德谈话录》说："艺术的真正生命正在于对个别特殊事物的掌握和描述。此外，作家如果满足于一般，任何人都可以照样模仿；但是如果写出个别特殊，旁人就无法模仿，因为没有亲身体验过。……每种人物性格，不管多么个

---

① 德国浪漫主义诗人诺瓦利斯语。

别特殊，每一件描绘出来的东西，从顽石到人，都有些普遍性。"《莺莺传》所描写的故事和人物之所以能够激起读者的共鸣，正是写了"个别特殊"，并且生动地表现在人物刻画上。崔莺莺是唐代传奇小说人物画廊里具有独特命运和性格的人物。她既不同于出身低贱而最后还是跨进了名门望族的李娃；也不同于被抛弃后饮恨而终，仍然燃烧着复仇火焰的霍小玉；而是一个出身上流社会的少女，在经过内心的重重矛盾，勇敢地冲破了封建礼教的精神桎梏以后，却被一个用情不专、负心薄幸的人所抛弃。这个爱情故事就是如此简单，而且读者不难发现，这是中外古今许多不怎么高明的爱情小说中反复出现过的情节。这要让一个生活阅历浅薄和艺术腕力不足的作者来处理，很容易落入俗套。然而作为小说家的元稹却完全采取了独辟蹊径的艺术处理，或者说作者找到了描写莺莺命运和性格的特异的角度和色调，从而谱写了一曲凄恻的恋情哀歌，一首深沉哀怨的诗。

我们知道，作家研究的对象是人和人的灵魂。文艺创作是探索和塑造人的心灵的劳动。在生活中，人之"情"是丰富多彩、千差万别的，也是探之不尽、索之无穷的。艺术中性格的创造，其要点正在于通过特定的社会关系，去捕捉、剖析人物感情世界的独特性，由此刻画和揭示黑格尔所说的"这一个"

人物特定的社会内涵及其心灵的历程。莺莺这一艺术形象为什么能够这样深入人心,也许我们最先想到的是爱情,悲剧的爱情。《莺莺传》的独创性在于,它不是孤立地、静态地去描写莺莺的爱情生活,而是在动态的流程和感情的流程中,揭示她的内心美。在这里我以为至少有以下两点值得注意:一是从爱情的特定性出发,表现得有特色;二是把爱情描写作为整篇小说的创作视角——揭示人物的美的灵魂的组成部分来对待。

且看莺莺表达爱情的方式吧。莺莺出身名门望族。我们民族文化的精神传统,特别是优秀的中国古典诗歌,把丰神灵秀的莺莺塑造得很美,因此,莺莺给予我们的深刻印象是一个诗人气质的少女,或者说,是一个女性气质的诗人。加之封建礼教的熏陶,赋予她举止端庄、沉默寡言的大家风范。因此她初见张生,采取的态度是矜持的、防卫的,不轻易暴露自己的内心秘密,像是怕受伤害似的。然而,莺莺灵魂深处却燃烧着青春的烈火,有所向往,也有所追求,经常以诗言情,属文吟咏,寄托自己这种潜藏着的思绪。莺莺这种性格特点和内心矛盾,她的贴心丫头红娘最为了解。她曾对张生介绍过:"崔之贞慎自保,虽所尊不可以非语犯之……然而善属文,往往沉吟章句,怨慕者久之……"初见张生虽"双脸销红",羞于应对,却由于"怨慕者久之",在面对眼前这位"性温茂、美风

崔莺莺像

"容"的年轻书生时,自然产生美好的印象。张生的《春词》二首,又使她看出了张生才情富赡,"才"与"貌"一经结合,"怨慕"久之的莺莺,开始萌发了对张生的感情。这时的莺莺第一次尝到了爱情的喜悦,她突然感到灵魂进入了一个新奇的自由的境界,终于鼓起了回诗约会的勇气。然而她毕竟是未经世面的纯真的少女,一旦张生真的出现在她的眼前,她感到十分惊惧,居于她头脑中的封建意识以她也意识不到的状态出来活动了。难堪的局面应该怎样收拾呢?倾诉衷情,私订终身，一时她又不敢（更何况红娘就在自己身边）；不关痛痒地虚以应对，又难以表达"怨慕"之情。这时她采取了完全违反自己初衷的行动，"斥责"张生"非礼之动"。正因为莺莺"大数"张生，只是一种爱而却惧的心理反应，所以过后思量，她又惧而更爱，终于主动地投到张生的怀抱里去，而"曩时端庄，不复同矣"。小说抓住莺莺内心中情与礼的矛盾，采取层层递进的情节结构，一层深一层地揭示了这个少女情感波澜中的心灵美。

这样，在我们面前出现的莺莺形象，她的性格特征就表现为：单纯之中寓有丰富，柔美中寓有坚韧。她由一个上流社会的少女而成为一个封建礼教叛逆者的心灵历程，是令人信服的，是那个时代出身于贵族家庭的青年人坎坷道路的合乎逻辑的发展。她走的道路是自己选择的，是她所独有的。一句话，是"崔莺莺式"的"这一个"。

元稹不愧为一个心灵探索者。由于他使自己的人物回到了真实的生活环境、真实的生活状态和心理状态中来，所以他才能掌握住人物的"心灵辩证法"。[①]作家没有掩饰由于出身、

---

① 车尔尼雪夫斯基语，见《古典文艺理论译丛》第五册，人民文学出版社1963年版，第161页。

教养、环境给莺莺带来的内心矛盾和性格弱点。他只是写出了一个上层社会出身的叛逆女性，而且在爱情之外，诸如生活道路等重大问题上，她也并没有叛逆封建主义的规范。所以元稹真正杰出之处，正在于一千多年前，他就已经敏锐地观察到和捕捉住出身于封建上层家庭的少女在反抗传统的旧礼教时的内心冲突过程，并加以典型的概括。

如果说《莺莺传》从爱情的特定性出发，恰到好处地表达了一个少女的情怀，而且描绘得那么真实、准确、别具特色，

莺莺听琴

那么小说更为重要的贡献还在于它成功地写了一个人的命运,一个人的遭遇。它是通过人的命运、人的遭遇而展现了人物的高尚情操和精神美的。

所谓人的命运,不过是一个人所经历的生活和思想历程。莺莺正是带着自己命运的独特轨迹和心灵上的鲜明印痕而出现的。小说在写到莺莺和张生结合以后,着意向着人物的灵魂深处掘进。当崔母发现木已成舟,只好"因欲就成之"。莺莺却敏感地发现张生对她若即若离,她痛苦地预感到了"始乱终弃"的威胁。面对这种威胁,她的心情异常复杂,有热爱,有惆怅,有痛楚。她用自己的柔情和劝告,来表示对张生的忠诚。她是这样剖白心曲的:

> 始乱之,终弃之,固其宜矣。愚不敢恨。必也君乱之,君终之,君之惠也。则没(一作"殁")身之誓,其有终矣,又何必深感于此行?然而君既不怿,无以奉宁。君常谓我善鼓琴,向时羞颜,所不能及。今且往矣,既君此诚。

这里既有热切的期望,坦诚的吐露,聪明的暗示,又有难以言状的苦衷,情意是缠绵的。她并不回避即将和张生诀别时那令人心碎的痛苦,这就更反衬出她克制这种痛苦的精神力量。那宁静、深沉的絮絮情语也就更反衬出她的心情奔涌、情如火炽。这是一幕表面平静、内心激越、外冷内热的"戏",同时,它又是何等绘形传"情"的笔墨啊!

像莺莺这样一个聪明、敏感、感情纤细的少女,却被命运抛到那样一种难堪的境地,千百种的不公平,对她的敏感的神经尤其不能容忍。在那礼教吃人、恶俗浇漓的社会,一个人的精神越丰富,就越是痛苦,正如契诃夫所说,越是高尚,就越不幸福。坚定的爱情,不仅没有使莺莺自己得到幸福的可靠保证,而是在心里带来了更多的动荡和不安。她实际上已经接触到中国封建时代的一个痛苦的道理:爱情和结婚本是漠不相关的两回事;她可以把整个生命交给爱情,但是却不能把婚姻交给自己。

莺莺这个人物刻画得成功之处还表现在写出了她的性格的转变。张生在长安"文战不胜","赠书于崔"。这又使得对爱情专一、执着的莺莺感动至极。她立即寄物喻志,并且写了那封情词感人的长信,表达她忠于盟誓,志坚"如环不解"。莺莺又一次向张生捧出一颗赤诚的心,他们的爱情又有一次,也是最后一次成功的机会。但是负心又变得冷酷的张生,十分轻易地就把这次机会放弃了。他一年多不给莺莺音信,遂使莺莺断绝了一切念头,不得不"委身于人"。悲剧终于发生了。

在整个事态发展中,主人公莺莺的情感路程和心灵的轨迹都是清晰的。如果说,莺莺在和张生初恋时是用热恋的眼光望着他,却不能以理智的心灵来观察他,草率地走错了一步,从而造成了巨大的不幸,那么一经发现张生决意遗弃她,使她再度陷入痛苦与绝望,她便下定决心,毅然离开了他,并拒绝张生求见,以表示她的不平和哀怨。应当看到,莺莺的觉醒是付出了代价的。作者写出了莺莺这样一个经过内心的痛苦折磨而最后觉悟了的灵魂,以及造成这种爱情悲剧的个人心理因素。

长期以来,对莺莺性格的评论中有一种倾向,认为莺莺是一个怨而不怒、逆来顺受的人物,比如游国恩等先生主编的《中国文学史》就说:"当她意识到张生将要抛弃她时,却无力起来斗争,只能自怨自艾,听凭命运摆布。"①张友鹤选注的《唐宋传奇选》也认为"她不是振振有词地向张生提出责难,而只是一味哀恳,希望他能够始终成全。只有怨,没有恨,这是阶级出身、封建教养带给她的局限性"。②我过去多少也曾是这样看的。现在仔细想想,不是没有问题。其实,根据莺莺感情发展脉络来看,特别是通过莺莺命运的一起一落,

---

① 游国恩、王起、萧涤非、季镇淮、费振刚主编:《中国文学史》第二册,人民文学出版社1963年版,第203页。

② 张友鹤选注:《唐宋传奇选》,人民文学出版社2007年版,第111页。

我们不难看到莺莺性格的另一面。当张生要求相见,"崔终不为出","竟不之见"。这是作者为我们打开的莺莺心灵的又一扇窗子,它让我们透视到,在莺莺柔弱的外表里,包含着一个刚强的灵魂。对张生的"竟不之见",实际上是一次极为微弱的报复,一个她可能采取的小小惩罚。然而这在莺莺的性格里毕竟是一个意想不到的转折。至于那首赠张生的诗也应作如是观,请看:

> 弃置今何道,当时且自亲。
> 还将旧时意,怜取眼前人。

这里明白无误地道出:是你抛弃了我,那么现在还有什么可说的!但是,当时是你自己亲近我的。我奉劝你把过去那种对我的情意,去爱你现在的爱人吧!这首诗,哀中有怨,怨而不馁,既含蓄,又蕴藉,并且颇有讽喻意味。

诚然,乍看起来,小说的情绪似乎是低了些,哀伤了些,但我们不能简单地把《莺莺传》看成是一曲被遗弃者的悲歌。因为它在现实的写照背后,提出了一个新的价值标准,提出了人格和精神美的问题。它通过莺莺的形象写出人的感情和尊严的不可辱和不可犯,深邃激越地控诉了践踏人的精神是一种犯罪。莺莺正是不惜一切代价保持了自己一个少女的人格和尊严。这一切可能是元稹创作这篇小说时始料不及的吧!

"感人心者,莫先乎情"

诉诸情,工于表现人的内心生活,赋予艺术形象以独特的生命,是《莺莺传》这篇小说另一艺术特色。

"情"是艺术的灵魂。任何一篇文学作品,不写出人物的巨大的感情潮汐,就别想打动读者的心。元稹的贡献就在于他敢于把自己的艺术触角向人的感情领域伸展、发掘、开拓,让小说形象浸润着人性美和人情美。从这一角度来说,《莺莺传》是为我们最早地打开了又一个崭新的艺术视野的小说。

作为小说家的元稹在表达感情上做了独特的艺术追求:他采用了书信体这种易于抒发感情的形式。莺莺致张生的信占全部小说六分之一的篇幅。作家别出心裁地以"信"的形式来描绘莺莺的心灵世界,有利于细致地剖析人物的命运,也是深刻揭示人物的内在感情的有效方式。这一新巧的艺术构思在我们翻遍唐人小说以后才发现它是绝无仅有的一篇。应当说这是我国小说艺术史上的一个崭新现象。据笔者所知,采用书信体的形式剖析少女爱情心理的,最成功也最有影响的是19世纪俄国伟大诗人普希金的诗体小说《叶甫盖尼·奥涅金》①中达吉雅娜给奥涅金的信。俄国文学批评家别林斯基曾对此信进行过专门的评论,并指出:当达吉雅娜的信在《奥涅金》第三章上发表之后,"立即疯魔了俄国的广大读者",并且认为这是"披露一个女人内心的最高典范"。②看来,"信"确实是一种把情抒得更深、意达得更明的手段。

现在我们把莺莺的信和达吉雅娜的信做一番比较,那将是很有意思的。

莺莺的信:

> ……自去秋以来,常忽忽如有所失。于喧哗之下,或勉为语笑,闲宵自处,无不泪零。乃至梦寐之间,亦多感咽离忧之思。绸缪缱绻,暂若寻常,幽会未终,惊魂已断。虽半衾如暖,而思之甚遥。一昨拜辞,倏逾旧岁。长安行乐之地,触绪牵情。何幸不忘幽微,眷念无斁。鄙薄之志,

---

① 普希金的诗体小说《叶甫盖尼·奥涅金》,描写的是当时一个贵族青年奥涅金深深感到上流社会社交活动的空虚、无聊,于是离开首都,来到乡间,他拒绝了外省地主女儿达吉雅娜的爱情。当他漫游全国后回到彼得堡又遇见达吉雅娜时,她已成为社交界的贵妇人。他追求她,却遭到了拒绝。

② 见《别林斯基选集》中《论亚历山大·普希金作品》,苏联国家文学出版社1949年版,第658页。这里的译文是请孙昌武先生代为翻译的。

无以奉酬。至于终始之盟,则固不忒。鄙昔中表相因,或同宴处。婢仆见诱,遂致私诚。儿女之心,不能自固,君子有援琴之挑,鄙人无投梭之拒。及荐寝席,义盛意深。愚陋之情,永谓终托。岂期既见君子,而不能定情,致有自献之羞,不复明侍巾帻。没身永恨,含叹何言!倘仁人用心,俯遂幽眇,虽死之日,犹生之年。如或达士略情,舍小从大,以先配为丑行,以要盟为可欺。则当骨化形销,丹诚不泯,因风委露,犹托清尘。存没之诚,言尽于此。临纸呜咽,情不能申。千万珍重,珍重千万!……

再看达吉雅娜的信:

…………
现在,我知道,您可以随意地
用轻蔑来处罚我。
可是您,对我的不幸的命运,
那怕存着一点点怜悯,
请您不要舍弃我吧。
…………
别人啊!……不,在世界上无论是谁,

我的心也不交给他了!
这是神明注定的……
这是上天的意思:我是你的;
…………
你在我的梦里出现过,
虽然看不见,你在我已经是亲爱的,
你的奇异的目光使我苦恼,
你的声音在我的心灵里,
早已就响着了……不,这不是梦!
…………
不是你吗,亲爱的幻影,
在透明的黑暗里一闪,
轻轻地向枕边弯下身子?
不是你吗?带着安慰和爱,
低低地对我说了希望的话。
你是谁,我的天使和保护者,
还是奸诈的诱惑的人:
解答我的疑惑吧。
或许,这一切都是空想,
都是没有经验的灵魂的幻梦!

而且注定了完全是另外一个样子……

可是随它怎样吧！我的命运，

从现在起我交给你了，

在你面前我流着泪，

恳求你的保护……

想象一下吧，我在这里是一个人，

谁也不了解我，

…………

我等待着你：看我一眼，

复活心的希望吧，

或者打断我的苦痛的梦，

啊，用份所应得的责备！

结束了！重读一遍都害怕……

我害羞和恐惧得不得了……

可是你的名誉是我的保障，

我大胆地把自己信托给它……

  两封信出现的时间、地点相隔得如此遥远，而那如泣如诉的叙述方式是如此相近；作为热情、巧妙、朴实的爱情心理的表述又是何等神似；美妙的情思，生动的形象，晶莹的语言，缤纷的色彩,和谐的旋律又是何等相像。它们同样都是真诚的少女悲切的灵魂的告白,都闪耀着一种思想的光芒,都向往美好的未来,都歌颂了纯洁的爱情,都打破了贵族上流社会的偏见。总之,它们都是诗中之诗。

然而这两封信的背景却有着这样大的差距:

在莺莺那里,封建主义还将继续统治中国社会十个多世纪之久。而在达吉雅娜的祖国,反对封建婚姻制度却是一步步接近解决的问题了。

对于我们来说,值得特别重视的倒是莺莺致张生的信所表现出的我们民族女性特有的感情色彩,那表达情爱的独特方式和内在美。

莺莺的信是一封极不寻常的信,它文情并茂,感人至深。这信是莺莺用泪水写成的,是莺莺的最优美最动人的感情的流露。爱与怨贯穿始终,悲与愤笼罩通篇。通过"信",我们可以清楚地看到莺莺在重重的矛盾中求索,在迷惘的情绪中挣扎,如果我们把它当作一种内心独白来读,那是颇为动人的。

当张生远离以后,在那冷酷虚伪的环境里,历尽精神磨难的莺莺有多少话要对张生说啊,但她的思念和悲怨之情却无处可讲,只有用泪水默默地书写在心上。如今张生寄来了信、物,此刻,郁积在她心底的爱和怨,终于一齐迸发了出来。但

陈洪绶所绘莺莺形象

这迸发，既不是滚动着的熔岩，奔突而出，也不是闪烁着的耀眼的火光，燃烧着激愤的烈焰，而是像轻拢慢捻的琴音，弦弦掩抑声声思，倾诉着碎心的往事：从她惊惑不安地与张生会面，到"敛衾携枕"相伴，到使她抱憾终生的分别，到剪不断理还乱的悠悠情思，这悲与喜的回忆，这难堪的往事的追述，使全信呈现出强烈的主观的心理色彩，一字一句浸透着血和泪，真是握拨一弹，心弦立应，悲歌一曲，催人泪下。它是莺莺心声的自然流露，每一个读者都可以从莺莺的富于感情的笔触下感受到爱情的音乐和爱情的诗。正是从这颗心里所颤动出来的爱情旋律，才使我们看到了莺莺的纯真和热切。

请听那字字传情的话语：

> ……玉环一枚，是儿婴年所弄，寄充君子下体所佩。玉取其坚润不渝，环取其终始不绝。兼乱丝一绚、文竹茶碾子一枚。此数物不足见珍，意者欲君子如玉之真，弊志如环不解。泪痕在竹，愁绪萦丝，因物达情，永以为好耳。心迩身遐，拜会无期。幽愤所钟，千里神合。千万珍重！春风多厉，强饭为嘉。慎言自保，无以鄙为深念。

这一段饱和着泪水的独白，出色地刻画了人物的内心世界，使人读之禁不住凄然泪下。那一汩汩的"情"的暖流，既是莺莺对爱情的表白，也在读者的心海里激起了美的涟漪。这是多么独特多么美的意境呵！托物寄情，其情如火，构成了从人物内心"情"弦上蹦跳而出的音符和旋律，显示了独特的艺术光彩，它再准确不过地体现了中国古代妇女表达情爱的方式，它进一步丰富了莺莺这个温柔、敦厚、贤惠、充满诗情的艺术形象。

是的，在这里一切都是非常动人的。动人的力量来自莺莺真挚的感情和纯净的道德情操。它的纯净还没有被杂质搅浑，世俗的考虑和利害的打算，也还没来得及把它歪曲，它还只是一种向往、一种愿望、一种理想，还保持着某种超逸、灵致的风度：对对方是仰望和尊重，对自己则是自觉和自律。它就像一滴含英集萃的香精，使一潴清泉发出了芬芳，像一笔瀚墨，使整个画面充溢着一种色调。元稹所选取的、所描绘的就是这样一种感情，他用自然的散文化的形式，把它加以诗化，体现出了对一种美好的情操的追求，因而也就必然使这篇小说具有一种情操的力量。基于这一点，我认为车尔尼雪夫斯基说得很正确：艺术创作是"人的一种道德的活动"（《生活与美学》）。

把心灵，把内在美变成可以感知的，这个艺术的追求并非轻而易举、一蹴而就。《莺莺传》的艺术实践告诉我们：美是靠着特定的形象才得以体现的，心灵不能独立存在，它在形象之中，它蕴蓄在精美的构思之中，附丽在独特的艺术形象上。

不尚雕饰而在真挚中见性情，不劳文饰而于朴素中见光彩是这封信的特色。文字的美，语言的美，使这封信充溢着浓郁的诗情。刘勰在《文心雕龙·情采》中指出："情者，文之经，辞者，理之纬；经正而后纬成，理定而后辞畅。"这是颇有道理的。"情"是作品的内在境界，"为情而造文"才能沁人心脾，动人心弦。莺莺用饱含真情的语言，表述了她内心的一切。她没有去压抑自己的感情，也没有抑止自己的泪水，她的心声如万斛清泉随地涌出，自然而真切，读来就如同一首深沉哀怨的诗，使人如融进那感情的海洋之中，情随浪涌，思乘风驰。

一篇读罢，心潮翻滚，寂然凝虑，封建礼教和冷酷虚伪的社会，撕裂着美好的东西，制造了多少爱情悲剧！封建礼教在摧残妇女的生机、束缚妇女的个性的同时，把富于魅力的女性美一起剥夺了，因此那没有人性的封建礼教格外引起人们一种冷酷的感觉。但是，"历史不断前进，经过许多阶段才把陈旧的生活形式送进坟墓。世界历史形式的最后一个阶段就是喜剧"（马克思《〈黑格尔法哲学批判〉导言》）。

再回到"第一次印象"上来

应当承认,《莺莺传》既不是那种以巨大的艺术力量提出了重大社会问题的鸿篇,也不是提供了生动广阔的社会画面的巨著,它只是一篇爱情小说。爱情题材的思想容量也是有它的局限的,它不足以展开对社会的广泛的批判,尤其是像《莺莺传》这样的短制,更不可能要求它说明某种复杂的阶级政治关系。然而不可否认,像《莺莺传》这样的作品,仍然反映了妇女问题的一些重要侧面。

联系到小说最后莺莺的被遗弃的情景,以及张生假托舆论诋毁莺莺来看,元稹在最初的构思里,的确想把莺莺写成一个贵族社会的"尤物"。但当我们把这个形象放在当时唐代上流社会各种矛盾和思想冲突的背景下考察的时候,却发现莺莺不仅不是"尤物",而是受尽了上流社会虚伪道德观念戕害的少女。莺莺的形象在读者的眼中是一个外形美貌、庄严娴雅、感情真挚、热烈追求真正的爱情生活的女性。情节发展到最后是莺莺的被遗弃,但这里表现的已经不是对"有罪"的封建礼教叛逆者的惩罚,而是一个追求理想幸福的女性的抗议。莺莺走向了悲剧性的结局,其原因就在于她的行为是对封建礼教和世俗观念的挑战，就在于她竟然听凭感情的驱使，冲破贵族社会极端虚伪的这层道德面纱，才遭到了上流社会的人联成一体的攻击。小说结尾告诉人们，和她对立的已经不只是她原来的情人张生，而是整个上层社会。虽说张生等人也以"耻与为伍"的姿态来表示自己和莺莺完全是两种人，是"善补过者"，然而他们才是真正的堕落者，这个客观的生活逻辑的确有点违反元稹的初衷。

小说以它的形象力量表明了一个道理：在中世纪的封建社会里，在那冷酷的现实里，一切对爱的追求，对幸福的向往，对生活的期待，终究被社会扼杀，或者在严酷的现实里化为泡影。莺莺的悲剧命运反映了她纯真、热切的个性与冷酷、虚伪的社会之间不可调和的矛盾。小说毕竟揭示了掩盖封建上流社会私生活的堂皇帷幕的一角，暴露出他们道德风尚的丑恶卑污。

看来，《莺莺传》创作者主观的美感判断和客观的实际标准是大相径庭的，读者的"第一次印象"不都是毫无道理的。形象是最有力量的，而说教总是苍白的。

考据，不应该遮蔽审美视线
——读陈寅恪的《读〈莺莺传〉》

陈寅恪先生是中国现代最重要的史家之一，1950年他的文集《元白诗笺证稿》问世，此书首倡"诗文证史"。由此陈氏从偏重制度、文化史等议题，转向以研究社会风习和时代情感、社会转变中的价值变迁为重点。他的"证史笺诗"以及融文史为一体的新体例史学，被认为是"学术上的又一个里程碑"。而书中的《读〈莺莺传〉》则被公认是以诗证史的代表作。文中对元稹及有关人的诗文、背景、古典、今典一一考订，精细入微，是一篇影响甚巨的考证之作。

陈氏从《莺莺传》世称《会真记》谈起，认为"真"字即与"仙"字同义，而"会真"即遇仙或游仙之谓也，而"仙"之名既多用于妖艳妇人，又有以之曰娼妓的。继而考证元稹乃是"袭用文成旧本，以作传文"；再有，《莺莺传》"假托为崔者，盖由崔氏为北朝隋唐之第一高门，故崔娘之称实与其他文学作品所谓萧娘者相同"。据此，陈氏所得结论已明，即《莺莺传》和张文成之《游仙窟》、蒋防之《霍小玉传》、白行简之《李娃传》一样，都是写唐代进士贡举与娼妓之密切关系的小说。

陈氏此说一出，就我所知，可能是刘开荣先生最先依从附和之，在1950年商务印书馆再版的《唐代小说研究》第四章第四节中就明确地表示：《霍小玉传》与《莺莺传》同是写进士与娼妓的恋情小说。又着重指出"此谜已被陈寅恪先生《读〈莺莺传〉》所揭穿"。

从20世纪60年代初游国恩等先生主编的《中国文学史》，一直到90年代中国社会科学院文学研究所的"通史系列"皆未采用陈说，而是径直肯定了它的爱情小说的意义。只是90年代中期章培恒、骆玉明主编《中国文学史》依从陈说，书中几乎不顾小说的具体叙写，认为崔氏非名门闺秀，"其原型家庭地位较低"，并说它"其实很难简单地指为'爱情小说'"。这一论断不仅突兀，而且从文本解读来说，此种看法难以被众多读者接受。因为每一个读者都可以较为明晰地从莺莺的富于感情的行为中，感受到爱情的音乐和爱情的诗。莺莺致张生的信，正是从莺莺内心深处所颤动出来的爱情旋律，它令读者看到了莺莺的纯真和热切,也看到了中国古代妇女表达爱情的方式。

进一步说,如果我们不去拘泥于远离文本内蕴的考据,仅从小说的诸多用语也可看出《莺莺传》并非叙写进士贡举狎妓之作。比如小说中的关键语"始乱终弃",就不能用之于狎妓行为。记得我早年初读《莺莺传》,对"始乱之,终弃之"这句直接出于莺莺之口的话,就径直地理解为:曾是被热烈追求的和以后又被忍心抛弃的情人的无奈之语。这个问题一放几十年,巧得很,2000年5月20日《文汇读书周报》有朱正先生大作发表,文中涉及对"始乱终弃"这一词语的释义。他说:"始乱之,终弃之"是指开始时挑逗她、玩弄她,最终却遗弃她。这才叫始乱终弃。古人用"乱"字表示性行为,有一个适用范围,上限是不能包括妻妾,下限是不能包括娼妓,在这两者之间,还不包括强暴。朱氏之辨析对我的启示是:始乱终弃只能是指对曾经爱过并发生性关系的情人的抛弃。

至于《莺莺传》的另一关键语是"为善补过"。一般论者大都从小说假托舆论为男主人公伪善行为辩护这一角度进行批判。其实为了证实小说非进士贡举狎妓之作,倒也不难说明,在大多数传奇中,任何狎妓行为既不存在自我忏悔,也未见"为善补过"的舆论支撑。张文成的《游仙窟》没有这种补过的忏悔，蒋防的《霍小玉传》中仅有对负情者李益的谴责，而并未对其狎妓行为本身进行否定，至于《李娃传》则更是对妓女的颂歌了。郑生的堕落虽与狎妓有关，但他的成就事业恰恰是与李娃的"呵护"有关，因此也不可能说出"为善补过"。只有《莺莺传》因其面对的不是娼妓，而是一个多情的过分漂亮的少女，所以它才能假托舆论为男主人公的负义行为辩护。

这一切不外是说，即使是信史，对小说研究来说也只能是一种参照。为此，窃以为以史证文要小心，同样以文证史也要小心。

陈氏的弟子周一良先生认为陈氏学术博大精深，但归根结底是史家。他用了十二个字来概括先生，即儒生思想、诗人气质、史家学术。我想，陈氏既然是史家学术，所以他的学术眼光大抵还是史家之眼光。他的"亦文亦史"、文史交融的实践，只能是陈氏史学发展到一个新阶段的标志，而不是文学性的研究和审美批评。文学的研究，忧虑的恰恰是取消"文学"，因为任何对文学审美的消解，都是对文学研究的致命戕害。

镂心刻骨的痴情
——读《碾玉观音》随想

宋元话本小说对爱情婚姻的描写与传统文学中的爱情描写大异其趣。它是按照自己的原则处理爱情婚姻主题的,是真正"为市井细民写心"(鲁迅《中国小说史略》)。正因为如此,市民的反封建主义斗争使小说史上留下了不少独放异彩的爱情题材的名篇。

一

《碾玉观音》写的是一个爱情悲剧,故事情节非常曲折动人。像大多数有思想意味的爱情悲剧故事一样,这个悲剧不是心理性的,而是社会性的。小说中的璩秀秀,出身于装裱书画的工匠家庭。由于出身贫贱,在父母心目中,她的命运只能是"献与官员府第"做一名供人役使的奴婢。事实上,她后来也确实是这样被咸安郡王买去,做了个刺绣养娘。但是倔强的秀秀不肯向既定命运低头,小说用主要篇幅叙述了她同命运的斗争。一次王府失火,秀秀趁机找到王府的碾玉匠崔宁,向他表白了爱情,二人一同逃出王府,结为夫妻,在远离临安两千余里的潭州开了一家碾玉作铺。秀秀这一举动,是为摆脱奴隶的人身依附关系而对封建秩序的挑战,所以,封建势力对她的镇压也来得十分残酷。专横暴戾的咸安郡王得知消息后,将秀秀活活打死;秀秀的父母慑于统治者的淫威,也投水自杀。秀秀被杀害了,但是争取自由的烈焰却未止熄。她死后为鬼,仍与崔宁重建了一个自食其力的家庭,直到再次遭到郡王的迫害,秀秀做了鬼在人间也无处容身,才带着崔宁逃往统治者的魔爪伸不到的鬼的世界去了。在宋元话本小说中,《碾玉观音》就是这样一篇对被压迫者的抗暴斗争做了较深刻的反映,而较少庸俗气的作品。

与众多的流行的爱情小说相比较,《碾玉观音》中描写的爱情称得上是新颖别致、卓然不群的。在秀秀和崔宁的爱情史中,我们几乎看不到"女性的娇羞"和"爱的甜蜜"等老套子,它也不是那重复了千百次的佳人爱才子,或才子追佳人,更没有搜集、记录生活中两性关系上的庸劣、丑恶的事实。在崔宁和秀秀的奇特爱情中,小说让我们一览无余的是真实的人物和真实的人生。秀秀式的爱情,在中国小说史上差不多还是第一次呈现在读者的面前。

说这种爱情差不多还是第一次呈现在读者面前,这首先是因为小说中的秀秀是之前的中国文学中从未出现过的形象,更准确地说是中国文学中第一个女奴形象。富有浪漫精神的市民阶层的生活在宋元时代经常激起说话艺人的诗情。在他们的口头讲述和笔底记录中,市民特别是市民中的女性常常是以豪放不羁、热爱自由的形象出现的。他们把市民阶层的女性那种在爱情上的"野性"和自由不羁同贵族少女的矜持、做作形成对照。他们在较少受封建文明侵蚀、具有几分强悍泼辣性格的人物身上,发掘出某些不平凡的动人的东西,来对照虚伪、苍白、卑劣的"文明社会"。因此,如果说众多的爱情小说的诗意多表现为温馨、柔美的意蕴的话,那么,《碾玉观音》通过秀秀表现的爱情的诗意,则是粗犷和豪放的。请看小说中秀秀和崔宁逃出王府以后的一段精彩的对话吧!

> 秀秀道:"你记得当时在月台上赏月,把我许你,你
> 兀自拜谢,你记得也不记得?"崔宁叉着手,只应得喏。
> 秀秀道:"当日众人都替你喝彩:'好对夫妻!'你怎地

到(倒)忘了?"崔宁又则应得喏。秀秀道:"比似只管等待,何不今夜我和你先做夫妻,不知你意下如何?"崔宁道:"岂敢!"秀秀道:"你知道不敢,我叫将起来,教坏了你,你却如何将我到家中?我明日府里去说!"崔宁道:"告小娘子:要和崔宁做夫妻不妨,只一件,这里住不得了。要好趁这个遗漏,人乱时,今夜就走开去,方才使得。"秀秀道:"我既和你做了夫妻,凭你行。"当夜做了夫妻。

两个人物,一个大胆泼辣,桀骜不驯,没有一点矜持和忸怩之态,更没有封建道德的负担;一个却绵善懦怯而又谨慎细心,在关键时刻却显示了对封建人身依附关系的反抗,都反映了下层市民思想意识。但两相比照,作为人物性格,最为突出的仍然是秀秀。她坦率到了惊世骇俗的地步。她从不否认也不掩盖她在崔宁面前的激情,她的感情风暴来得那么强烈。有趣不过的是秀秀"捕捉"崔宁的这场戏,她倒很像一位身经百战的将军在实施军事计划,这是颇富喜剧性的。说话艺人出手不凡,见地也很不俗,因为,这里出人物,这里有性格,貌似日常生活中的一番对话却有说服力地表现出:这是秀秀。

秀秀的激情,倒不必像一些文章说的那样,"表现了秀秀的理想、追求和抱负"。实际上秀秀像大部分刚刚解脱了封建桎梏以后的人,表现了直面现实的一面,在她身上展示的只是平凡人的平凡的内心世界。而恰恰是在这里,人的风采、人的品格和人的诗情得到了充分的展现。这里值得注意的是作者细致地描述了一个市民出身的少女初恋时那种纯朴的情愫。我们说这是秀秀内心世界的情愫,是因为她的率真和坦荡,是抛掉枷锁后的兴奋和献身的决心。在这里,既无缠绵悱恻的爱情场面,也没有什么卿卿我我的爱的表示、爱的语言。一切都像活生生的现实生活那样自然、真切。它像一杯白水那样纯净,而这种情感状态,正是下层市民少女初恋时还保持着的天真、无邪、稚气的本色。因此,凡是读到这儿,人们会不自觉地被秀秀这种独立不羁的个性和她追求自由的激情所感染,我们切身体会到了文学形象所辐射出来的巨大的特殊的冲击力。这应当说是爱情描绘上的一大贡献,而这一贡献又是经常被人们所忽略的:说话艺人以他们特有的敏感发现了这种特异的爱情心理,发现了带有某种天真质朴意蕴的爱情的追求,而小说也正是以这个少女身上那种极为纯真的极为可贵的感情来打动读者的。

自从秀秀和崔宁结合以后,他们同甘共苦,相濡以沫,似乎已经看见了未来生活的曙光。但是,黑暗的社会怎么会容许这一对比翼鸟实现美好的理想呢？他们虽然远在临安两千里以外的潭州，还是没有逃脱咸安郡王和他的爪牙的魔掌。在幸福与毁灭面前，我们看到了秀秀又一次的挣扎和反抗。为了她所渴望的爱情，在爱神的祭坛前，她献上了自己的全部良知，乃至最后献出了自己年轻的生命。她看到了她引以为知音、寄托着她的痴梦的那个情人，过分老实和怯懦了。所以这个带着叛逆性和燃烧着炽烈而纯贞的爱情之火的女孩子，在封建恶势力面前挺身而出，她勇敢地承担了携崔宁潜逃的责任。于是，这样一个"戴罪"的女人，生前最后一次显示了她的高尚。秀秀那美丽而年轻的生命以悲剧告终了。作者正是通过美的毁灭，严正地控诉了吃人的封建专制制度和毫无人性的权势者。

我们看到，在秀秀熄灭了自己的生命的火焰时，她又一次向那个罪恶的社会提出了悲愤的抗议，她最终还是把崔宁拉走了，一块儿到魔爪伸不到的鬼的世界里做夫妻去了。这一手儿，实际上就是对现实社会的强烈否定。恩格斯曾经说过，性爱常常达到这样强烈和持久的程度，如果不能结合和彼此分离，对双方来说即使不是一个最大的不幸，也是一个大不幸；仅仅为了彼此能结合，双方甘冒很大的风险，甚至拿生命孤注一掷。秀秀正是拿生命孤注一掷以求得和崔宁的结合。秀秀性格的动人之处，是对情人镂心刻骨的痴情。秀秀被打死了，但秀秀这种性格在成为鬼时，变得更直露、更偏执了。她的全部生活的意念和行动都凝结在"追求"上——追求崔宁，追求自由。这里表现了秀秀对自由爱情的矢志不渝。

有的人没有看到秀秀对崔宁的忠贞的情操，反而认为，崔宁被秀秀缠上就是崔宁人生悲剧的开始，他们对冯梦龙编"三言"时改题为《崔待诏生死冤家》称赞不已，认为"生死冤家"有同情崔宁而指责秀秀之意，言崔宁不幸而遇此生死冤家，生时受累，又遭冤枉。这样的意见很难令人同意，好像崔宁的悲剧是秀秀执着地追求造成的，这实际是抹杀了不公道的社会吞噬着劳动者的灵魂与肉体的罪责。同上面的意见相左，我认为秀秀鬼魂的出现是作者用以表达他的思想感情、宣泄他的理想和主张而采取的一种手段。秀秀的鬼魂仍然苦苦追求崔宁，一方面表现了她对崔宁的全部痴情；另一方面体现的是美战胜了丑，善战胜了恶，正义伸张，奸邪受惩。所以秀秀鬼魂的出现，显示出一种道德力量。应当看到，死后为鬼是爱的追求的继续，同时也是为了复仇，为了鸣不平。生而复不了仇，死后为鬼也要复仇，这是一个更加深刻的悲剧，说明秀秀复仇意志的强烈和斗争心之旺盛。这种情操，这种激情，文学史上不乏其例。这篇小说之后，汤显祖在《牡丹亭》里就写了为情可以生、为情可以死的杜丽娘，作者用"尚情论"反对当时的理学,所谓"第云理之所必无,安知情之所必有邪"?这是《牡丹亭》的理论依据,也是所有具有反抗性的鬼魂形象的思想基础。

秀秀最后虽然也演出了一出类似"活捉"的"戏",但她不是《王魁》里的敫桂英,也不是《三负心陈叔文》里的兰英。她们都是用鬼魂的威力索取"负心汉"的性命,这是一种较普遍的幻想惩罚的方式。《碾玉观音》也许更像明传奇《红梅阁》。《红梅阁》的李慧娘既不乞求清官,也不指望某个有政治势力的大人物,而是靠自己的力量复仇。用鬼魂惊吓和嘲弄了贾似道,而对她所爱慕的裴生则稍施"鬼法"救他脱险。这就是古往今来很多优秀的鬼戏表现出的生前受欺、死后强梁的思想。总之,《碾玉观音》中的秀秀鬼魂,表现了一颗纯朴的心中蕴藏着的无限的爱和恨,人们也正是从这一人物的深厚的感情和勃发的激情中,看到了"这一个"秀秀心地性格的纯朴、执着和韧性。所以,这是一首对道德化爱情的颂歌,歌颂了爱情婚姻的神圣性和夫妇之间的忠贞,正因为如此,充满市民阶层的道德感,就成了这篇话本在思想内容上的一个显著特点。

爱情小说总要表现某种不平凡的东西:或感人的故事,或热烈优美的情操,或深刻的社会意义,或隽永的哲理。在一定意义上说,《碾玉观音》作为一篇独特的话本小说,它几乎兼而有之了。然而更为重要的是，由于这篇爱情小说响彻着民主主义理想和热烈的爱情旋律，使它不同于一般的爱情小说而发出了异彩。这篇小说所具有的特殊价值就在于，它具有强烈鲜明的社会批判性，或者说，它把社会批判性与忧郁动人的抒情性结合在一起了。

我们知道，历来的封建统治者总是把富有民主精神的爱情，看作反叛精神的表现，并残酷地镇压这些反叛者。青年男女对于不受封建桎梏束缚的爱情的任何追求都被看作破坏封建制度的行为。因此，渴望自由和不屈服，便成为一种危险的反抗既定社会秩序的革命运动。世界上有那么多仿佛只是单纯描写爱情悲剧的艺术作品，却包含着那样巨大的爆炸力，这绝非偶然。例如，杜勃罗留波夫从奥斯特洛夫斯基的《大雷雨》里卡杰琳娜的爱情悲剧中就看到了这种力量。从世界文学史角度看，当诗（广义的文学）还未最后冲入革命的主题的广阔园地以前，诗人主要是通过社会和恋人们之间所发生的冲突来表现被压迫人民的爱好自由的性格，这并不是偶然的。数不尽的渴望自由的青年男女的殉情史，清楚地说明了这一点。今天我们读到的《碾玉观音》，正是通过爱情去控诉那吃人的封建社会，或者说，它是通过整个社会来歌颂这一爱情的。

《碾玉观音》写的是下层人民的美好理想不能实现的社会

悲剧。但进一步看，这篇小说实际是叙述了一个双重悲剧：一个被迫送进王府的女奴，出卖自己劳动的悲剧；一对在奇特的情境中相爱的情侣，最后仍然未能白头偕老的悲剧。如果说后一重意义上的悲剧还有一点通常爱情小说所常有的那种色调的话，那么前一重意义上的悲剧，则直接接触到了作者生活的黑暗的社会现实。

应当看到，小说作者并未把全部笔力用于秀秀与崔宁的爱情生活上去，更没有夸大性爱在生活中的地位和作用，而是着力叙述秀秀力争和保卫这种生活所进行的斗争，展示这个家庭奴隶对独立、自由的追求。实际上，他写的是一场严峻、残酷的社会冲突。因为，秀秀敢于触犯咸安郡王的尊严，破坏封建的人身占有制度，和崔宁双双远走高飞，摆脱封建压迫，这行为本身就有反封建的意义。统治者之所以残酷迫害秀秀，归根结底，也还是由于秀秀要摆脱那封建的人身依附关系。前面已经提到，秀秀是自觉地站在社会对立面，对那个封建专制主义的道德规范表示公开的挑战，并且以触犯它为乐事。她是一个社会的叛逆者，又是一个不愿受封建人身依附关系束缚的独立不羁性格的典型。她身上突出的特点是热爱自由和忠于自己。这种精神使她在死亡的威胁面前始终不肯退让一步，终于为此付出了整个生命。这种甘冒牺牲生命危险的"潜逃"行动，对一个年轻的养娘来说不能不是难能可贵的。

实际上,秀秀的存在是为说话艺人打开了一扇窗子,提供了一个最方便的视角去观察那个黑暗王国——中世纪封建专制主义的社会现实。因为秀秀的悲剧命运反映了卑鄙龌龊的社会现实对于真正的爱、天真的追求和温馨的柔情的敌对,在很大程度上是统治者利用人身依附关系去践踏、损害被压迫的人民。所以,在这篇小说里,对男女主人公之间种种痛苦的描绘,都是用来控诉封建专制主义的残酷无情,向造成这一对青年人悲惨命运的封建特权和暴力提出抗议的。说话艺人正是以这篇社会性小说为文学史提供了一篇充满反封建主义激情的爱情题材的代表作。是他们把市民阶层向压迫者进行直接反抗的历史时期中反封建人身依附关系这一重大社会课题与爱情题材结合了起来,从而为爱情小说做出了具有历史意义的贡献。同时,他们对个性自由的赞赏和尊重,几乎可以说在小说史上开辟了一个新的时代,成为后来《牡丹亭》《红楼梦》等反封建主义文学的先声。

二

从第一个写出了具有叛逆性的"逃奴"形象来说,《碾玉观音》在中国小说史上是有划时代意义的。

纵观中外叙事作品,在人物形象描写方面大致上不出两大类:一类是帝王将相、公子小姐,与之相对的是生活在底层的穷苦的劳动人民;一类是不断做出惊人之举的具有超群绝伦本领的英雄豪杰,充满着传奇色彩,与之相对的是平淡无奇的"小人物"。但是在过去,帝王将相、公子小姐、英雄豪杰总是在文艺作品中占主要地位,所以恩格斯在谈到19世纪上半期的欧洲文学时就深刻地指出:

> 近十年来,在小说的性质方面发生了一个彻底的革命,先前在这类著作中充当主人公的是国王和王子,现在却是穷人和受轻视的阶级了,而构成小说内容的,则是这些人的生命和命运,欢乐和痛苦。①

同样,在我国话本小说昌盛时期,小说主人公的重心也开始转移到下层市民中间来了。在一定意义上说,这也是小说领域里的一次革命。因为对市民文艺来说,描写劳动人民的形象,反

---

① 《大陆上的运动》,见《马克思恩格斯全集》第1卷,人民出版社1956年版,第594页。

映他们的生活和命运,欢乐和痛苦,实在是一件至关重要的事情。《碾玉观音》描写了一个王府中的女奴,一个刺绣养娘,这样在生活中极不显眼,甚至为人们所轻视的人物,在封建文人文学作品中是不屑把他们当作生活或历史中的主人公去进行描写的。而这篇小说却把这个女奴的形象写得非常美。这显然是作者基于对这些人物美好的心灵与情感的深刻理解和挚爱,才有这样精致的艺术构思的。正是从这个意义上说,《碾玉观音》写了像秀秀这样一些人物的生活命运,而且是用这样一种别具一格的艺术色调进行描写,给人以耳目一新的感觉,这件事情本身就很值得人们珍视。

《碾玉观音》在艺术上具有自己的特色。在精练的篇幅中,作者娓娓动听地叙述了一个在文学人物史上很富有特点的爱情故事,成功地描绘出一个在文学人物画廊中极为鲜明突出的人物形象,并且,其中还回荡着一种争自由、追求个性解放的激情,而在对事件、场景和人物的现实主义描写之中又透露出浪漫主义的色泽,难怪它成了宋元话本小说的压卷之作。

《碾玉观音》最值得称道的是它的情节构思的云谲波诡、变幻莫测。这篇小说围绕着秀秀和崔宁爱情婚姻的得与失及主人公的悲剧性遭遇,显示出异常离奇的情节变化。作者在推进故事发展的过程中,刻意盘旋,悬念迭出,最后才点出秀秀鬼魂的活动。而这里最引人注目的，是小说如何使现实性情节自然地向幻想性情节飞跃的艺术手法。《碾玉观音》在现实性情节中展开了秀秀和崔宁的爱情故事，随着故事跌宕起伏的发展，小说写暴戾的咸安郡王把崔宁和秀秀从潭州抓了回来，郡王把崔宁"解去临安府断治"，后来又要杀掉秀秀，由于夫人的劝说，才把秀秀拉入后花园。作者在现实性情节中设置的隐隐约约的伏笔中，幻想性情节突然显现：当差人押送崔宁到临安府路上，"见一顶轿儿，两个人抬着，从后面叫：'崔待诏且不得去'"！原来这时的秀秀已经不是生人而是已死的鬼魂了。魂从知己，竟然忘死，很像唐传奇《离魂记》和元杂剧《倩女离魂》。但是，《离魂记》和《倩女离魂》是离魂后又还魂，是喜剧结局，而秀秀却终于没有还魂。直到后来，故事又经一番跌宕，郭排军告密，咸安郡王又去抓秀秀，这时写崔宁回家，走进房中，看到秀秀坐在床上，才知道秀秀是鬼。作者在"崔宁也被扯去和父母四个一块儿做鬼去了"的描写中，突出了情节的悲剧气氛，充分传达出主人公无限悲愤的心情，使读者想到，陷于人身占有制中的女奴的命运何其悲惨。

在现实性情节中力求其真，在幻想性情节中极写其奇，两种极不相同的情节几乎是同时出现，形成了水月交辉的意境，它们如乐曲中两组旋律，互相对比着交织着进行，呈现出异常错综复杂的景象。

《碾玉观音》中的幻想性情节虚幻怪异、想落天外,不可能具备现实性情节的真实性,比如秀秀的突然出现在崔宁发配的路上;又比如郡王第二次抓走秀秀,而当秀秀的小轿到了王府门前时,掀开轿帘,却是一乘空轿,这些都是极虚极幻的细节。但是,小说尤善于在幻想性情节的极诡谲处描写极平实的细节,以取得艺术上的真实感。像小说中写秀秀变成鬼后,仍然和崔宁在建康府开了碾玉作铺,以及崔宁到临安府接秀秀一双父母(已死,变鬼了),都是极真实的。这就说明,幻想性情节虽不受现实生活逻辑的规范,但它也要遵循人物性格的逻辑和幻想世界的逻辑。总之,《碾玉观音》情节的曲折性和幻想性情节的运用,以及有关的一些艺术技巧,很值得我们借鉴。

政治史的战争风俗画卷
——浅论《三国演义》[①]

元末明初横空出世的《三国演义》是我国产生较早、影响极大的一部著名的长篇历史演义小说。就其社会影响的广度而论，可以说只有《水浒传》、《西游记》和《红楼梦》能够与之相比。六百余年来，它不仅作为一部典范性的历史小说，被我们整个民族一代一代地不断阅读，得到各个阶层人民的共同喜爱，而且作为我们民族在长期的政治和军事风云中形成的思想意识与感情心理的结晶，对我们民族的精神文化生活产生过广泛而深远的影响。今天，它已被公认为世界名著之一。

在中国的全部文学作品中，可以说还没有哪一部作品能

[①] 本文原为为人民文学出版社《世界文学名著文库·三国演义》（2001年版）所写的《前言》，出版时有删节，本书根据原稿补全。

像《三国演义》那样与民间文学有着如此密切的关系。根据《三国演义》一书的故事情节改编的各种戏剧蔚为大观，而且大量的民间传说故事也仍然继续流传在极其广大的地区。

《三国演义》描写的政治、军事斗争

《三国演义》以三国历史为题材，刻画了众多的人物形象，描写了百年左右发生的事件，特别是描写了魏、蜀、吴三个统治集团的相互斗争和它们的盛衰过程。小说前八十回主要描写东汉王朝的崩溃、军阀之间的兼并战争和魏、蜀、吴鼎立局面的形成，后四十回主要描写三国间错综复杂的矛盾斗争以及三国统一于晋的历史。从全书的轮廓、线索和人物的主要活动来看，大体同历史相去不远。

但是，《三国演义》不是历史书，而是历史小说。它所反映的社会历史内容已不限于三国一个时代，而是概括和熔铸了上千年封建社会不同政治集团之间争夺统治权的历史内容，作品中所塑造的一系列人物形象，也与历史上的人物有所区别。比如三国时代的屯田制，曹操搞得较好，东吴较差，西蜀更差，但《三国演义》作者为了强调诸葛亮是个精兵善政的人物，就只描写了诸葛亮的屯田措施。又如貂蝉的故事，在陈寿的《三国志·吕布传》中，关于吕布这段私生活只有这样几句话："卓（董卓）常使布守中阁，布与卓侍婢私通，恐事发觉，心不自安。"鲁迅引用的现已失传的《汉书通志》还有下面几句话："曹操未得志，先诱董卓，进貂蝉以惑其君。"《三国志平话》中有貂蝉故事，但十分简略。作者根据上述两点史料和《三国志平话》上的传说，虚构了王允派遣

曹孟德谋杀董卓

貂蝉、使用连环计这个有声有色的故事。另外按《三国志》载，鞭打督邮是刘备干的，《三国演义》作者为了刻画张飞的性格，就把怒鞭督邮的事放在了张飞名下。其他像"三顾茅庐""七擒孟获""六出祁山"等，都远远超出史书记载的内容。这是作者根据全书主题的需要所进行的一系列情节和题材的提炼。

《三国演义》描写的重点是封建社会内部各个政治、军事集团之间尖锐复杂的矛盾斗争，作者很少表现和政治斗争没有直接关系的情节。在这里，一切可能出现的斗争方式都出现了，军事的、政治的、外交的、公开的、隐蔽的、合法的、非法的，而且所有这些斗争，都是在漫长的封建统治集团内部斗争所积累起来的经验的基础上进行的。比如刘备就是一个惯用韬晦之计的人物。小说第二十一回写曹操"挟天子以令诸侯"，势力很大，刘备则是寄人篱下，而且参与了"衣带诏"的密谋，准备时机成熟搞掉曹操。曹操自负英雄，野心极大，他看出刘备也非等闲之辈，但还不清楚刘备的志向究竟有多大，策略究竟有多高，对自己的雄图会妨碍到什么程度。他一直在怀疑，如果确实知道刘备志大才高，也想夺取天下，他就要乘刘备还在势孤力弱之际加以消灭。刘备对曹操的这种思想是早已估计到了的，为此处处提防。他知道自己越是表现得目光短浅、毫无大志，就越能减少或消除曹操的疑忌，保全自己，等待时机，以便远走高飞。于是"就下处后园种菜，亲自浇灌，以为韬晦之计"。后来"曹操煮酒论英雄"，刘备假托闻雷失箸，借此使曹操产生了错觉，"遂不疑玄德"了。又如孙权赚杀关羽后，把首级转送曹操，以此嫁祸于魏；而曹操不仅不受其骗，反而"将关公首级，刻一香木之躯以配之，并葬之以大臣之礼"，来表示魏对蜀的好感，使刘备全力伐吴，他好从中取利。孙权看到吴蜀联盟破裂，形势不利于己时，又遣使上书曹操，"伏望"曹操"早正大位"，"剿灭刘备"，表示愿意"率群下纳土归降"。这是孙权转移矛盾、保存自己的策略。而曹操比孙权更胜一筹，指出"是儿欲使吾居炉火之上"。诸如此类的斗争，在小说中是屡见不鲜的。这些斗争策略是由他们的集团利益所决定的。他们为了满足自己权力、财产的欲望，为了使自己在激烈的争夺战中不被消灭，总是玩弄各种手段，演出了一幕幕钩心斗角、尔虞我诈的活剧。

在《三国演义》里还可以看到，各政治集团为了自己的切身利益，几个集团今天分，明天合，今天势不两立，明天却又杯酒言欢。他们既争斗又勾结，而且这种斗争渗透到生活的很多方面，连家庭、朋友、婚姻等都毫无例外地卷入了斗争的旋涡，甚至成为斗争的工具。利用婚姻来达到自己的政治目的，在《三国演义》中不乏其例。王允用貂蝉同时引诱吕布与董卓的所谓"连环计",便是著名的例子。此外,像袁术想以自己的儿子和吕布的女儿联姻,孙权为夺回荆州,把自己的妹妹当作牺牲品,所有这些都有明显的政治目的。人们从这些人物形象中清楚地看到,贪欲和权势欲如何主宰了封建社会中君臣、兄弟、夫妻、朋友等关系。

战争是政治的继续。《三国演义》表现各个政治集团通过各种方式,运用种种手段,以达到消灭敌对势力的目的,但主要是凭借武装力量,于是战争就构成了他们之间斗争的主要形式。小说中写了大大小小的许多次战役,其中描绘的许多战略战术的运用,大体上符合军事科学的原则,在一定程度上揭示了战争的客观规律。

各个政治集团的代表人物

《三国演义》的历史主题,主要是通过各个政治集团中的代表人物的描绘具体表现出来的。

《三国演义》的政治倾向是"拥刘反曹"。它选取曹操集团和刘备集团作为主要对立面,并把蜀汉当作全书矛盾的主导方面,把刘备、关羽、张飞、诸葛亮当作小说的中心人物。小说紧紧把握住曹、刘两个集团这条矛盾主线，刻画了曹操和刘备两个对立的艺术形象。

历史上的曹操本来就有狡诈残暴的一面，民间传说和野史已把这一特点突出、夸大。在《三国演义》里，曹操更被成功地表现为一个有着无穷的贪欲和权势欲的阴谋家和野心家。为了夺取政治统治权力，他和历史上许多阴谋家、野心家一样，

魏太祖曹操

善于使用伪善的两面派手法。他笼络人心，假行仁义，最初以反对董卓、匡扶汉室的名义取得一些人的信任，并且逐步扩大了自己的势力。比如第三十三回写他强迫百姓敲冰曳船，百姓逃亡，他命令军士捕杀，但又对"投首"的百姓说："若不杀汝等，则吾号令不行；若杀汝等，吾又不忍；汝等快往山中躲避，休教我军士擒获。"这样，百姓的被杀，就只能怪他们没有藏好，而曹操则是关怀百姓的。又如祢衡当面痛骂过曹操，曹操怀恨在心，找机会叫祢衡去荆州劝说刘表投降，好借刘表之手来杀祢衡。而在祢衡临行时，曹操"却教手下文武，整酒于东门外送之"。曹操一贯弄虚作假，玩弄权术。自己的马践踏了百姓的麦田，他玩了一个"割发权代首"的把戏，表示自己也和普通将士一样"凛遵军令"。官渡之战中，许攸脱离袁绍来投奔他时，他表面热情欢迎，实际上却是口是心非，步步设防，不肯依赖信任。虽然他一会儿"挽留"，一会儿"附耳低言"，做尽了亲密无间的样子，而跟着来的却是一连串的谎言。总之，曹操明明是个极端的利己主义者，却要装着公而忘私的样子；明明是一个凶恶残忍的刽子手，却要显示仁爱善良。

曹操的性格特征是诡谲多变、阴险狡诈、心狠手辣。他为报父仇进攻徐州，"所到之处，杀戮人民，发掘坟墓"。为了镇压在许都纵火的耿纪、韦晃的余党，他在校场上立下红白二旗，下令"如曾救火者，可立于红旗下；如不曾救火者，可立于白旗下"。众官以为参加救火必定无罪，三分之二的人站在红旗下。曹操却说："汝当时之心，非是救火，实欲助贼耳。"不容分说，把站在红旗下的三百多人全部杀掉。他对部下的残酷狠毒更是无所不至。一次在与袁术作战时，军中缺粮，曹操先命令粮官王垕用小斛发军粮，然后又借杀王垕的头来平息众怒。最令人发指的是他杀吕伯奢的事件：曹操刺杀董卓未遂，投奔吕伯奢庄上，吕盛情款待，他疑心吕不怀好意，竟杀了吕家八口；后来明知是误杀，索性连吕伯奢也一并杀掉。在杀掉吕伯奢以后，他说过两句为后人十分熟悉的话："宁教我负天下人，休教天下人负我。"这是对他，同时也是对极端利己主义者本质的深刻概括。

但是，作者并没有把曹操这个艺术形象简单化。作为一个奸雄、阴谋家和野心家，一个封建集团的代表人物，曹操是被表现得符合他所处的地位的。他不仅具有雄才大略，而且善于用人。他从"方今正用英雄之时，不可杀一人而失天下之心"的观点出发，并没有杀掉被吕布打败而从小沛投来的刘备，并且还让他做了豫州牧；为了争取关羽而一直耐心地对待他。这都说明曹操作为一个封建集团的代表人物，是注意到整个集团的利益的。所以小说中的曹操堪称典型环境中的典型人物。

《三国演义》是把刘备同曹操对比着描写的。刘备以宽仁待民，曹操以残暴害民；刘备待士以诚心和义气，曹操则用权术和机诈；刘备说"我宁死，不为不仁不义之事"，曹操则说"宁教我负天下人，休教天下人负我"。总之，作者在许多地方拿曹操来同刘备做对比，以表现刘备身上的"美德"，从而把刘备塑造成为一个理想化的"圣君"和实施"王道""仁政"的代表。

诸葛亮是作者倾心赞颂和精心描绘的人物。历史上的诸葛亮本来是一个杰出的政治家，他辅助刘备建立蜀国，打击豪强，任人唯贤，改善与西南少数民族的关系，做出过有益的贡献。但是后代史学家往往注重赞扬他对刘备的忠贞不贰，《三国演义》也从这些方面加以强调。诸葛亮为了报答刘备的"知遇之恩"，竭尽心力为刘备争得了一个争王图霸的地盘，刘备死后，又忠心耿耿地辅佐刘禅，最后积劳成疾，死在北伐曹魏的军营中。

《三国演义》的作者一反正史所谓"亮才于治戎为长，奇谋为短，理民之干，优于将略"（《三国志·诸葛亮传》）的看法，把他描写成为政治、军事、外交无所不能、无所不精的人物，同时还多方面地突出了他的谦逊、谨慎、严于责己的政治家的风度和高贵品质。在刘备和孙权联合的过程中，他和周瑜便是一个鲜明的对比。周瑜也自有他的才能，但他胸襟狭小、嫉贤妒能，常常想杀害才能高出于自己的诸葛亮。他要诸葛亮去断曹操在聚铁山的粮道，目的是想假曹操来杀害诸葛亮。这个暗算自然是被识破了，诸葛亮扬言"周公瑾但堪水战，不堪陆战"，便立即激怒了周瑜。为了表示自己也"堪陆战"，周瑜便决定"自引一万军马往聚铁山断曹操粮道"。这时候本来可以向周瑜报复一下子的诸葛亮却表示："目今用人之际，只愿吴侯与刘使君同心，则功可成；如各相谋害，大事休矣。操贼多谋，他平生惯断人粮道，今如何不以重兵提备？公瑾若去，必为所擒……"在这里，我们看到诸葛亮顾全共同抗曹这个大局，表明他是有政治原则性，是识大体、有度量的。

《三国演义》对诸葛亮治理内政的法治作风，也做了比较真实的反映。诸葛亮实行法治，赏罚严明。对犯法之人，不管其地位高低，功劳大小，和自己关系亲疏，都要依法惩治。李严是蜀国重臣之一，他在一次督运粮草器械中误了期限，为了逃脱罪责，假传皇帝诏令，叫诸葛亮退兵。诸葛亮了解李严"为一己之故，废国家大事"，立即予以严厉处分。而李严的儿子李丰有才能，他又任命李丰为长史。当然，这种赏罚分明，首先在于诸葛亮能够以身作则。马谡不听他的命令，丢掉了街亭，致使全军失利。他按军法斩了马谡，然后"自作表文，令蒋琬申奏后主，请自贬丞相之职"，并对费祎等人说："但勤攻吾之阙，责吾之短。"

小说着重表现的是诸葛亮在斗争中的智慧，是他的足智多谋。诸葛亮深深懂得在进行军事斗争时必须同政治斗争配合起来。他善于了解情况，掌握敌人的策略，因时制宜，随机应变。他深谋远虑，因而料事如神；掌握斗争规律，因而能预测事态发展的前景。诸葛亮出山，第一次博望坡用兵，以新野这么小的地方，靠几千人马，居然杀退了夏侯惇十万大军，赢得关羽、张飞的"伏拜"。又如诸葛亮敢于使用"空城计"，就是因为他对司马懿的情况做了认真的分析，知道他了解自己"生平谨慎，不曾弄险"，从而利用这一点，采用了十分"弄险"的疑兵之计，解除了危机。这里不仅看出诸葛亮出奇制胜的指挥艺术，还可以看出他的胆识和魄力。诸葛亮就是这样一个在各种斗争特别是军事斗争中发挥着很大聪明才智的人物。

诸葛亮的这些智慧并不是凭空出现的，而是吸收我国人民在长期复杂的斗争中积累起来的丰富经验的结果。民间谚语"三个臭皮匠，顶个诸葛亮"，正体现了诸葛亮的聪明才智是集体聪明才智的结晶。在民间，诸葛亮几乎成了智慧的化身。

孙权是作者没有着重描写的人物。他的英雄气概比不上曹操和刘备，但能坐保父兄遗业，也不失为一个出色的人才。他对周瑜的倚重，对鲁肃的信赖，以及挑选吕蒙和陆逊作为都督，都显示出他用人的精当。他在许多方面表现出沉着和刚勇，但缺乏政治远见，重视眼前利益，没有统一全国的雄图壮志。孙权是高层统治集团中又一类型的人物。

出色的战争描写和人物塑造艺术

《三国演义》的艺术成就是多方面的，其中以战争描写和人物刻画最为突出。

《三国演义》写的是军事斗争和政治斗争，因此作者在战争描绘上表现了他的宏伟构想。这部小说写了大大小小一系列的战争，展开了一幕幕惊心动魄的场面。这些战争在作者笔下千变万化，不重复，不呆板，各具特点，表现了战争的复杂性和多样性。每一次较大的战争的描绘，作者总是详尽地介绍主将的性格、兵力配备部署和双方力量的对比、地位的转化，以及战略、战术的运用，表现得丰富多彩。虽然战争总是在紧张、惊险、激烈的气氛中进行，但并不显得凄凄惨惨，而是富于英雄史诗的高昂格调。罗贯中这种描写战争的艺术才能，突出地表现在赤壁之战的描写上。《三国志》记赤壁之战极为简略，而《三国演义》则驰骋想象，以八回的篇幅，把战争场面渲染得波澜壮阔、淋漓尽致。在决策阶段，写孙、刘联盟的形成以及孙吴内部和与战之争，处处强调诸葛亮的作用；在双方备战阶段中，作者紧紧抓住曹军不习水战的问题，写周瑜和曹操之间的隔江斗智，曹操两次派蒋干过江，以及遣蔡中、蔡和诈降，都被周瑜识破，并巧妙地加以利用。同时，作者又描述了周瑜的妙计总不出诸葛亮的意料；周瑜嫉妒诸葛亮，想用断粮道、造箭等计杀诸葛亮，结果也一一被识破。这样作者便很自然地写出了诸葛亮的才能、胸怀高过了周瑜。在写交战双方矛盾上，作者较多地依据史实加以铺排；在写周瑜、孔明的内部矛盾上，作者几乎是全凭虚构。

作者不仅善于错综交织地表现矛盾，而且善于在紧张斗争中，用抒情的笔调进行点染，如诸葛亮草船借箭、庞统挑灯夜读、曹操横槊赋诗等"悠闲"插曲。这样山里套山，戏中有戏，推波助澜，逐渐把故事引向高潮。整个赤壁之战的八回书，大起大落，波澜壮阔；而节奏又富于变化，时而金戈铁马、雷震霆击，时而凤管鹂弦、光风霁月；紧张杀伐之际，插入抒情短曲，虽着墨不多，而摇曳多姿。如此布局，极见匠心。

作者写战争不落俗套，有时写短兵相接，有时写战局全面的鸟瞰，疏密相间、错落有致、虚实结合的手法尤臻妙境。对战争的胜利者往往不惜笔墨详尽描写，而对另一方只做简要叙述。赤壁之战详尽描写的是孙、刘一方；官渡之战则多写曹操一方；"安居平五路"，只有一路是实写，其余都是虚写。这样虚实照应，重点突出，省去了许多笔墨。

《三国演义》的战争描写中，还善于把战场的气氛逼真地描绘出来。赤壁之战，作者描绘总攻开始后的情景：

> 火趁风威，风助火势，船如箭发，烟焰涨天……但见三江面上，火逐风飞，一派通红，漫天彻地。

简单几笔浓墨重彩，勾画出火烧赤壁的战争场面，短促有力、富有气势的语言也显示出这场火战的迅猛激烈。关羽水淹七军又是另一番情景：

> 是夜风声大作，庞德坐在帐中，只听得万马争奔，征辇震地。德大惊，急出帐上马看时，四面八方，大水骤至，七军乱窜，随波逐浪者不计其数，平地水深丈余。

这里通过视觉和听觉,把水战的场面有声有色地描绘出来,使人如临其境。

《三国演义》通过惊心动魄的政治、军事斗争,塑造了一批鲜明生动的人物形象,构成了一幅绚烂多彩的图卷。

作者刻画人物往往通过不同的矛盾冲突,反复渲染人物的主要性格特征。《三国演义》中,最生动的形象之一是张飞。

明刻本中的赤壁之战

"怒鞭督邮"一段痛快淋漓的描述,使张飞的疾恶如仇、不畏强暴的性格特征跃然纸上。"三顾茅庐"时,诸葛亮草堂春睡,故意装傲慢,张飞看不顺眼,便说:"等我去屋后放一把火,看他起不起。"后来曹操想借刘备之手杀掉吕布,张飞就真的去杀吕布,而且大叫说:"曹操道你是无义之人,教我哥哥杀你。"吕布无疑是个见利忘义的小人,张飞则是疾恶如仇,但不顾当时斗争的实际情况和实际需要的盲动,则又一次显示了张飞的心直口快、粗豪莽撞而内心又十分单纯的性格特征。张飞虽然粗豪,但粗中有细;虽然莽撞,却从善如流。他初见诸葛亮做军师不服气,等到旗开得胜就立即下马伏拜。他初到耒阳县见庞统怠职,便勃然大怒;等看到了庞统判案,立即就称赞他的才能。作者反复渲染,使"快人"和"莽张飞"的主要特征鲜明地显示了出来。

《三国演义》还善于通过渲染气氛和用对比、陪衬的手法,表现人物的精神面貌和性格品质。如关羽斩华雄,作者开始极写华雄的勇猛善战,一出马就连斩对方四员大将。至写关羽出战后,不具体描述交战经过,只写关外鼓声、喊声如地塌山崩,正当人们为关羽担心的时候,关羽已提华雄的人头掷于地上,出马前酾下的那杯热酒尚有余温。在这里,关羽的威风气势和勇猛善战的形象,都充分地表现了出来。

[清]潘锦绘《三国画像》中的张飞

又如写"三顾茅庐",刘备两次都没见到诸葛亮,而作者写其来去途中遇到的诸葛亮的朋友、弟弟、岳父,写卧龙岗的农夫、山光水色以至流传的歌曲,却无一不是写诸葛亮。诸葛亮虽然迟迟没有出场,可是作者借助环境、气氛的描写,使读者心中隐然已有个品德高、才能大的诸葛亮的形象了。到刘备第三次去卧龙岗见到了诸葛亮,"隆中对策"一席话,就更加

《帝鉴图说》中描绘的"三顾茅庐"故事

使得诸葛亮的性格鲜明突出，给读者以深刻的印象。对"三顾茅庐"前前后后的描写，刘备的求贤若渴和谦恭态度，关羽的自负和冷静观察，张飞的豪爽和鲁莽行事，彼此相互照应，又都是为了陪衬诸葛亮。这种人物描写的手法，标志着我国古典小说在人物塑造上的新拓展。

《三国演义》的艺术结构，既宏伟壮阔，又不失严密和精巧。全书记述时间漫长、人物众多、事体复杂、头绪纷繁，既要照顾历史事实的基础，又要适应艺术情节的连穿，但作者却能以蜀汉为中心，抓住三国矛盾斗争的主线，有条不紊地展开故事情节，既曲折变化，又前后贯穿，宾主照应、脉络分明、布局严谨，从而构成了一个基本完美的艺术整体。

《三国演义》吸收了史传文学的语言成就，并加以适当的通俗化，这就达到了历史小说"文不甚深，言不甚俗"①的标准，具有简洁、明快而又生动的特色。

总之，《三国演义》除了给人以阅读的愉悦和历史的启迪以外，它更是审美化的历史的政治的史诗。这样的史诗，本来就是多层次、多侧面的，"横看成岭侧成峰"，但它的主题意旨和弘扬的是：民心为立国之本，人才为兴邦之本，战略为成

---

① ［明］蒋大器《〈三国志通俗演义〉序》。

功之本。正因如此,《三国演义》在雄浑悲壮的格调中,弥漫与渗透着的是一种深沉的历史感悟和富有力度的反思。它绝非有的学者所言"是一部权术、心术大全"。[①]

---

① 参见《读书》2005年第7期。

《水浒传》的民族审美风格①

"民族审美风格"这一题目本身就决定了必须回归文学本位,回归文本,即完全以文学审美性视角来观照这部伟构。

选择了这个题目,我知道讲明白的难度很大。我们过去分析小说戏曲这些叙事文体,大多是谈艺术性中的这样几个元素:典型人物的塑造,结构布局,语言艺术。这样的模式的讲述已经有半个多世纪了,能不能突破?要不要突破?这是难题之一。难题之二是文化热中,文学研究领域中的"文化研究"几乎排斥了文学审美性的分析。我们能不能真正回归文学本位,能不能回归文学文本,做审美的解读?我们的前辈美学大家宗白华先生在《我和艺术》中强调:"美学就是一种欣赏。

---

① 本文原为笔者2009年12月10日在浙江绍兴文理学院"风则江大讲堂"的发言纲要。

美学一方面讲创造,一方面讲欣赏。创造和欣赏是相通的。创造是为了给别人欣赏,起码是为了自己欣赏。欣赏也是一种创造,没有创造,就无法欣赏。"宗先生这一审美欣赏的经验总结,不但揭示了中国美学的特殊研究法,而且扎实地立足于面向文学艺术真实的欣赏。然而今日之"文化研究",严格地说只是一种综合性的文化研究,而丢掉的恰恰是文学的审美性。我们的历史学太强大了,文化研究往往变成了历史的社会的研究,而文学研究能否回归文学本位?文学能不能回归文本?这是今天我感到最有挑战性的问题。这么说,不是把文学的审美研究拉回到原有旧模式、旧框框中去,而是需要花大力气,把我们的审美视线启开,真正着眼于艺术美文的本质特征上来,着眼于文学本体的特点和规律上来,而不是仅仅着眼于跟文学相关的其他社会文化现象上去。明乎此,回归文本则必是回归文学本位的题中之意,是必然的。要想对任何一部文学作品进行审美观照,回归文本乃是第一要义。

一、小说文体和类型述略

建立在回归文学本位和回归文本的基点上,必然要对文学文本的文体和类型有一个明晰的认识。

《水浒传》是长篇小说，是中国特有的文体类型：章回小说。从宏观小说诗学角度来观照，史诗性小说是一个民族为自己建造的纪念碑，它真实地描绘了民族的盛衰强弱、荣辱兴亡。深一层次地说，史诗性的长篇小说是小说家们叙写的民族心灵史，经典文本也就是大师们留下来的精神遗嘱。因此，鲁迅才把它称之为"时代精神所居之大宫阙"。英国作家劳伦斯把长篇小说称为各种文体的"最高典范"。法国作家莫里亚克也把长篇小说称为"艺术之首"。最有意味的是昆德拉那本流传得很远的《小说的艺术》一书中，曾反复述说奥地利作家布罗赫的那句小说定理，即"小说唯一存在的理由是'发现'唯有小说才能发现的东西"。小说发展史证明：墨写的审美化的心灵史比任何花岗岩建筑更加永久而辉煌。

在中国，明清章回小说则开启了中国成熟的长篇小说的先河。明清章回小说应当说是中国文学发展史上最辉煌的成果。文体确立后，当然是小说类型。中国长篇小说，从明代开始奠定了四大类型：历史演义、英雄传奇、神魔故事和世情小说。这四大小说类型各自有自己的格局，《水浒传》是英雄传奇的开山之作。

英雄传奇又有四种类型：一是描写官逼民反，着重写反对暴政的侠义英雄，如《水浒传》和《后水浒传》等；二是描写抗击侵略,保卫疆土,如写民族英雄的"杨家将"和"说岳"系列;三是写发迹变泰,写出身寒微后来成就帝业的,如《飞龙全传》等;四是写草莽英雄,从反抗官府压迫开始,后来转而追随"真命天子"去打江山,如《隋唐演义》等。这四类中,当然以第一种为最上乘者。

二、叙事格局与命意

我前面的铺垫意在说明:《水浒》的审美特色是中国古代小说的民族风格和民族气派最突出最强烈的。无论从文体、从类型上说都最具代表性,而从叙事上说则更有特色。

在以上分析的基础上,让我们以小说文本为依傍,去感悟《水浒传》的民族审美风格吧!

《三国演义》和《水浒传》在中国小说史上的出现,是一个奇特的现象。曾有人将二者合称为一书,名曰《英雄谱》。这两部小说,一写据地称雄,一写山林草莽,都把英雄的豪气做了深刻而富有社会意味的描写。尽管这两部鸿篇巨制的美学风格与气韵风味迥然不同,然而却是共同生根在中国土地上,并吸取了中国文化的深厚滋养而成长起来的两株参天大树。

现在我们捧读《水浒传》时,会感到一种粗犷刚劲的艺术气氛扑面而来,有如深山大泽吹来的一股雄风,使人顿生凛然荡胸之感。它豪情惊世,不愧是与我们伟大祖国和中华民族相称的巨著。据我所知,外国作品中除有一部《斯巴达克斯》写奴隶起义的,其影响有限外,在世界小说史上还罕有像《水浒传》这样倾向鲜明的、规模巨大的描写人民群众的抗暴斗争的长篇小说,这在世界小说史和中国古代小说史上应当说是个奇迹。

作为文化符号的《水浒传》的作者施耐庵,他的小说智慧绝不可低估。他一方面有深切的人生的新体验,在元末明初民族抗暴斗争的实践中,他勇敢地把草泽英雄推上了舞台,机智地写出"逼上梁山"和"乱自上作"的过程,在广阔的领域内反映了宋元之际的社会生活。施耐庵以"一百单八将"为重心,以梁山泊英雄起义的发生、发展、高潮直至衰落失败为轴心,揭示了现实政治的黑暗,反映了群众性抗暴斗争的正义性和广大群众的社会理想,同时也写出了古代人民抗暴斗争的历史局限性和悲剧的必然性。

《水浒传》的结构布局,特别是它的叙事格局,往往被很多学者质疑,一是说它是从"小本水浒"拼凑过来的,没有一个整体的构架,只是一个一个地写几个代表人物;一是说它只能像后来的《儒林外史》那样,写出几组人物,如同一个个短篇。两者意见雷同，都是认为它不像《三国演义》那样以历史为线索，有条有理地顺序写下来。这个问题，我要作为第一个问题提出，即施耐庵这位小说家他是站在理性的高度，以审美感性的方式演绎时代的大事件。他的精心结构，就在于它与《三国演义》那种史诗化写作相反，《水浒传》走的其实恰恰是一条景观化历史的道路，即一个人物就是一个景观。比如林冲的故事，武松的故事，鲁智深的故事，宋江的故事，这些个人的故事，一经串联就是一部"史"了。所以《三国演义》和《水浒传》虽然都是历史故事化，但《水浒》是景观化历史的写法，所以它不同于《三国演义》。《三国演义》不可能有"风俗画"，而《水浒传》却把社会风俗画的素材和原汁原味的资料作为必要的资源，因为它不是像《三国演义》那样写帝王将相，而是着眼于平民，着眼于民间，着眼于中下层，着眼于受苦人、不平者和各色游民。于是那个粗略的"历史"就被转换成可以随着自己的审美理想进行想象力充沛的塑造和组合，随各自的需要剪裁、编制历史记忆中的意象，并巧妙地转化成眼中一幅幅纯粹的风俗画，纯粹的波澜壮阔的风景线。施耐庵真正的伟大之处就在于此，他把过去的历史演义更进一步地文学化，把历史事件、历史故事演绎成了更有文学意味的小说艺术。原来，历史就是历史，文学就是文学，文学可以体现历史精神，但无意代替历史。这是小说观念的一大进步。这就证明一个重要的小说审美意识的规律：小说家无论面对何种形态的历史生活，一旦进入文学的审美领域，就为其精神创造活动的表现提供了一种契机，尽管这种契机具备选择的多样性，但绝不成为严格意义上的历史，更不是历史的附庸。总之，无论《三国演义》还是《水浒传》都不是要再现历史，而是要表现历史。它们只是"史里寻诗"，即从历史中发现文学性。文学永不是史学。高明的文学家、小说家有历史感就足够了。没有历史感，也就无法写出历史题材的作品，这是事实。明乎此，我们就知道了《水浒传》的结构主线，正是通过景观化把起义英雄一个一个、一股一股、一组一组地去写，写他们如何从四面八方百川入海式地汇集到梁山泊，形成一支强大的武装部队，攻城夺府，同宋朝政府对抗。这种结构布局就突出了"乱自上作"和"官逼民反"，而小说正是通过展示这幅规模宏大、惊心动魄的民族抗暴斗争的历史画卷，倾向鲜明地歌颂和表现了可以陈列满满一个画廊的群众英雄的典型形象，他们的神韵，皆在这景观化中和景点上得到充分展示，这些草莽英雄的起义道路，也得到了充分的展示和卓越的体现。小说家的智慧，小说技巧的智慧充分得到具象的传达，使一切接受者热血沸腾！

所以在第一个问题明确后,我们会理解到:这种单线又交叉发展的结构法,每组情节既有相对的独立性,又是一环扣一环,环环勾连,逐步发展到梁山泊英雄大聚义。同时这种从主线出发,又和小说的主题意旨契合,也就是说通过不同英雄好汉的不同命运,最后都是逼上梁山,从而从不同渠道展示起义斗争的广阔画面,它真的像百川汇海一样,由分而合,推向声势浩大的梁山英雄大聚义的高潮。

以上说的是研究《水浒传》审美风格特色的前提。

三、《水浒传》的总体审美风格

那么,我们在读《水浒传》时,对其总体民族风格是怎样感受的呢?

《水浒传》反映了时代的风貌,也铸造了独特的艺术风格,即我们民族精神中重要的阳刚之美。它线条粗犷,不事雕琢,甚至略有仓促,但让人读后心在跳,血在流,透出一股迫人的热气,这就是它的豪放美、粗犷美。它没有丝毫的脂粉气、绮靡气,而独具雄伟劲直的阳刚之美和气势。作者手中的笔如一把凿子,他的小说是凿出来的石刻,明快而雄劲。它的美的形态特点是气势。这种美的形态是从宏伟的力量、崇高的

[明]杜堇绘《水浒全图》之宋江、戴宗

精神中显现出来的，它引起人们十分强烈的情感：或能促人奋发昂扬，或能迫人扼腕悲愤，或能令人仰天长啸、慷慨悲歌，或能教人刚毅沉郁、壮怀激烈。《水浒传》的气势美，就在于它显示了人类精神面貌的气势，而小说作者所以表达了这种气势美，正是由于他对生活中的气势美有独到的领略能力，并能将它变换为小说的气势美。

《水浒传》标志着一种英雄风尚。这种英雄文学最有价值的魅力就在于它的传奇性，我们很难忘却李逵、武松、鲁智深、林冲这些叱咤风云的传奇人物。在这里我们看到的是一个刚毅、蛮勇、有力量、有血性的世界。这些主人公当然不是文化上的巨人，但他们是性格上的巨人。这些刚毅果敢的人，富于个性，敏于行动，无论做什么都无所顾忌，勇往直前，至死方休。在他们的传奇故事里，人物多是不怕流血、蔑视死亡、有非凡的自制，他们几乎都是气势磅礴、恢宏雄健，给人以力的感召。这表现了作者的一种气度，即对力的崇拜，对勇的追求，对激情的礼赞。它使你看到的是刚性的雄风，是人性的严峻的美。

四、《水浒传》民族审美风格的四大特点

《水浒传》的这些美学风格得以出色体现，源于作者美的

传达和美的表现的艺术技巧，这就是传奇性、传神、白描和意境。这些特点烙印着民族特定历史精神生活的印迹，是在长期发展的艺术传统中逐渐培育形成的。

首先谈传奇性。中国古代叙述文学中的小说、戏剧、说唱，统称传奇。传奇者，以情节新奇、丰富、多变为特色。《水浒传》等诸多小说的传奇性，正是传统审美意识在小说艺术中的突出特征。传奇就意味着艺术在对生活的把握中，摒弃那些平凡的、了无生气的素材，而撷取那些富于戏剧性的、不一般的、跌宕多姿的生活，并以巧合即诸多偶然性的形态显现。它总是通过曲折复杂的故事情节或直接或暗示出生活中特异的事件和超乎想象的变异，从而把故事展示出来。鲁智深的故事，是通过三拳打死镇关西、大闹桃花村、火烧瓦罐寺、大闹野猪林，特别是倒拔垂杨柳等一连串惊人的情节和细节，描绘了这位英雄人物不平凡的经历和英雄性格。而武松的传奇故事，又是通过景阳冈打虎、斗杀西门庆、醉打蒋门神、大闹飞云浦、血溅鸳鸯楼等情节勾画出这位大英雄另一种极度奇异的生平故事。作者正是通过这些曲折复杂的故事，把英雄人物放在冲突的焦点上，并以他为矛盾冲突的中心，随着故事，亦即矛盾冲突的推进，环环紧扣，一浪接一浪，逐步把不平凡的曲折故事叙述出来，而英雄好汉的丰富的性格特征及英雄本色又被鲜明、活泼地揭示出来。《水浒传》这种注重掌握丰富的情节和奇异情节的描写，就把中国小说善于编织传奇性故事的技巧向前推进了一大步。所以你看《水浒传》，绝无一览无余、看头知尾的毛病，很少有板滞枯涩之痕迹。小说的大部分，特别是英雄人物史的故事编织，大都夭矫变幻，摇曳多姿，即使情节的一个片段，也往往是一波三折，极尽曲折之能事。至于"无巧不成书"的运用，则充分把奇与巧的辩证的艺术思维处理得十分自然，巧则奇，奇则巧，"奇"才能传，"巧"才能书。传奇之奇，是出"奇"制胜；"巧"则是"山重水复疑无路，柳暗花明又一村"。由此，我们可以在中西小说比较中得出一个相对的规律性现象，即：西方小说，是以写人为主，人中见事，是擅长于追魂摄魄地刻画人物心灵流变的辩证法；而我们的古典小说，以《水浒传》为标志，则侧重于记事，事中见人，是善于声情并茂地展示事物发展过程的辩证法。简单地说，他们善于雕刻心灵，我们则善于编织摇曳多姿的故事。当然这只是相对而言。

其次，《水浒传》的审美风格，也是它把美感的民族传统贡献于世界小说艺术宝库的，除传奇性外，还有传神。古今中外，文艺创作共同的审美目标都是力求突破事物的外壳而把握事物的精神实质。中国则是在审美范畴中提出了"传神"、"形神兼备"和"神似"的概念。《淮南子》就提出过要反对"谨毛而失貌"。白居易提出"形真而圆,神和而全",既要达到形似,又要达到神似。东坡先生谓:"作画以形似,见与儿童邻。"这种艺术理念都渗透到我国小说艺术中了。比如明胡应麟在称道《世说新语》时就说,"晋人面目气韵,恍然生动",达到了形神毕肖。而托名李卓吾批评的《水浒传》第三回评语也说:"描画鲁智深千古若活,真是传神写照之妙手。"鲁迅赞扬《水浒传》好汉之诨名:"正如传神的写意画,并不写上名字,不过寥寥几笔,而神情毕肖。"从这里可以知道,传神具有以下几项原则:1.在抓住事物的运动和人物的行动中,把握人物的性格特质。2.行文力求简洁明晰,英爽流畅,神韵飞扬。3.抓住人物最突出最本质的特征,贯彻其余、支配其余的原则,正如歌德所说:"显示特征的艺术是唯一真正的艺术。"忽视了特征,也便忽视了真实性,传神手法便成了空架。茅盾在总结中国文学的民族形式时说,人物形象塑造是"粗线条的勾勒和工笔细描相结合"。前者常用以刻画人物性格,使人物通过一连串的故事表现人物性格,这一连串的故事通常使用简洁有力的叙述笔调;后者则用以描绘人物的声音笑貌,即通过对话和小动作来渲染人物的风度。这很像齐白石画的虫草,自然的树木花草往往用写意,但蝉、蚂蚱、

[明]杜堇绘《水浒全图》之吴用、董平

蜻蜓则是工笔细描,二者结合得天衣无缝。

《水浒传》英雄形象的成功塑造,得力于传神写照。前人曾有"水浒一百〇八人,人人面目不同"的说法,这话言之过甚。不过,全书至少有十几个到二十个个性极其鲜明、精神气韵达到出神入化境界的典型的人物,这确是事实,他们完全可以陈列满满一个画廊。

总之,传神的关键正在音容笑貌,在通过对话和细节乃至一个小动作中显现出来。举个大家熟悉的例子,小说写林冲的逼上梁山是最成功也是最典型的,他始终在"忍"与"不能忍"的冲突中经历着心灵上的痛苦。大家记得,高衙内第一次调戏他的妻子时,他拨过高的肩头,一看竟是本官的儿子,那举起要打的手就不由自主地垂下来。这个细节把林冲开始时的隐忍和逆来顺受写得非常准确,也非常传神。直到后来,高衙内第二次调戏他妻子,他又误入白虎节堂,中计被捕,发配途中几乎被害,他仍然委曲求全,直到火烧草料场等一系列情节,使林冲与高俅的矛盾愈演愈烈,直至山神庙前手刃陆谦、富安。真是几经挫折,接受了血的教训,林冲被逼上梁山,一直到在梁山火并王伦,林冲的性格才完整地体现了出来。林冲的性格发展和心路历程,在小说中可以说是写得最成功的,人物的精神气韵也最完满地展示了出来。

其实,《水浒传》中的传神写照,又往往似不经意却又甚见功力地用人物语言的高度个性化传神地表现了人物的经历、修养、个性、身份、地位。比如往往被人忽略的第七十一回,武松、李逵和鲁智深三人都是反对招安的,但三个人的神态、话语和动作截然不同。武松直爽而诚恳,李逵莽撞,鲁智深粗中有细,这是小说中多次显现的。但在反招安的情节中,小说作者是用画龙点睛法揭示人物的精神面貌。武松在"叫";李逵不仅"大叫",而且"睁圆怪眼",说完话还一脚把桌子踢起,跌成粉碎;而鲁智深却是在"道"了,话里话外都讲的是个道理,语调凄凉。三个人反招安,但"反"的程度不同,认识也不同,这样写,是从性格出发,而又用特殊的话语和细节来传达,于是真正做到了"传神写照""形神兼备"。这就是画论中说的"迁想妙得",即天然浑成的境界。

怎样才能使小说通向"传神"的艺术彼岸?这里我们就讲《水浒传》的白描手法,这种手法也是我们民族美感贡献于世界小说艺术的一大特色。

中国小说点评者常说"白描入骨""白描追魂摄魄"。白描和传神的统一,就是"体物传神",这是我国小说传统中的一个审美目标。本来"白描"起源于传统中国画中的"白画",在花卉和人物画中被广泛运用。它纯用墨线勾勒,不加彩色渲染，形象地描绘人物的音容笑貌的特征，有意识地留下空白，启迪观者的艺术想象空间。中国古典小说艺术家则创造性地把绘画中的白描运用于叙事性的创作中，并达到了完美的程度。鲁迅说："'白描'却并没有秘诀。如果要说有，也不过是和障眼法反一调：有真意，去粉饰，少做作，勿卖弄而已。"这里说的有两层意义：第一层含义是要求明快、简洁，不拖泥带水，具有一种单纯美。第二层含义则是简洁、明晰，而且要真切和微妙，显出一种黑白对比的力量美。你看《水浒传》开头，写"九纹龙"史进，本来不是小说的重点，但纯用白描手法，写来如此传神，并且如此干净利落：

> 只见空地上一个后生脱膊者，刺着一身青龙，银盘也似一个面皮，约有十八九岁，拿条棒在那里使。

这个例子也许并不典型，但作者运笔简练，显示了作者笔底的功力。他极简省地勾勒了人物的侧影，然而通过这一白描手法却点出了人物的神韵风貌，给读者留下一个英气勃勃、好动、逞强的少年英雄形象。这个人物的肖像描绘，不仅富有质感，而且有韵味。

总之，白描是一种写意，因此，《水浒传》中对人物形象

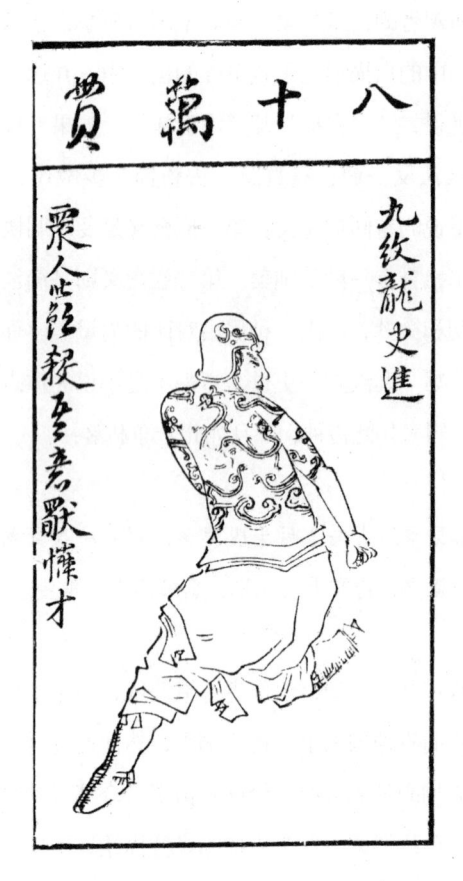

陈洪绶《水浒叶子·九纹龙史进》

的勾勒，常常是写意人物形象的主要特征，以虚带实，造成一种艺术空白，给读者以想象、联想的余地，从而在再创造时补充形象的全貌。因此，我们说《水浒传》把美感的民族传统贡献于世界小说艺术宝库的还应有白描手法的单纯美，这绝非过誉之辞。

最后是意境美。意境乃是中国诗歌艺术的基本审美范畴，而对小说艺术如何理解？小说艺术的意境美在哪儿？《水浒传》又在何处有意境？它又是如何体现这种诗意的意境美呢？

《水浒传》的意境美，一言以蔽之，乃是小说的白描和传神艺术的完整化，是诗对小说的积极渗透。

我国是有着"诗国"之称的国家。从《诗经》始，诗歌已有数千年的历史，其他文艺无不得诗的滋养，它的触角伸向各个艺术领域。

给我印象最深的是鲁迅先生在编辑《唐宋传奇集》时，他的"序例"说"藻思横流，小说斯灿"，就如此深刻地谈到唐传奇的诗的意境正是诗之意境渗透的结果。

现在我们具体分析《水浒传》中两个大家很熟悉的例子。

第一个例子是第十回"风雪山神庙"，写林冲去草料场的场面：

> 正是严冬天气，彤云密布，朔风渐起，却早纷纷扬扬卷下一天大雪来……出到大门首，把两扇草场门反拽上锁了，带了钥匙，信步投东。雪地里踏着碎琼乱玉，迤逦背着北风而行。那雪正下得紧。①

大家看，小说叙事的诗意就在于《水浒传》作者不是静止地孤立地描绘自然景物和分析人物心态，而是紧密地配合着情节的进展，是用林冲这个流放者的眼光观察风雪交加的天气和陌生住处，并且随时介绍周围环境引起他的思绪的变化，这样就以浓烈的萧瑟凄凉的气氛，很好地衬托了他的委曲求全和忍辱负重的心情，从而造成了情景交融的诗的意境。

第二个例子，就是小说第三十六回写宋江的一段故事。这个例子的诗意不是依靠一大段的风景描写，只是在紧要处点染几笔，起到"画龙点睛"的烘托作用。

宋江被穆家兵赶到了浔阳江边，正在危急之际，忽然从芦苇荡里摇出一只船来，宋江便向艄公求救。不料那艄公张横亦是个强徒，拿出刀来竟要请他吃"板刀面"。正危急时，对面摇来另一只船，那船上的大汉李俊同张横原是一路，却也是宋

---

① 着重号为笔者所加。

江的朋友。他见张横,问起情由,疑那将被害的可能是宋江,便"咄"的一声喊了起来。作者描写这个惊奇场景时写道:

> "咄!莫不是我哥哥宋公明?"宋江听得声音厮熟,便舱里叫道:"船上好汉是谁?救宋江……"那大汉失惊道:"真是我哥哥!早不做出来!"宋江钻出船上来看时,星光明亮……那船头上立的大汉正是混江龙李俊。

对于这一段描写,清代著名小说戏曲批评家金圣叹认为,尤其"妙不可说"的是"钻出船上来看时,星光明亮"这十个字。他说这十个字"非星光明亮照见来船那汉,乃是极写宋江半日心惊胆碎,不复知何地何色,直至此忽然得救,而后依然又见星光也。盖吃惊后之奇喜也"。金圣叹的分析确实入木三分:作者避开了正面描写宋江的喜悦心情,而是以景来烘托暗示,言简意赅,含蓄隽永而又紧凑利落。我们可以想象,对于这个场面完全可以有不同写法:可以荡开去细致刻画先惊后喜、由悲转喜的戏剧性变化引起的人物的心理活动;也可以捕捉这一过程中人物的种种表情、动作和姿态等。但这种描写即使是成功而出色的,让人感到别有滋味,别有情趣,也很难有这么紧凑利落自然传神的效果。叙事小说的意境正在此,诗与事的紧密结合是小说意境之上乘也。

无论是传奇性、传神、白描，还是意境，再有就是本文未分析的语言，鲁迅的一句话已足以说明其水平和审美风格："《水浒传》和《红楼梦》的有些地方是能使读者由说话看出人物的。"

智慧的较量
——读《西游记》①

公元15—17世纪,对于中国小说艺术发展史来说,是一个令人瞩目的历史时期。这个时期,小说开始往纵、横两个方向延伸,展现了色彩斑斓、标新立异的繁盛景象,长篇、短制、文言、白话,构成了一个惊人的小说奇观,小说世界已蔚为大观。世称的"四大奇书":《三国演义》《水浒传》《西游记》《金瓶梅》都产生于此时。它们都是耸立于艺术群山中的高峰,其中被鲁迅称之为"魁杰""巨制"的神魔小说《西游记》,就是吴承恩终其一生对中国小说史,也是对世界小说史奉献出的伟大的瑰宝。

---

① 本文原为何满子先生主编的《十大小说家》(上海古籍出版社1989年版)中的一篇。

吴承恩的才艺

没有吴承恩,自然没有《西游记》;但没有《西游记》,也就不会有我们今天所理解的吴承恩。事实上,他们是互相创造的。在"四大奇书"中,也许《西游记》是最幸运的了。因为今天我们所掌握的它的作者吴承恩的生平资料,远比其他三部小说的作者都翔实得多。

吴承恩,字汝忠,号射阳山人。先世安东(今江苏涟水)人,后徙淮安山阳(今江苏淮安县)。约生于明孝宗弘治十七年(1504),约卒于明神宗万历十年(1582)。根据吴承恩手撰《先府君墓志铭》可以考见他的家世,特别是他父亲的事迹。他的高祖叫吴鼎,布衣。曾祖吴铭曾任浙江余姚(今浙江余姚市)县学训导,祖父吴贞做过浙江仁和(在今浙江杭州市)县学教谕。其父吴锐,因年幼失怙,家贫,仅读社学,未能走上科举功名的道路,与徐氏结婚后,就继承了岳父家的事业,以经营绸布为生,虽身为商人,却"自《六经》诸子百家莫不浏览",读至"屈平见放"、"伍大夫鸱夷"、诸葛亮"出师不竟"、檀道济"被收"、岳武穆"死诏狱"等,"未尝不双双流泪也"。吴锐又"好谭时政,意有所不平,辄抚几愤惋，意气郁郁"。这里显示了吴锐是一位颇有怀抱的人物。这样的家庭和父教，对吴承恩无疑会发生重要影响。

吴承恩自幼聪颖慧敏。陈文烛《花草新编·序》谈到吴承恩幼年情况有一段生动的描述：

> 生有异质，甫周岁未行时，从壁间以粉土为画，无不肖物；而邻父老命其画鹅，画一飞者，邻父老曰："鹅安能飞？"汝忠仰天而笑，盖指天鹅云。邻父老吐舌异之，谓汝忠幼敏，不师而能也。比长，读书数目行下。督学使者奇其文，谓汝忠一第如拾芥耳。

吴承恩在少年时代就以文名冠于乡里。吴国荣《射阳先生存稿跋》中说"射阳先生髫龄，即以文鸣于淮"；明天启年间（1621—1627）修的《淮安府志》也说他"性敏而多慧，博极群书，以诗文下笔立成……复善谐剧，所著杂记数种，名震一时"，后来清代的《山阳县志》和《山阳志遗》也都说他"英敏博洽，为世所推"。

吴承恩少年时代就爱好神奇的故事传说，他在《禹鼎志》的自序中说：

> 余幼年即好奇闻，在童子社学时，每偷市野言稗史。惧为父师呵夺，私求隐处读之。比长，好益甚，闻益奇。迨于既壮，旁求曲致，几贮满胸中矣。

他还喜读"善模写物情"的唐人传奇，这些成为吴承恩后来写作《西游记》的起跑点，它为《西游记》的撰著做了必要的文学准备。

吴承恩不负父、师期望，较早地进了学，从他的文才来看，中举人，成进士，本不应成问题，但偏偏中了秀才后，即屡试不售，困顿场屋，蹭蹬穷年。嘉靖二十三年（1544），吴承恩已到中年才补得个岁贡生，又过了差不多七年之久，才到北京吏部候选，结果只获得了浙江长兴县丞的卑微官职。他接受这个任命是极不情愿的。吴国荣在《射阳先生存稿跋》中称："（吴承恩）屡困场屋，为母屈就长兴倅。"这是确凿的原因：母老家贫，中举无望，才使他出任了这样一个与他思想性格极不协调的职务。然而吴承恩的政绩还是不错的，他不贪污自肥而又工作勤恳。陈文烛《花草新编·序》中说他"恬淡自守，廉而不秽"，他不愿改变自己的傲岸性格以屈从长官意志，始终保持着刚直的风骨。

对于一个诗人来说，忠实于自己的感受和发现，就意味着忠实于自己的诗魂。在众多的歌唱中，吴承恩的著名长歌《二郎搜山图歌并序》是一首气势伟岸的诗，也是他全部诗作中的一组强音符。他以纵横捭阖、浑浩奔放的笔触，为我们展现了一幅神话中二郎神搜山，使魑魅魍魉、狐猴虺龙或断头授首，或束手就擒的奇幻景观。这些狐妖虺龙就如《西游记》中的魔怪一样，诗人联想到它们就是人间黑暗邪恶势力的幻化，恨不得把它们斩尽杀绝。这诗的感情和时空的广阔，一定程度上概括了一个灾难的时代。因此，这首诗应该看作是吴承恩向一切封建统治和腐烂没落的社会发表的抗争檄文。

吴承恩久经动乱后，也许发已斑白，但是豪情与诙谐依旧，保持着刚直傲岸的风骨，他没有在悲哀中消沉，其《送我入门来》一首词可看作吴承恩整个人生态度的自我表白：不为贫穷的处境、困顿的遭遇、世人的白眼、炎凉的世态所屈服，在严霜积雪的酷寒中，信心百倍地"探取梅花开未开"，它可视为诗人的自况。这洁白芳香的"梅花"，正象征着他那高洁的人格，也象征着他自己从事的文学事业。他的诗和他的小说一样，是以乐观意识为轴心，或者说，终以乐观的调子完成悲哀的美。

诗人有幸，他不仅能以健笔参与了中国小说史创造的巨大工程，而且能以他的诗篇保留下历史巨变时代的动人场面和音响。

"西游"故事的演变

在我国文学史上，一个带有规律性的现象是：小说、讲唱文学和戏曲艺术有着不可分割的血缘关系，其中纽带之一是在创作题材上往往同出一源或是相互"借用"。杰出的作家还能在这种"借用"的基础上，进行创造性的改编，翻演为新篇。宋元以来，瓦舍、勾栏遍布京师和一些大城市，更为小说、讲唱文学和戏曲艺术在题材上的相互借鉴提供了广阔的园地，开凿了多条渠道。由此，同一题材在说书场中和戏曲舞台上以各自的艺术样式进行表演。

吴承恩在《西游记》中，创造了一个属于他自己的独特艺术世界。但是它的题材和基本情节又不是他的首创，它的产生过程和其他优秀的古典小说《三国演义》《水浒传》等相类似。

作为《西游记》主体部分的唐僧取经故事，是由历史的真人真事发展衍化而来。唐太宗贞观三年（629），青年和尚玄奘[①]独自一人赴天竺（今印度）取经，跋山涉水，历尽艰难险

---

① 俗姓陈，名祎，法名玄奘，取经归来先后于长安弘福寺、大慈恩寺等寺院翻译佛经。

阻,经历了当时一百多个国家,走了几万里路,至贞观十九年(645),取回佛经六百五十七部。这一惊人举动,震动中外。归国后,玄奘组织译场,从事佛经的翻译工作。玄奘在取经过程中所表现的坚定信念、顽强意志,令人敬仰。他所身历目睹的种种奇遇和异国风光,对人们具有极大吸引力,他的行为和见闻本身就具有不同寻常的传奇色彩。于是他奉诏口述沿途见闻,由门徒辩机写成《大唐西域记》。以后他的门徒慧立、彦琮为了夸大师父的宏伟业绩,弘扬佛法,在《大唐大慈恩寺三藏法师传》中,穿插了一些灵异传说,不过传文的基本面貌仍然是历史传记,而不是佛教的灵异传。取经故事的真正神奇化是在它流入民间以后,愈传愈奇,以至于离开历史上的真实事件愈来愈远。在《独异志》《大唐新语》等唐人笔记中,取经故事已带有浓厚的神异色彩。据欧阳修《于役志》载,扬州寿宁寺藏经院有玄奘取经壁画,可知取经故事在五代时已流布丹青。

在这个时期,值得注意的是《大唐三藏取经诗话》的产生。刊印于南宋时期的《大唐三藏取经诗话》,是保存下来的晚唐五代寺院俗讲的底本。《取经诗话》已经开始把许多传说故事与取经故事串联起来,初步具备《西游记》故事的轮廓。全书分上、中、下三卷,内容记叙唐僧一行六人往西天时遭遇各种精怪的折磨,情节离奇,但不曲折。其主旨则在宣扬佛法无边、逢凶化吉。其中所经历的个别国度如女儿国,少数处所如大蛇林和深沙神处,能使人联想起《西游记》的有关章节。书中的猴行者是一个"人(神)化"的猴精,它化作白衣秀士,是神通广大、降伏妖怪的能手,初具人、神、魔三位一体的性质。它是小说《西游记》中孙悟空的雏形。

形诸文字的第一本小说形态的《大唐三藏取经诗话》的出现,标志着玄奘天竺取经已由历史故事向佛教神魔故事过渡的完成;标志着"西游"故事的主角开始由唐僧转化为猴行者;标志着某些离奇情节有了初步轮廓。因此它在《西游记》成书过程中有着重要意义。

由于《大唐三藏取经诗话》是晚唐五代佛教徒宣扬佛法的"俗讲",一般属于宗教文学。与此同时,"西游"故事随"说话"艺术的繁荣,又以"平话"的方式出现,至迟到元末明初,就出现了更加完整生动的《西游记平话》。后来百回本《西游记》中的一些重要情节,在《西游记平话》里大体上已具备了。《西游记平话》的形式风格,比较接近于宋元讲史平话,文字古拙,颇像元刊本《全相平话五种》,描写亦欠精细。但无论从内容、情节、结构、人物诸方面看,《西游记平话》都很可能是吴承恩据以加工进行再创造的母本。可以说它为吴承恩创造《西游记》提供了一个很好的胚胎。

广东出土的元代前期磁州窑唐僧取经瓷枕（藏广东博物馆），证明取经故事在当时已在民众中广泛流传。画面上的人物是取经故事中的师徒四众，处于中心地位的是英姿勃勃的孙悟空。这说明取经故事和有关人物的关系和思想性格，至迟到元代已大致定型。

取经故事除了在话本和其他艺术形式中不断发展和流布外，还搬上了舞台。宋元南戏有《陈光蕊江流和尚》，金院本有《唐三藏》，元杂剧有吴昌龄的《唐三藏西天取经》，可惜都已失传。元末明初则有无名氏的《二郎神锁齐天大圣》杂剧和杨讷（景贤）所著的《西游记杂剧》。《西游记杂剧》共六本二十四折，以敷演唐僧出世的"江流儿"故事开场，后面有收孙行者、收沙僧、收猪八戒、女人国逼配、火焰山借扇、取经归东土、行满成正果等情节。吴承恩正是博采众长并受到多方面的启迪才创造了《西游记》。

随着唐僧取经故事的流传和衍化，孙悟空的形象也经历了一个同样漫长的演变过程。关于孙悟空形象的渊源，是一个争论很久的问题。鲁迅认为孙悟空"神变奋迅之状"移取唐传奇李公佐所作《古岳渎经》里的淮河水怪无支祁。因为吴承恩的家乡，自古淮水为患，很早就产生了与治水有关的神话传说。

无支祁就是大禹治水时收服的一个淮涡水神。他原是神通广大的猴精,后来被镇锁在淮阴龟山脚下。因此鲁迅认为孙悟空本出于无支祁。随后,胡适提出印度史诗《罗摩衍那》中的神猴哈努曼是孙悟空的原型。胡适的说法并未动摇鲁迅的说法,反而引起鲁迅更为有力的驳难。此后就出现了折中的"混同"说,认为孙悟空是继承无支祁,又接受哈努曼影响的"混血猴"。日本学者则大多根据佛经提出不少看法。然而如果我们沿着唐僧取经故事的演变,也不难发现,从《大唐三藏取经诗话》中的猴行者到《西游记杂剧》《西游记平话》中的孙行者,再到吴承恩小说《西游记》中的孙悟空,他们之间有着一脉相传的血缘关系。孙悟空是吴承恩独运匠心,对猴行者、孙行者进行了质的改造,再创造出来的一个不朽的典型。或者说是吴承恩把民间传说和说书、戏曲中的孙行者融化为一个整体,才诞生了属于吴承恩创造的艺术结晶。孙悟空绝不是一个或几个现成形象的移借、合成,它的产生途径是艺术典型的创造。因此,如果仅据其特征的一点来寻绎其原型,是极不科学的。

　　《西游记》确实是吴承恩创造的一个真正属于他自己的独特的艺术世界。郑振铎先生早就看到这一点,他说:

惟那么古拙的《西游记》，被吴承恩改造得那么神骏丰腴，逸趣横生，几乎另成了一部新作，其功力的壮健，文采的秀丽，言谈的幽默，却确远在罗氏改作《三国志演义》，冯氏改作《列国志传》以上。①

历史赋予吴承恩创作《西游记》以客观和主观的条件。明朝自成化（1465—1487）以后，特别是嘉靖（1522—1566）、万历（1573—1620）两朝皇帝，都崇信道士羽客的妖妄之言。这股风气从上层一直蔓延到民间，神魔小说的崛起和风行，显然同这一社会风尚下的精神状况有着密切关系。至于作家的主观条件，由吴承恩的诗文已经证明他的文学才华是多方面的。而在小说创作经验的积累上，他的志怪小说集《禹鼎志》虽然已经亡佚，但此书或许是他为写《西游记》做准备或许是练笔用的。幸运的是，从此书的序中我们却又得到这样的信息："虽然吾书名为志怪，盖不专明鬼，时纪人间变异，亦微有鉴戒寓焉。"这"微有鉴戒寓焉"与《二郎搜山图歌并序》联系起来看，其相通之处甚多，这就是作为小说艺术家的吴承

---

① 郑振铎：《西游记的演化》，见《佝偻集》，生活书店1934年版。文中罗氏指罗贯中，冯氏指冯梦龙。

恩兼具思想家某些品格的明证。如果我们再联系另一重要时代思潮，会更加看清吴承恩创作《西游记》也绝非偶然。在吴承恩青壮年时期，在意识形态领域，有着一股强劲的反理学统治、要求个性解放的思潮，李卓吾就是这一反传统思潮的中心人物。在此前后文艺各领域中的主要的革新家和先进者如袁中郎、汤显祖、冯梦龙等，都恰好是李贽的朋友、学生和倾慕者。他们或是主张直抒个人性灵，或是把人性中的性爱提到小说戏剧的创作日程上来。可以设想，在这股强劲的反传统思潮的冲击下，像具有吴承恩这样的人生经历的作家，他会很自然地浸淫在这清新的精神氛围之中，从而启迪他的灵智，不由自主地用他的小说创作投入到这股思想解放的浪潮中去。

在神魔斗争背后的寓意

吴承恩虽然以其卓越的艺术创造才能使原来的"西游"故事顿改旧观、面目一新，但他也不能不受传统故事基本框架的限制。《西游记》全书一百回，主要篇幅还是写孙悟空保护唐僧去西天取经，一路上降妖伏魔，扫除障碍，取回真经，终成正果的故事。

长篇神魔小说《西游记》是一个和谐的艺术整体。过去和现在,在《西游记》研究中始终有"两个故事"和"两个主题"的说法。认为孙悟空大闹天宫和保护唐僧取经,是两个不同的故事。在这两个故事的矛盾发展过程中,孙悟空所处的矛盾地位和矛盾的对象是不相同的,前者是叛逆英雄反抗天庭统治者,后者则"转化"为同各种阻挠取经事业的妖魔之间的斗争;前者的主题是通过神话式的故事形式,反映中国封建社会人民的反抗,后者的主题则"转化"为:要完成一种事业,一定会遭遇到许多困难,而且必须战胜这些困难。而《西游记》就是糅合了两个不同的故事和两个不同的主题的神话小说。还有一种"主题矛盾"说,认为大闹天宫和西天取经是思想倾向对立的两个故事,后者否定了前者,存在着"不可调和的矛盾"。此说实为"主题转化"说的变种。

的确,在中国小说史上,有些长篇名作存在着主题的多义、多层次和多元性。但是,《西游记》并没有两个主题,也不属于多义性作品一类。小说的主旨极其明晰,就是西行求经。

中国古代长篇小说大多根据史书演变而来,其故事情节多少都有一点历史因由。从一定意义上说,中国的历史演义小说和神魔小说的结构法很像中国戏曲艺术的结构排场,它的"布关串目"都是属于"英雄颂剧"式的结构排场,这就是调动一切艺术手段来着意刻画和热烈歌颂英雄主人公。

《西游记》正是这样布局的。小说第一回至第十二回是整个故事的序幕，交代取经故事的缘起。第十二回后的八十八回书，才是吴承恩取经故事的主体工程。前七回集中写石产仙猴、闹龙宫、闹地府、闹天宫，主要是写西天取经的保护人孙悟空的非凡出身和神通广大的本领。第八回主要介绍取经集团中其他四名成员：沙悟净、猪悟能、白龙马及江流儿唐僧的出身经历。第九回至第十二回则是承袭第八回继续叙述西天求经故事的缘起。从整体结构看，前七回故事的主要作用，与第八回一样，既然同是介绍取经集团成员的出身经历，自然也应视为序幕的有机部分。把前七回同七回以后截然分开，说成是两个不同的故事，从而把孙悟空大闹天宫等情节从取经故事的序幕中剖离出来，显然既不符合小说作者的创作意图，也不符合中国古代小说思维的定式，更不符合神魔小说结构布局的一般模式。

众所周知，小说《西游记》的真正主角不是唐僧而是孙悟空。取经途中，斩妖除魔、扫除障碍，经历九九八十一难，每一次战斗离开孙悟空都不行。要而言之，要取真经，绝非易事，必须有能够降魔伏妖、克服千难万险的真正大能人。只有在序幕中充分展示孙悟空的非凡出身和超群绝伦的本领，才能为其取经途中的种种表现提供充足的依据，才能令人信服地看到西天真经的获得是有保障的。吴承恩意在为孙悟空造像，在故事开端即浓墨重彩渲染孙悟空"石破天惊"的不平凡的诞生，并以细腻生动的笔触描述他如何求仙访道免遭轮回，如何寻取横扫妖魔的如意金箍棒，如何练就七十二般变化、十万八千里筋斗云以及火眼金睛等神奇本领，如何一次又一次地战胜天兵天将，其目的都是为孙悟空以后去西天求得真经做"武装准备"和进行"实战演习"。

吴承恩的这一整体构思，体现在《西游记》的情节提炼和故事剪裁的全过程。如果把小说《西游记》同《大唐三藏取经诗话》《西游记杂剧》相比较，有两点明显的变化值得注意。第一，《大唐三藏取经诗话》中的猴行者与《西游记杂剧》中的孙悟空，虽已逐渐升格为主角，但本领与所起之作用都有较大局限，取经途中降伏妖魔、保护唐僧的主要力量实际上是大梵天王与"十大保官"。而小说《西游记》却把孙悟空的神通广大与求得真经的决定作用大大提高和发展了，并淋漓尽致地发挥和渲染，从而使之由取经集团中的一个重要成员一变而为小说中名副其实的主角，是一个最富于"行动性"的角色。事实上《西游记》的主体工程和审美价值，只能是关于孙悟空"一生"的故事。一句话，如果没有孙悟空就没有吴承恩《西游记》这部小说。第二，《大唐三藏取经诗话》把唐僧看作取经的主要人物，所以故事的开端也由叙述唐僧行状开始。猴行者出身经历，直到"入王母池之处第十一"，才以补叙方式略加介绍。《西游记杂剧》承袭这种做法，把唐僧的出身以占全剧六分之一的篇幅作为故事的开端，安排在第一本，孙悟空的出身经历，到第三本才进行追叙。而吴承恩的《西游记》则打破取经故事的传统格局，不仅把关于孙悟空出身的描写由原来作为穿插而存在的"隐蔽"环节，一变而为重要的显现情节，置于全书的开篇处，而且以七回的篇幅大加渲染。

《西游记》的确是一部复杂的小说。但是，这"复杂"并不在于人们通常所说是题材本身的局限性和吴承恩所处时代及其所属阶级的局限，也非如上述论者所说是"主题的矛盾"造成的。我们认为，它的复杂性正在于：它是以庄严神圣的取经的宗教故事为题材，但在具体描述时却使宗教丧失了庄严的神圣性。它写了神与魔之争，但又没有严格按照正与邪、善与恶、顺与逆划分阵营，它揶揄了神，也嘲笑了魔，它有时把爱心投向魔，又不时把憎恶抛掷给神——它并未把挚爱偏于佛、道任何一方。

这一矛盾的"复杂性"，在小说的开端就显示出来了。本来孙悟空在花果山水帘洞带领着群猴，自由自在地过着那"不伏麒麟辖,不伏凤凰管,又不伏人间王位的拘束"的生活,他不能忍受任何压迫和不平。当他考虑到"暗中有阎王老子管着"的时候,竟不远万里,泛海越岭,访师求道,待学得一身本领后,就闯入龙宫,向龙王索取宝盔、金箍棒,进而抡棒打入冥府,一笔勾销了生死簿上全部猴类的名字,从而能够"躲过轮回,不生不灭,与天地山川齐寿"。龙王、阎王当面对孙悟空无可奈何,等孙悟空一走,便立即向他们的主子——神界的最高统治者玉帝告状。玉帝"遣将擒拿"不成,便使出诡计:"降旨招安",把孙悟空骗上天庭。神的王国,最高统治势力的象征,具有不可侵犯的权威,但孙悟空全然不放在眼中。太白金星奉旨请他上天,他"把个金星撇在脑后",自己先走;南天门上不放他进去,他就骂金星是"奸诈之徒"。见了玉帝,既不"朝礼",又不"谢恩",却"挺在身旁","唱个大喏",自称"老孙"。当他发现封他为"弼马温"原来是个骗局时,便"心头火起,咬牙大怒","忽喇一声,把公案推倒",耳中取出金箍棒,一直打出南天门,干脆竖起"齐天大圣"的旗号,与天庭对抗。玉帝调遣天兵神将,兴师讨伐,被他打得落花流水,狼狈逃窜。后来,神佛道联合作战,花尽力气,才把他投进老君的八卦炉里,可是七七四十九天,还是没有把他烧死。当老君开炉取丹时,孙悟空纵身而出。玉帝胆战心惊,只得去向西天佛老求救。孙悟空面对"法力无边"的如来佛,也是"怒气昂昂,厉声高叫",定要玉帝让出天宫,宣称"若还不让,定要搅攘,永不清平"。

在这里,吴承恩驰骋其想象力于奇幻的情节中,写来神完气旺、声势夺人,读之惊心动魄、兴趣盎然。在吴承恩的笔下,神道佛联合战线的威风和神圣性扫地以尽。释教的佛菩萨、道教的祖师神仙和至高无上的玉皇大帝一个个惊惶万状、束手无策,道教中的太上老君和福禄寿三星被孙悟空任意捉弄,佛教的始祖释迦如来也被拿来取笑。最有趣的是孙悟空临遭镇压之前,他也还要在这位佛祖掌上撒上一点臊臭的猴尿。这随手拈来的一笔,真是令人忍俊不禁。在吴承恩犀利的笔锋下,宗教的神道佛祖从神圣的祭坛上被拉了下来,显现了它的原形!"大闹天宫"这则故事带有提纲挈领的意义,可说在主旨上为整个作品定下了基调。在取经途中,孙悟空的英雄形象又增添了新的光辉。为了扫除祸害,"与人间抱不平",他上天入地,深入龙潭虎穴、妖巢魔窟,与各色妖魔人等战斗,随机应变,顽强不屈。他对付最厉害的妖魔就是钻进对方的肚皮里,在里面"跌四平,踢飞脚","打秋千,竖蜻蜓,翻跟头",疼得妖魔遍地打滚、满口求饶,从而转弱为强,反败为胜。他还有"济困扶危、恤孤念寡"和见恶必除、除恶务尽的美德;又有一见妖魔,盯住不放,纠缠到底,不达目的绝不罢休的韧劲儿。从总体精神来看,孙悟空的"抗魔"斗争,可以说是"大闹天宫"的继续。而且事实上在取经征途中,孙悟空对待诸神佛道,仍然是那样桀骜不驯,没有放松对他们的捉弄和揶揄,态度是一以贯之的。比如,要他保护唐僧取经,他先提出"叫天天应,叫地地灵"的条件,要山神土地、四海龙王、值日功曹、天兵天将供他调遣,甚至连佛祖、玉帝也要为他服务,诸山神土地略有拂逆,就要"伸过孤拐来,各打五棍见面"!仅仅为了欺骗两个小妖,他便要玉帝闭天半个时辰,"若道半声不肯,即上灵霄殿动起刀兵"!他经常以轻蔑态度揶揄、嘲弄这些神佛统治者。如对观音,敢骂她"悭懒",咒她"一世无夫";对佛祖,敢奚落他是"妖精的外甥";对玉帝,要"问他个钳束不严"的罪名,见了面便"朝上唱个大喏",打趣说:"老官儿,累你!累你!"所以从表面上看,孙悟空似乎接受了如来佛旨,皈依了佛教,保护唐僧去取经,但是他自身形象显示出来的具体内容,仍然是对诸神佛道的宗教禁锢的否定。

吴承恩在《西游记》中还极聪明、极俏皮、极轻松地描写了妖魔鬼怪同天上诸神道佛的微妙关系。如黑松林的黄袍怪是天上的奎木狼星，小雷音寺的黄眉妖是弥勒佛的司磬童子。神下凡成魔，魔升天做神，神魔原本一体！孙悟空很明白这些个底细，所以常常到天上去追查魔的来历。更有讽喻意味的是，当它们私自逃入人间为非作歹的时候，诸天神祇都装聋作哑，到孙悟空花了九牛二虎之力把他们将致死命时，什么李老君、弥勒佛、南极寿星、观音菩萨等，一个个都出来说情，加以保护，索取法宝，收上天庭，各归本位，仍做天神。由此可以看出，后者是前者的后台，前者是后者的基础，两者相依为命。吴承恩写了这些故事，可能不仅只是为了博读者一粲，它多数寓讥讽于笑谑。所以作为"社会"趣闻、"社会"活剧来读，也有发人深思之处。

这里显示了作者宽广的精神视野，他把对宗教批判的锋芒转到了另一角度。原来宗教从来是与蒙昧主义相依为命的，他们所编造的谎言句句都要人当作真理般信仰——"神"是"正宗"，"魔"是"异端"。实际情况却大谬不然，全是用来骗人的。吴承恩在这里只是撩起了幕布的一角，让人们看到所谓天国、所谓佛道诸神到底是什么货色。在根本利益一致的基础上，神魔的关系原来就是纠缠不清的，有时简直就是二位一体。它的讽喻蕴含似也不难把握。作者喜爱孙悟空身上的魔性甚于他身上的神性。另外，如牛魔王虽然喜新厌旧，停妻再娶，但他那浑厚憨直之态也颇能令人解颐；平顶山的精细鬼、伶俐虫写得妙趣横生，十分逗人喜爱。看来，吴承恩对于神魔从不存偏见，也没有框框，只是在娓娓叙述奇幻瑰丽的故事时顺便给人物抹上一些谐谑的色彩。

吴承恩对宗教神学的批判是否提高到政治批判上？这是一个至今还有争议的问题。我们不同意把《西游记》的一些故事强与现实政治做比附，也不认为小说中屡有微言大义。但是也不能否认《西游记》"讽刺揶揄则取当时世态"。这是因为作家在现实生活中的感受会很自然地融入到他的艺术思维中去，并通过他创造的艺术形象宣叙出来，那一丝丝情愫也会渗透在作家的言谈话语之中。对于这一点，《西游记》作者心中似有一条界线，而我们则看到两种类型，这两种类型在切近现实政治问题上，在深、浅、明、隐以及涵盖面上是很不一样的。

一类是作者特别耐人寻味地在取经路上直接安排了九个人间国度，指明其中好些都是"文也不贤，武也不良，国君也不是有道"的国家，并着重对道教的虚妄可笑和道士的弄权祸国进行了无情的揭露和严厉的鞭笞。比如，比丘国的道士进女色，被封为"国丈"，嗣后，又献延年益寿秘方，要用一千一百个小儿的心肝，把整个国家弄得乌烟瘴气。灭法国的国王许下罗天大愿，要杀一万个和尚。这些故事就和作者生活的嘉靖王朝的情况相当切近和相似。明代许多昏君庸王都信道教,道士通过祈雨、炼丹、进女色等卑劣手段,爬上高位,"干扰政事,牵引群邪"。如被奉为真人并且做了礼部尚书等大官的道士邵元节、陶仲文等,又与宦官(如崔文)、奸臣(如严嵩)同恶相济,祸国殃民。世宗佞道灭佛,亲自炼丹修道,耗尽民脂民膏。当时一些有正义感的士大夫往往不顾性命,上书进谏,结果不是被"榜掠"得"血肉狼藉",就是被"先后棰死狱中"。如果我们能正确认识作者写小说时的背景和心态,这一类型的故事,无疑具有令人深思的认识价值。

另外一种类型的就是属于信手拈来、涉笔成趣的讽刺小品。比如阴司冥府,据说是最铁面无私的,可是唐太宗魂游地府时,判官崔珏竟因为生前是"太上先皇驾前之臣",又与魏徵是"八拜之交",故在收到当朝宰相魏徵的求情信后,立即私改生死簿,给唐太宗增添阳寿二十年。这些描写,无疑是封建社会徇私舞弊、贪赃枉法、官官相护等普遍存在的黑暗腐败现象的折射。但对读者来说,只把他们看作一幅幅隽永的谐谑图即可,所谓"忘怀得失,独存赏鉴",更多的微言大义是找不出来的,也不必费时间进行寻绎和考索。作者寄希望于读者的是能欣赏他的绝妙的幽默的"小小说"。

创作《西游记》是吴承恩的一次精神漫游,想必在经历了一切心灵"磨难"之后,他更看清了世人的真相,了解了生活的真谛。他更加成熟了。

然而,看《西游记》不能离开那个超人间的荒诞的外貌。它的"假定性"已呈现于读者之前,我们毕竟应当尊重作者的意图,把它当作神魔小说来读。我们绝不能辜负吴承恩奉献于小说史的这个新品种。

我们还要说一句,吴承恩对生活并未失去爱,小说处处是笑声和幽默,只有一个心胸开阔、热爱生活的人,才会处处流露出一种不可抑制的幽默感,他希望他的小说给人间带来笑声。《西游记》并非是一部金刚怒目式的作品,他富于一个人文主义者的温馨的人情味。讽刺和幽默这两个特点,其实在全书一开始就显示出来了,它们统一于吴承恩对生活的热爱,对人间欢乐的追求。

笑笑生对中国小说美学的贡献
——评《金瓶梅词话》

明代中后期长篇白话小说又有了重大进展,其表现特征之一是小说文体观念的强化,或者说是小说意识又出现了一次新的觉醒,小说的潜能被进一步发掘出来。《金瓶梅》(本文用《金瓶梅词话》本)的出现,在最深刻的意义上是对《三国演义》和《水浒传》所体现的理想主义和浪漫洪流的反动,它的出现也就拦腰截断了浪漫的精神传统和英雄主义的风尚。然而,《金瓶梅》的作者却又萌生了小说的新观念,具体表现在:小说进一步开拓新的题材领域,趋于像生活本身那样开阔和绚丽多姿,而且更加切近现实生活。小说再不是按类型化的配方演绎形象,而是在性格上丰富了多色素,打破了单一色彩,出现了多色调的人物形象,在艺术上也更加考究新颖。更为重要的是,小说以清醒的、冷峻的审美态度直面现实,在理性审视的背后,是无情的暴露和批判。

《金瓶梅》是一部人物辐辏、场景开阔、布局繁杂的巨幅写真。腕底春秋,展示出明代社会的横断面和纵剖面。《金瓶梅》不像它以前的《三国演义》《水浒传》那样,以历史人物、传奇英雄为表现对象,而是以一个带有浓厚的市井色彩、从而同传统的官僚地主有别的恶霸豪绅西门庆一家的兴衰荣枯的罪恶史为主轴,借宋之名写明之实,直斥时事,真实地暴露了明代后期中上层社会的黑暗、腐朽和不可救药。作者勇于把生活中的负面人物作为主人公,直接把丑恶的事物细细剖析来给人看,展示出严肃而冷峻的真实。

兰陵笑笑生发展了传统的小说学,他把现实的丑引进了小说世界,从而引发了小说观念的又一次变革。

市民社会的工笔长卷

兰陵笑笑生是我国小说史上最杰出的小说家之一,是中国市民阶层最重要的表现者和批判者。他所创造的"金瓶梅世界",经由对自己的独特对象——市民社会的生动描绘,展现了一个几乎包罗市民阶层生活各个重要方面的艺术天地,显示出他对这一阶层的百科全书式的知识,从而使诸如经济的、政治的、宗教的、社会的、历史的、心理的、生理的、婚姻的、民俗的、艺术的知识等，都在"金瓶梅世界"中得到鲜明的显现，可以把它称为这个时代的一面镜子。应当承认，在中国小说史上，特别是明代说部中，笑笑生提供的百科全书式的知识的丰富性和生动性，几乎在当时文坛上还找不到另一位作家与之匹敌。

在中国，作为一种文类的小说艺术，如果和欧洲文学史上的小说相比，则是早产儿。欧洲文学史上，14世纪薄伽丘的《十日谈》是划时代之作，开启了小说的新纪元；而同样作为市民文艺式样的宋元话本，则早于《十日谈》两个半世纪。事实是，自从平凡而富有生气的市民进入小说界，小说王国的版图便从根本上改观了，恰如哥伦布发现新大陆使世界地图必须重新绘制一样。作为市民文艺的宋元话本在中国小说史上承前启后，独树一帜，自成一个新阶段。

历史进入明代，我国小说已蔚为大观。《三国演义》《水浒传》标志着一种时代风尚，其刚性的雄风给人以力的感召。明代中后期，小说又有了新的发展，神魔小说《西游记》俏比幽托，揶揄百态，折射出当时社会上的种种弊端和丑恶现实。世情小说《金瓶梅》则为我们展现了一幅色彩斑斓的市民社会的风俗画。

在社会中，人是活动的中心，而描写了人，也就是描写了社会。世情小说最大的特点就是写常人俗事，而《金瓶梅》并不是以帝王将相、达官贵人作为自己创作的主要对象，在作者的笔下，他的全部兴趣、他最熟悉的人物和创作对象恰恰是市民社会的凡夫俗子。我们不妨把前人对这部小说所写人物进行的简评做一点梳理，让大家看看《金瓶梅》是如何展现这幅市井风俗画的：

1. 《金瓶梅·东吴弄珠客序》说："借西门庆以描画世之大净，应伯爵以描画世之小丑，诸淫妇以描画世之丑婆、净婆。"

2. 《新刻绣像批评金瓶梅》评点者指出小说一号主人公西门庆乃是"市井暴发户"。提到西门庆的举止行为和语言谈吐都不脱"本来市井面目"。①

3. 夏曾佑在《小说原理》中指出：《金瓶梅》乃是一部"立意"写小人的作品。

4. 曼殊在《小说丛话》中说《金瓶梅》是一部"描写下等妇人社会之书"。

5. 狄平子在《小说丛话》中说：《金瓶梅》由于写了"当

---

① 参见第十六、五十五回评。

时小人女子之惨状,人心思想之程度",才获得"真正一社会小说"。

…………

据我的授业恩师朱一玄先生编著的《金瓶梅资料汇编》中《金瓶梅词话人物表》的统计,可能会更有说服力地证明《金瓶梅》建构的乃是一个前无古人的市民王国。朱一玄先生指出:"《金瓶梅词话》中人物的数目,尚无人做过精确的统计,本人物表列男553人,女247人,共800人。"这真是一个庞大的数字。根据朱师的指引,我们可以进一步了解到"西门庆一家人物关系""西门庆奴仆""西门庆商业伙计""城乡居民",包括医生、裁缝、接生婆、媒婆、优伶娼妓、和尚、尼姑、道士等,是他们构成了小说的主体,而上至皇帝下至文武官吏往往是穿插性、过渡性和背景性的人物,他们全然没有成为小说的主体部分。关于这些,读者不妨翻阅一下《金瓶梅资料汇编》,它将引领我们更顺利地进入这个市民王国。

是的,从《金瓶梅》的描写对象来看,不仅仅在于写了哪一阶层的人,而且还要看它写了哪些事。

我们说《金瓶梅》堪称中国中世纪封建社会的百科全书,就在于这部小说的作者极其关注世风民俗。在这一百回的大书中,在刻画自然环境与社会环境时,小说家常常怀着浓厚的兴趣挥笔泼墨描写出一幅幅绚烂多彩的风俗画面，使之成为刻画人物、表现题旨的文化背景。人世间众多的民风世俗，举凡礼节习俗、宗教习俗、生活习俗、山野习俗、江湖习俗、市场习俗、匪盗习俗、城市习俗、乡间习俗、娱乐场所习俗、行会习俗、口语习俗、文艺习俗等，几乎都可以从这部小说中找到，它为我们积淀着生动形象、丰富多彩的风情习俗大观。

在这里不妨举一些零星例证，让我们感受一下当时市民社会的风习。

在第十五回中，写正月十五元宵节，李瓶儿邀请吴月娘等人去她楼上看灯市，街上几十架灯架，挂着千奇百异的灯。此外，正月十五还有"走百病"的民俗。小说第四十四回也写吴大妗子说吴月娘从她们那里晚夕回家走百病。第二十四回还捎带写出陈经济走百病，和金莲等众妇人调笑了一路。

第十三回写了重阳节，花子虚请西门庆赏菊，"传花击鼓，欢乐饮酒"，这当然和孟浩然"待到重阳日，还来就菊花"不同，西门庆和花子虚等人只是附庸风雅而已。这件事和薛太监请西门庆"看春"一样，都是表面装风雅。花子虚的可悲也正在这里，他只知道游乐娼家，哪里知道西门庆早已瞄上他的妻子。所以《金瓶梅》的写节日，也正是用以映衬出人物的面貌，有时是对人物的调侃，有时则是对人物的揭露和

《新刻绣像批评金瓶梅》第十五回插图

抨击。

从小说的描写中还可以看到山西潞州,浙江杭州、湖州,以及四川等地,由于纺织业发达,这些地区显得十分富足。其中像浙绸、湖绸、湖锦、杭州绉纱及绢、松江阔机尖素白绫、苏绢等,均系当时的名产品,故必冠以地名。《金瓶梅》中西门庆为行贿,借蔡太师生辰派来旺专程到杭州织造置办寿礼,由此就可以想见一斑了。

《金瓶梅》以山东清河、临清一带作为故事背景,小说第

九十二回写道:

> 这临清闸上,是个热闹繁华大码头去处,商贾往来,船只聚会之所,车辆辐辏之地,有三十二条花柳巷,七十二座管弦楼。

小说家言不免夸张,但绝非毫无根据。人们知道,临清位于大运河畔,是北方重要的水陆码头。周围各县的商人都在这里转站,远方商人更是在这里长期驻足。小说就写了陈经济在这里开过大酒店,楼上楼下,有百十间阁儿,每日少说也能卖上三五十两银子。刘二的酒店也有百十间房子,兼营妓馆,"处处舞裙歌妓,层层急管繁弦,说不尽肴如山积、酒若流波",每天接待过往商人,花天酒地,其繁华绮靡的景象可以依稀想见。

令人触目惊心的还有《金瓶梅》为我们展示的妓女世界,据研究者统计,在小说中有姓名居处可稽的妓女便有39人之多。陶慕宁教授在他的《金瓶梅中的青楼与妓女》一书中翔实地解剖了这个妓女世界,指出《金瓶梅》中涉及的妓女不外三种类型:第一种为丽春院系统的上等青楼,她们身着锦绣,品餍肥甘,享受贵族化生活;第二种类型为下等妓院,她们比不得丽春院中名妓的待价而沽,是妓女世界中的底层人物;第三种类型就是私窠子了,这种暗娼的大量出现,正是当时社会衰朽的一个小小的旁证。

陶慕宁教授还指出:

> 一幕幕笙歌纵饮的侈靡场景,一缕缕目挑心招的冶荡风情,一个个流波送盼的色中"尤物",一桩桩谋财陷人的阴谋交易,绘成了一幅明代社会后期青楼生活的长篇画卷。

通过以上的简单介绍,再联系"金瓶梅世界",我们可以看到,也许这里未必能够得到多少可以考证的历史事实,但是《金瓶梅》所展示的五光十色的社会图景和丰富多样的人物形象,却有助于我们认识当时社会生活的某些本质方面,具有一般历史著作和经济著作不能代替的作用,特别是具有被许多历史学家所忘记写的民族文化的风俗史的作用。

总之,兰陵笑笑生不是一个普通艺匠,而是一位心底有生活的独具只眼的小说巨擘。他真的没有把他的小说仅仅视为雨窗寂寞、长夜无聊的消闲解闷之作。他的小说是出于市民的思想意识和市民的视角。从这个方面来说,他展示的市民社会的风俗画正是市民阶层日益强大并在小说领域寻求表现的反映。

化丑为美

这里不得不借用一点美学理论谈一下《金瓶梅》艺术世界的特色。

现代西方有一门很流行的"审丑"学,我们中国的学术界和文学界还未能独立地建构类似的"审丑学"。

但是中国却在16世纪就以自己的艺术实践建构了具有中国民族审美特色的"审丑学"了。令我们惊诧的是,晚于兰陵笑笑生三百年的伟大的法国雕塑家罗丹也是在创作实践中才自觉地感悟到:

> 在艺术里人们必须克服某一点。人须有勇气,丑的也须创造,因没有这一勇气,人们仍然停留在墙的一边。只有少数越过墙,到另一边去。①

罗丹的艺术勇气,从理论到实践破除了古希腊那条"不准表现

---

① [德]海伦·娜丝蒂兹著,宗白华译:《罗丹在谈话和信札中》,《文艺论丛》第10辑,上海文艺出版社1980年版,第404页。

丑"的清规戒律，所以他的艺术创造才发生了质变，并使他成为雕塑艺术大师。

笑笑生所创造的《金瓶梅》的艺术世界之所以经常为人所误解，就在于他违背了大多数人的一种不成文的审美心理定式，违背了人们眼中看惯了的艺术世界，违背了常人的美学信念。而我们认为笑笑生之所以伟大，也正在于他没有以通用的目光、通用的感觉去感知生活。

触碰丑恶，写小说有两种方法，一种是选取典型事件，不留情面、不留死角、不加忌讳地表现，让人看得心惊肉跳、五内俱焚、悲愤交加，这是批判现实主义。另一种是暴露丑恶的同时，不忘人类的爱心，让人物在黑暗中闪现人性的光辉，这是煽情主义的方法。

《金瓶梅》的艺术世界之所以别具一格，还在于笑笑生为自己找到了一个不同一般的审视生活和反思生活以及呈现生活的视点与叙事方式。对于明代社会，他戴上了看待世间一切事物的丑的滤色镜。有了这种满眼皆丑的目光，他怎能不把整个人生及生存环境看得如此阴森、畸形、血腥、混乱、嘈杂、变态、肮脏、扭曲、怪诞和无聊呢？因为对于一个失去价值支点而越来越趋于解体的文明系统来说，这种"疯狂"的描写，完全是正常的。然而，《金瓶梅》中的几个主要人物的性格塑造毕竟是极具时代特征而又真实可信的。对于这一点，至今尚无人提出疑义。

兰陵笑笑生创作构思的基点是暴露，无情地暴露。他之取材无所剿袭依傍，书中所写，无论生活，还是人心，都是昏暗一团，虽然偶尔透露出一点一丝的理想的微光，也照亮不了这个没有美的世界。社会、人生、心理、道德的病态，都逃不出作者那犀利敏锐的目光。在那支魔杖似的笔下，长卷般地展出了活灵活现的人物画像。这人物长卷以官僚、恶霸、富商三位一体的西门庆的罪恶家庭为中心，上联朝廷、官府，下结盐监税吏、大户豪绅、地痞流氓。于是长卷使人看到的是济济跄跄的各色人物，他们或被剥掉了高贵的华衮，或被抉剔出他们骨髓中的堕落、空虚和糜烂。皮里阳秋，都包藏着可恨、可鄙、可耻的内核。《金瓶梅》正是敏锐地捕捉和及时地反映出明末现实生活中的新矛盾、新斗争，从而体现出小说新观念觉醒的征兆。或者说它是以小说的新观念冲击传统的小说观念。正因为如此，对于它的评价也不是任何一个现成的美学公式足以解释的。

按照一般的美学信念，艺术应当发现美和传播美。在我看来，《金瓶梅》的作者不是无力发现美，也不是缺乏传播美的胆识，而是他的世界没有美。所以他的笔触在于深刻地暴露这

个不可救药的社会的罪恶和黑暗,预示了当时业已腐朽的封建社会崩溃的前景。鲁迅在《中国小说史略》中说得非常深刻:

> 作者之于世情,盖诚极洞达,凡所形容,或条畅,或曲折,或刻露而尽相,或幽伏而含讥,或一时而并写两面,使之相形,变幻之情,随在显见,同时说部,无以上之。

又说:

> 至谓此书之作,专以写市井间淫夫荡妇,则与本文殊不符,缘西门庆故称世家,为搢绅,不惟交通权贵,即士类亦与周旋,著此一家,即骂尽诸色。

鲁迅的这些论断是符合小说史实际的,也是对《金瓶梅》的科学的评价。

我们必须抛弃一切成见。《金瓶梅》是中国章回小说中的精品,它虽然属于"另类""异类",但是,《金瓶梅》是小说艺术,而艺术创作又是人的一种精神活动,所以它也需要追求人性中的真善美。复杂的只是因为世界艺术史不断提示这样的事实,即:描绘美的事物的艺术未必都是美的,而描绘丑的事物的艺术却也可能是美的。这是文艺美学中经常要碰到的事实。因此，不言自明，生活和自然中的丑的事物是可以进入文艺领域的。

问题的真正复杂还在于，当丑进入文艺领域时，如何使它变成美，变成最准确意义上的艺术美。《金瓶梅》几乎描绘的都是丑。正如德国伟大的美学家、诗人席勒在他的《强盗》的序言中所说：

> 正因为罪恶的对照，美德才愈加明显。所以，谁要是抱着摧毁罪恶的目的……那么，就必须把罪恶的一切丑态在光天化日之下暴露出来，并且把罪恶的巨大形象展示在人类的眼前。

试看，《金瓶梅》展示的西门庆家族中那些负面人物：西门庆、潘金莲、陈经济以及帮闲应伯爵之辈，丑态百出，令人作呕。但是，正如上面所说，《金瓶梅》毕竟是艺术。它在描绘丑时，不是为丑而丑，更不是像一些论者所说《金瓶梅》作者是以丑为美。不！他是从美的观念、美的情感、美的理想上来评价丑，否定丑。《金瓶梅》表现了对丑的否定，又间接肯定了美，描绘了丑，却创造了艺术美。这样，人们就很容易提出一个问题:《金瓶梅》是怎样来打开人们的心扉,使之领悟到自己所处的环境呢?回答是:否定这个时代,否定这个社会。兰陵笑笑生笔下所有的主人公都是以其毁灭告终的。他把他的人物置于彻底失败、毁灭的境地,这是这个可诅咒的社会的罪恶象征。因为一连串个人的毁灭的总和就是这个社会的毁灭。读者透过人物看见了作者的思想。笑笑生就是以他那新颖独特的文笔,深刻地反映了社会的真面目。崭新的文笔和崭新的作品思想相结合,这就是《金瓶梅》!这就是作为艺术品的《金瓶梅》!这就是笑笑生以一位洞察社会的作家的胆识向小说旧观念的第一次有力的挑战。

伟大的艺术家罗丹还曾说:一位伟大的艺术家,或作家,取得了这个"丑"或那个"丑",能当时使它变形……只要用魔杖触一下,"丑"便化成美了……一位真正艺术家的功力就表现在这一"化"上。一般地说,文艺家把生活中的丑升华为艺术美,除了靠美的情感、完美的形式、可信的真实性来完成这个艺术上的升华外,最根本的还是要根据美学规律的要求,通过艺术典型化的途径,对丑恶的事物进行深刻的揭露,有力的批判,使人们树立起战胜它的信念,在审美情感上得到满足与鼓舞。这就是卢那察尔斯基所说的对生活中的丑,要"通过升华去同它作斗争,即是在美学上战胜它,从而把这个梦魇化为艺术珍品"(《安·巴·契诃夫对我们能有什么意义》)。

《金瓶梅》中的西门庆是一个负面人物,这是毫无异议的。但是,他的美学含义,却应该是真正"典型"的。我们老一辈的美学家蔡仪先生就认为"美即典型"。如果是"典型"就是美的。否定性人物如同肯定性人物一样,作为"某一类人的典范"(巴尔扎克语),集中了同他类似的人们的思想、性格和心理特征,从而给读者提供了认识社会生活的形象和画面,这

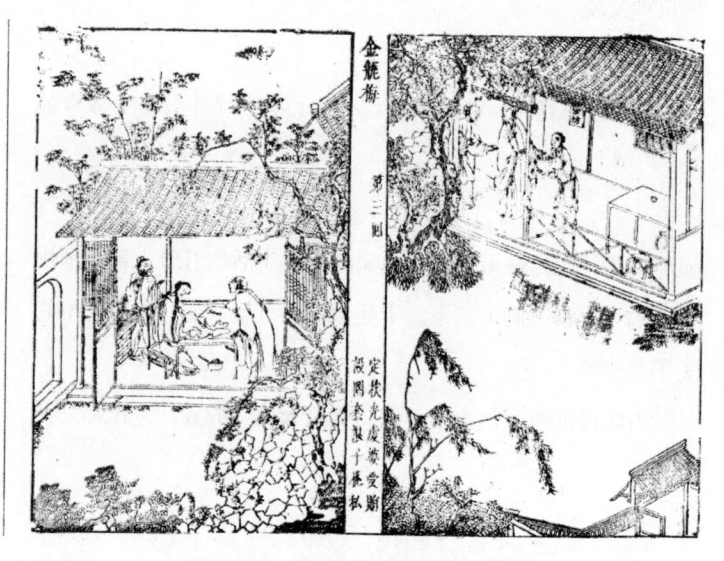

《新刻绣像批评金瓶梅》第三回插图

就是作为负面人物的西门庆的美学价值。《金瓶梅》所塑造、刻画的一系列人物,力求做到人物典型化,从而给负面人物以生命。罗丹说:

> 当莎士比亚描写亚果或理查三世时,当拉辛描写奈罗和纳尔西斯时,被这样清晰、透彻的头脑所表现出来的精神上的丑,却变成极好的美的题材。①

所以他又说:

> 在自然中一般人所谓"丑",在艺术中能变成非常的"美"。②

显然,笑笑生这位天才的小说家在表现生活的丑时,智慧地用手中的"魔杖"触了一下,于是生活的丑就"化"成了艺术的美了。

由此可证明:艺术上一切"化丑为美"的成功之作都是遵

---

①② [法]罗丹口述,葛赛尔记,沈琪译,吴作人校:《罗丹艺术论》,人民美术出版社1978年版。

照美的规律创作的,都是从反面体现了某种价值标准的。

当然,我们也无须否认,《金瓶梅》作为世情小说的开山之作,它没有能完全"化丑为美"。也就是说,作者未能把生活中的丑艺术地转化成艺术美,这充分表现在《金瓶梅》中对两性间的性描写过于直露和琐细。这种描写虽然是受社会颓风影响所致,目的又在于暴露西门庆等人的罪恶,但它毕竟给这部不朽的小说带来一些负面的影响,以致影响了它的流传,因为《金瓶梅》对性生活的描写毕竟不同于它以前的《十日谈》。《十日谈》贯穿着强烈的反宗教、反教会、反禁欲主义的精神。一方面是因为刚从宗教禁欲主义的束缚中冲出来,物极必反,难免由"禁欲"而到"颂欲",另一方面也是市民资产阶级的爱好,但归根结底是对伪善而且为非作歹的教会、淫邪好色的神父、嫉妒成性的丈夫进行揭露、讽刺和批判。

"化丑为美"是有条件的。作家内心必须有自己的崇高的生活理想和审美理想之光。只有凭借这审美理想的光照,他才能使自己笔下的丑具有社会意义,具有对生活中的丑的实际批判的能力,具有反衬美的效果。如果是对丑持欣赏、展览的态度,那么丑不但不能升华为艺术美,反而会成为艺术中最恶劣的东西。

生活里有美便有丑,美和丑永远是一对孪生的兄弟,所以表现丑的艺术也永远相应地有它存在的价值。但是这里有一个分寸感，一个艺术节制的问题。《金瓶梅》的审美力量在于，它揭露阴暗面和丑恶时，具有一定的道德、思想的谴责力量，这就是为什么《金瓶梅》中均是丑恶的"坏东西"形象，连一个严格意义上的肯定性人物都没有，却能引起人们美感的原因！而另一方面，这位笑笑生的某些败笔也在于他在揭露腐朽、罪恶和昏暗时缺乏节制。忠实于生活，不等于展览生活。《金瓶梅》缺乏的正是这种必要的艺术提炼。

总之，《金瓶梅》不是一部令人感觉到温暖的小说。灰暗的色调挤压着看客们的胸膛，让人感觉到呼吸空间的狭小，我们似乎真觉得到那个社会的黑暗无边。

人原本是杂色的

当我们走进《金瓶梅》的艺术世界时，我们的"第一印象"和特殊感受已如前节所说，那是一个人欲横流、世风浇漓的丑的世界。然而我们在面对小说中的主要人物时，又会发现这位兰陵笑笑生在写人物时真的是一位传神写照的高手。

一个普通的艺术真理是：只有描写出各种各样的鲜明的人物形象，才能全面地反映出社会的风貌。我国现代著名作家老舍先生在总结他一生的创作和纵观了世界文学史以后，在《老牛破车》中说了这样一段话：

> 凭空给世界加了几个不朽的人物，如武松、黛玉等，才叫做创造。因此，小说的成败，是以人物为准，不仗着事实。世事万千，都转眼即逝，一时新颖，不久即归陈腐；只有人物足垂不朽。此所以十续《施公案》，反不如一个武松的价值也。

如果说《金瓶梅》的成就也是给世界小说史上增加了几个不朽的人物，我想也是符合实际的。如西门庆、潘金莲、李瓶儿、应伯爵等人，堪称典型环境中的典型人物。但是如果进一步说，在《金瓶梅》的人物画廊中的十多个不朽的典型人物，首先是因为形象上的传神和不拘一格。这种"不拘一格"就是指，它打破了它之前那种写人物性格好就好到底、坏就坏到底的写法，可以包括《三国演义》、《水浒传》和《西游记》等名著。因为这些名著在塑造形象、刻画性格时，还不能突破既有的范式，缺乏性格描写上的艺术辩证法。而《金瓶梅》则在人物性格、行动和心态上已经萌生了一种新的小说审美意识——现实生活中的人是复杂的，不是单色素的，小说应把这种复杂性表现出来。

事实上，在现实生活中，正如作家高尔基在谈及创作心得时所说的，人"是带着自己的整个复杂性的人"，因此他明快地说出他的体会：

> 人是杂色的，没有纯粹黑色的，也没有纯粹白色的。在人的身上掺和着好的和坏的东西——这一点应该认识和懂得。①

因此，美者无一不美，恶者无一不恶，写好人完全是好，写坏人完全是坏，这是不符合多样统一的艺术辩证法的。在中国小说的童年时代，这种毛病可以说是很普遍的。在中国戏曲中，红脸象征忠、白脸象征奸的审美定式，一直和小说交互作用，打破这种樊篱的正是笑笑生。

《金瓶梅》在小说观上的突破就在于它所塑造的否定性形象，不是肤浅地从"好人""坏人"的概念中去衍化人物的感情和性格行为，而是善于将深藏在否定性人物各种变态多姿的

---

① 高尔基：《论剧本》，《高尔基选集·文学论文选》，人民文学出版社1958年版，第249—250页。译文有出入。

音容笑貌里,甚至是隐藏在本质特征里相互矛盾的心理性格特征揭示出来,从而将否定性人物塑造成活生生的有血有肉的人物,因此《金瓶梅》中的人物不是简单的人性和兽性的相加,也不是某些相反因素的偶然堆砌,而是性格上的辩证的有机统一。

人不是单色的,这是《金瓶梅》作者对人生观察的一个极为重要的心得。过去在研究《金瓶梅》的不少论著里有这样一种理论,即将人物关系的阶级性、社会性绝对化、简单化,只强调社会性和阶级性对否定性人物思想性格、心理的制约,而忽视了他自身的心理和性格逻辑。于是,要求于否定性人物的就是"无往而不恶"。从思想感情到行为语言,应无一不表现为赤裸裸的丑态。反乎此,就被认为人物失去了典型性和真实性。有的研究者就认为"作者在前半部书本来是袭用了《水浒》的章节,把他(指西门庆——引者)作为一个专门陷害别人的悭吝、狠毒的人物来刻画的。后来又'赞叹'起他的'仗义疏财,救人贫困'……这种变化并没有性格发展上的充分根据……这种对于人物前后矛盾的态度,使作者经常陷入不断的混乱里"。另外,中国社会科学院文学研究所编写组编写的《中国文学史》,在谈到李瓶儿的性格塑造时也认为不真实,说:"李瓶儿对待花子虚和蒋竹山是凶悍而狠毒的,但是在做了西门庆的第六妾之后却变得善良和懦弱起来，性格前后判若两人，而又丝毫看不出她的性格发展变化的轨迹。"在谈到春梅的形象时，也认为"庞春梅在西门庆家里和潘金莲是狼狈为奸的，她刁钻精灵，媚上而骄下，是一个奴才气十足的形象；然而在她被卖给守备周秀为第三妾，又因生子金哥扶正为夫人之后，她在气质上的改变竟恂恂若当时封建贵族妇女，也是很不真实，缺乏逻辑和必然过程的"。

对《金瓶梅》人物塑造的简单化的批评曾有文章提出了质疑。我是同意他们的意见的，但从理论上来说，有一些说法，实际上是否定人物身上的多色素，而追求单一的色调。事实是，小说并没有把西门庆写成单一色调的恶，也不是把美丑因素随意加在他身上，而是把他放在他所产生的时代背景、社会条件、具体处境上，按其性格逻辑，写出了他性格的多面性。在中国小说史上有不少作品不乏对人物性格简单化处理的毛病，比如鬼化否定性人物的现象，这往往是出于作者主观臆想去代替否定性人物的自身性格逻辑的结果。这种艺术上的可悲的教训，不能不记取。我们不妨听听契诃夫的写作体会：为了在七百行文字里描写偷马贼，我得随时按他们的方式说话和思索，按他们的心理来感觉，要不然，如果我加进主观成分，形象就会模糊。契诃夫说得多好啊！要求否定性人物的性格的真实性，不能凭主观臆断，只能通过作者描写在特定环境中所呈现出的个性、灵魂和思想感情。可以这样说，获得否定性人物的美学价值的关键，就在于让他按照自己的性格逻辑走完自己的路。

从小说艺术自身发展来说，应当承认，《金瓶梅》对于小说艺术如何反映时代和当代人物进行了大胆的、有益的探索，打破了或摆脱了旧的小说观念和旧模式的羁绊，这是值得我们重视的。因为这种新的探索既是小说历史赋予的使命，也是现实本身提出的新课题。这意味着《金瓶梅》的作者已经不再是简单地用黑白两种色彩观察世界和反映世界了，而是力图从众多侧面去观察和反映多姿多彩的生活和人物。小说历史上那种不费力地把他观察到的各式各样的人物硬塞进"正面"或"反面"人物框子去的初级阶段的塑造性格的方法，已经受到了有力的挑战。多色彩、多色素地去描写他笔下人物的观念，已经随着色彩纷繁的生活的要求和作家观察生活的能力的提高，而提到小说革新的日程上来了——寻求一种更为高级、更为复杂的方式去塑造活生生的杂色的人。

应当说，这就是《金瓶梅》以它自身的审美力提示出的小说观——小说的潜能被进一步开掘出来，它昭示给我们，书中的"人物是他们的时代的五脏六腑中孕育出来的"（巴尔扎克语)。关于小说中的人物刻画我在《〈金瓶梅〉六人物论》一文中做了详细的分析。

令人感慨系之的是,中国小说发展史上却总是打上这样的印记,即在一部杰出的或具有突破性的小说产生以后,总是模仿者蜂起,续貂之作迭出。它们以此为模式,以此为框架,结果一部部公式化、模式化的作品一涌而出,填充着当时的整个说部,把小说的艺术又从已达到的水平上强行拉下来。这种现象一直要等到另一位有胆有识的小说家以其杰出的作品对抗这一逆流,并站稳脚跟以后,才能结束那不光彩的一页。此种情况往往循环往复,于是构成了中国小说的发展轨迹始终不是直线上升的形式,而是走着螺旋式上升的发展道路。对于这种现象,曹雪芹已经以他艺术家的特有敏感和丰富的小说史知识,发现并提出了中肯的批评和很好的概括,而且力图用自己的作品来结束小说史上的这种局面,他在《红楼梦》第一回里说:

> 况且那野史中,或讪谤君相,或贬人妻女,奸淫凶恶,不可胜数;更有一种风月笔墨,其淫秽污臭,最易坏人子弟,至于才子佳人等书,则又开口"文君",满篇"子建",千部一腔,千人一面,且终不能不涉淫滥。在作者不过要写出自己的两首情诗艳赋来,故假捏出男女二人名姓,又

> 必旁添一小人拨乱其间,如戏中的小丑一般,更可厌者,"之乎者也",非理即文,大不近情,自相矛盾。竟不如我这半世亲见亲闻的几个女子,虽不敢说强似前代书中所有的人,但观其事迹原委,亦可消愁破闷;至于几首歪诗,也可以喷饭供酒,其间离合悲欢,兴衰际遇,俱是按迹循踪,不敢稍加穿凿,至失其真。

对于曹雪芹的这段评论,学术界尚有不同看法,但是我认为曹雪芹的批评并非是"牢牢地压住了那么多作品致使它们不得翻身"。不可否认,在过去古典小说研究领域确实存在过那种"一丑百丑"的简单化批评的弊端,时至今日,我们确实不应再那么粗暴了,而是要对具体作品进行具体分析,对每一部作品做出科学的评价。然而,不容否认,从作为一种小说思潮来看,明末清初之际的小说,读起来何尝没有似曾相识之感呢?才子佳人小说,大都写一对青年男女,男的必定是聪明才子,女的必定是美貌佳人,或一见钟情,或以诗词为媒介,顿生爱慕,双方私订终身;当中出了一个坏人,挑拨离间,多方破坏,使男女主人公经历种种波折磨难;最后,才子金榜题名,皇帝下诏昭雪冤屈,惩罚坏人,奉旨完婚——皆大欢喜的结局。生活画面和人物塑形几乎雷同,模式化的倾向极为严重,"千人一面"和"千部一腔"的批评并非过分。因为或是模仿,或是续貂,可以说都是对《金瓶梅》已经开创的写出"杂色的人"的小说观的倒退,其消极作用也不容低估。我视野极窄,仅就所看到的《好逑传》《赛红丝》《玉娇梨》《平山冷燕》等作品来看,虽"有借爱情与婚姻的外壳而抨击社会生活"的,"有因正义美行而导致姻缘的"一面,但是人物的塑形几乎都是皮相的,缺乏我们所要求的"典型环境中的典型性格"。比如《玉娇梨》里两位小姐白红玉、卢梦梨与《平山冷燕》里的山黛、冷绛雪两位小姐,从外貌到精神状态都极为相似。她们的美貌、才情和际遇、团圆以及模范地恪守封建规范都如出一辙。像《平山冷燕》中燕白颔和山黛、平如衡和冷绛雪的爱情关系,《玉娇梨》中苏友白和白红玉、卢梦梨的爱情关系,乃至《好逑传》中铁中玉和水冰心的爱情关系,都成了欲爱又休、口是心非、情感与行动矛盾的不正常关系。学术界有人认为是宋明理学对明清之际小说的模式化起了很大作用。因为宋明理学以性抑情,于是抹杀了小说形象的个性,使得人物形象越来越概念化、公式化和脸谱化。小说中的人物,往往吟风弄月而不离孔孟之道,真情实意归于理学,这说明了理学教条主义对人物形象塑造的破坏性。这种看法,是耶?非耶?还有待研究。但从创作实践去总结艺术规律,我们却可以明确地说，从某种格式出发的公式化、概念化的作品，或带有这种倾向的作品，人物都是单一的，没有丰满的血肉，没有可信的心灵世界和鲜明的个性，而是类型化的角色，这就是俗话所说：从一个模子里铸出来的人，当然难免要产生千部一腔、千人一面的平庸乏味的作品了。

在我们走进《金瓶梅》的艺术世界时，也许它的故事并没有使我们不忍释卷。在我看来，它的十几个甚至二十几个活生生的形象却吸引我们关注他们的命运，同时又去领略他们是如何在命运的轨迹上行走着、旋转着，这就是《金瓶梅》艺术魅力之所在。走笔至此，陡然想起德国伟大作家歌德，他在自己的"谈话录"中不无感慨地说：

> 艺术的真正生命在于对个别特殊事物的掌握和描述。此外，作家如果满足于一般，任何人都可以照样模仿；但是，如果写出个别特殊，旁人就无法模仿，因为没有亲身体验过。[①]

信哉斯言！

---

① 《歌德谈话录》，人民文学出版社1978年版，第10页。

追魂摄魄　白描入骨

世界上许多文学巨擘都曾在语言雄关前经过艰苦的战斗，冲破了一道道"贫乏""单调""烦冗""含混""枯燥"的防线，才逐步走上"鲜明""生动""形象""准确"的坦途。事实上，即使是我们最熟悉的那些一流的作家，在一生创作中令他苦恼不堪的也仍然是语言的问题，这就是人们所说的"语言痛苦症"。比如在语言上下过那么大功夫的高尔基也曾受过这病症的折磨，他坦言：

> 我的失败时常使我想到一位诗人所说的悲哀的话，"世上没有比语言的痛苦更强烈的痛苦"。[①]

说实在的，一部文学作品里，如果缺乏鲜明、生动、形象的语言，如果没有玲珑剔透、宛如浮雕似的使意象呈现出来的语言，如果没有妙语连珠、佳句迭出的警策的格言，那么即使故

---

① 高尔基：《谈谈我怎样学习写作》，见《论文学》，人民文学出版社1978年版。据我所知，他引的诗人的话，是（俄）一个叫纳德松的人讲的。

事不错、主题正确,作品的整体也会显得平平,而失去光彩照人的艺术魅力,所谓的文学性和形式美感也会丢掉一大半。妙语佳句在文学作品中之所以那么重要,是因为它们的确显示了一个作家的思想水平、艺术功力和灵、智二气。

然而复杂的是,同样都是语言艺术,由于文体和形态的不同,语言的传达和表述、节奏与格调、换位与切分等也往往同中有异,其中大有学问在。仅就诗与散文来说,从表象看,诗的语言就常会透露出散文语言没有的光辉,而散文中显得十分平凡的字句,有时竟会在诗歌中产生意想不到的艺术效果。而作为叙事艺术的小说文体又和诗、散文有了更大的差异,它们除了语言的一般规则要求之外,小说家在语言使用上的缜密、贴切,还同他对情节中各个部分相互关系的深入认识有很大关系。读者朋友可能都熟悉鲁迅在写《阿Q正传》时,为了准确地把握小说的语言表达方式——我们从他的手稿中可以看到——把"满把是钱"改成了"满把是银的和铜的"。俄国伟大作家陀思妥耶夫斯基,曾经为了追求小说的形象性,认为他笔下所写的"有个小银元落在地上"这个句子不理想,而改成了:"有个小银元,从桌上滚落了下来,在地下丁丁当当地跳着。"这真如后来一些作家称赞的那样:使读者看到语言所描写的东西就像看到了可以触摸的实体一样。在这里,我们不正是从小说的写实性的语言符号所呈现的意味中，找到了生活中的对应现象了吗？一个再浅显不过的道理说明，文学的语言，不仅要求"骨骼"，还要求"血肉"；不仅要求"梗概"，还要求"细节"；不仅要求"形似"，还要求"神似"。总之，精彩的文学作品，使用的总是能够描绘形象的语言。也许这一点对作为叙事艺术的小说更为关键。

以上对文学语言、特别是叙事文学的小说语言说了我的一

《新刻绣像批评金瓶梅》第二回插图

些感受，目的仅仅是为分析《金瓶梅》的语言做一些铺垫，意在说明：现实主义小说的语言力图尽量接近事物的本来面目，从而使抽象的文字符号产生逼真的艺术效果。对《金瓶梅》的文学语言是大可研究一番的。

本世纪初（2002），我和我的朋友、苏州大学语言学专家曹炜教授合著了一部《〈金瓶梅〉的艺术世界》，由台北文史哲出版社印行。书中所有有关《金瓶梅》的文学语言的研究都由曹炜教授撰写。我在通读全书书稿时就已感到，曹先生对《金瓶梅》人物语言的微观世界和宏观世界都有独到的见解。现在我想在他的研究基础上进行一些更通俗化的说明。

要研究和说明《金瓶梅》文学语言的魅力，我认为应该明确以下三个前提，只要把握了这三项前提，我们就会比较容易理解这部小说对语言艺术做了何等重要的贡献。

1. 小说所写，大部分是庸俗、卑琐的生活与人物，以此反映时代、人生和众生相。

2. 小说提供的乃是化庸陋、卑下甚至丑恶的生活和人物为艺术形象之后，所产生的艺术美。我们读此书就是以这种非美的事物、丑的事物为对象的一种审美活动。《金瓶梅》是一株丑之花、恶之花。

3. 家庭之内，妻妾合气斗口，事极琐屑，而其中所塑造之众多人物，各有面貌、心理、话语、动作、性情，声息如画，纷然并陈。有些情节决然不能入于他书，即或采以入书也只能作为点缀，甚或成为赘笔，然而在《金瓶梅》中却不是侧笔、插曲、败笔，而是正笔、胜笔。

据此，我们可以沿着小说情节的滚动逐步看清这部小说在人物语言上的三大特点，即性格化（或曰个性化）、平民化、市井气。以上三大特色，几乎都是用人物对话显现出来，这种人物对话其比重远远超过叙述语言。笑笑生赋予人物对话以多种艺术功能：交代正在进行的、打算进行的、已经进行的事情，烘染环境、氛围，指明器物，带出动作，隐喻表情、心理、性格、人物关系等。笑笑生笔下的人物对话，容量大而多变，技巧精而繁复。至于口语、俗语的纯粹、丰富、生动，表现力之强，作者运用口语俗语的娴熟漂亮，得心应手，都使人惊叹。现在就让我们看看、听听这些鲜活的人物语言吧！

首先让我们看看书中着墨不多的小角色。小说开篇不久，王婆出场了。西门庆向她打听潘金莲是谁的娘子，她张口便说："他是阎罗大王的妹子，五道将军的女儿。"西门庆称赞她的梅汤做得好，有多少在屋里。她装疯卖傻地回答："老身做了一世媒，那讨得一个在屋里！"西门庆请她为自己做媒，她便有意捉弄他，让西门庆感兴趣的那位"生得十二分人才，只是年纪大些"的娘子,竟然是"丁亥生"、属猪的、"交新年恰九十三岁"的老妇人。这种调侃,把西门庆拿捏得急不得、恼不得,只能厚着脸皮求她帮忙。

而到了下一步,在为西门庆定下十件挨光计时,王婆的精细和老谋深算则发挥到了极致,她一口气竟然说了1016个字,真让人不能不佩服这个媒婆的语言"功力"。后来西门庆踢伤武大郎,怕武松回来算账,只是"苦也""苦也"地叹息。而王婆却在关键时刻冷静沉着,她对着哭丧着脸的西门庆说:"我倒不曾见,你是个把舵的,我是撑船的,我倒不慌,你倒慌了手脚。"西门庆听了这番话,承认自己"枉自做个男子汉"!本来王婆和西门庆是两个地位、身份很不相同的人,然而现在西门庆有求于王婆,只好放下身段,一句硬话也不敢说,被王婆反复调侃、捏弄,"唯命是从"。王婆的几次"发言",只有出自她之口。从开始对西门庆的油腔滑调到后来对潘金莲嘱咐时所说的狠话,我们真的感到还是金圣叹说得正确,"一样人,便还他一样说话"。此话虽然是说《水浒传》的语言艺术,但也可用于《金瓶梅》中的人物语言。

人物之间的对话最易显示人物性格,这是生活中的逻辑,而在小说文本中,通过人物之间的对话表现人物的性格特点,同样是艺术上的逻辑。

在这个基础上,我们还可以考虑考虑《金瓶梅》的语言艺术是不是在写人物时已经超越了"性格"。我认为笑笑生不大写一般意义上的"性格",他甚至连人的外貌都写得很少,几笔吧。他写的是人的内在的东西,人的气质,人的"品"。笑笑生写人物,所用的语言往往是得其精而遗其粗。他的语言风格,看似随意,实则谨严,即使是通俗小说难以避免的造噱头,吸引眼球,你也会感到他是如何以写人为中心,而且写的是生活中真实的人。最经典的例子是小说第七十五回和第七十六回吴月娘与潘金莲的合气斗口:

> 当下月娘自知屋里说话,不妨金莲暗走到明间帘下,听觑多时了,猛可开言说道:"可是大娘说的,我打发了他家去,我好把拦汉子!"月娘道:"是我说来,你如今怎的我?本等一个汉子,从东京来了,成日只把拦在你那前头,通不来后边傍个影儿。原来只你是他的老婆,别人不是他的老婆?行动题起来:'别人不知道,我知道。'就是昨日李桂姐家去了,大妗子问了声:'李桂姐住了一日儿,如何就家去了,他姑父因为甚么恼他?'教我还说:'谁知为甚么恼他。'你便就撑着头儿说:'别人不知道,自我晓的。'你成日守着他,怎么不晓的!"金莲道:"他

不来往我那屋里去，我成日莫不拿猪毛绳子套他去不成？那个浪的慌了也怎的？"月娘道："你不浪的慌，你昨日怎的他在屋里坐好好儿的，你恰似强汗世界一般，掀着帘子硬入来叫他前边去，是怎么说？汉子顶天立地，吃辛受苦，犯了甚么罪来，你拿猪毛绳子套他？贱不识高低的货，俺每倒不言语，只顾赶人不得赶上。一个皮袄儿，你悄悄就问汉子讨了，穿在身上，挂口儿也不来后边题一声儿。都是这等起来，俺每在这屋里放小鸭儿？就是孤老院里也有个甲头。一个使的丫头，和他猫鼠同眠，惯的有些摺儿，不管好歹就骂人。倒说着你，嘴头子不伏个烧埋。"金莲道："是我的丫头也怎的？你每打不是？我也在这里还多着个影儿哩。皮袄是我问他要来，莫不只为我要皮袄，开门来也拿了几件衣裳与人，那个你怎的就不说来？丫头便是我惯了他，我也浪了图汉子喜欢。像这等的，却是谁浪？"吴月娘乞他这两句触在心上，便紫涨了双腮，说道："这个是我浪了，随你怎的说。我当初是女儿填房嫁他，不是趁来的老婆。那没廉耻趁汉精便浪，俺每真材实料不浪！"被吴大妗子在跟前拦说："三姑娘，你怎的？快休舒口。"饶劝着，那月娘口里话纷纷发出来，说道："你害杀了一个，只少我了。"孟玉楼道："耶哝耶哝，大娘，你今日怎的这等恼的大发了。连累着俺每,一棒打着好几个人,也没见这六姐,你让大姐一句儿也罢了,只顾打起嘴来了。"大妗子道:"常言道:要打没好手,厮骂没好口。不争你姊妹们攘开,俺每亲戚在这里住着也羞。姑娘,你不依,我去呀。嗔我这里,叫轿子来,我家去罢。"被李娇儿一面拉住大妗子。那潘金莲见月娘骂他这等言语,坐在地下就打滚打脸上,自家打几个嘴巴,头上鬏髻都撞落一边,放声大哭,叫起来说道:"我死了罢,要这命做什么!你家汉子说条念款说将来,我趁将你家来了?彼时怎的也不难的勾当,等他来家,与了我休书,我去就是了。你赶人不得赶上!"月娘道:"你看就是了,泼脚子货!别人一句儿还没说出来,你看他嘴头子就相淮洪一般。他还打滚儿赖人,莫不等的汉子来家,好老婆,把我别变了就是了。你放恁个刁儿,那个怕你么?"那金莲:"你是真材实料的,谁敢辨别你?"月娘越发大怒,说道:"好,不真材实料,我敢在这屋里养下汉来?"金莲道:"你不养下汉,谁养下汉来?你就拿主儿来与我!"玉楼见两个拌的越发不好起来,一面拉起金莲:"往前边去罢。"却说道:"你恁的怪刺刺的,大家都省口些罢了。只顾乱起来,左右是两句话,教他三位师父笑话。你起来,我送你前边去罢。"

> 那金莲只顾不肯起来,被玉楼和玉箫一齐扯起来,送他前边去了。……

下面还有很多精彩的段子,我很舍不得删去,但受篇幅限制,留待读者去阅读吧!不过仅就我抄录的还不到两千字,人们是不是可以有窥其全豹的感觉呢?这里不仅仅是吴月娘和潘金莲两个人的合气斗口,孟玉楼和吴大妗子也参与其中了。这种对话的形式是非常出色的,它属于多人立体交叉式的对话,是"七嘴八舌"的多声部,是美学家巴赫金所说的"众声喧哗"。因此,这里的场面就不再是平面化的两级对垒,而是多极交叉的立体化的多声部的对话,这才是从生活中来又进行了提炼、升华的,它已成为中国古典小说运用对话写人物的经典例证。

以上是从形式上讲。那么,如我上文所言,这种写法还有一个更内在的作用,即写出人的气质、素质和人的"品"来。

小说第七十五回以前,吴月娘和潘金莲的矛盾还未公开化,大部分矛盾都不是她们之间的正面冲突,而是因他人他事引出来的摩擦。到了第七十五回,两个人的矛盾正式进入公开化。这一次的大争吵,从事情的内容来说并不新鲜,无非是将陈年老账重新翻出来进行一次总清算。吴月娘一反常态,和潘金莲你来我往，唇枪舌剑，针锋相对，好不热闹。两个人围绕到底是谁把拦汉子，该不该尊重大老婆当家理财的权力；是不是纵容了丫头使性子骂人；谁是真材实料，谁又是趁来的老婆；连李瓶儿之死的根由也一并提出。吴、潘的这次对决，归根结底是个名分的问题。吴月娘早已感到她的主妇地位在潘金莲面前与心中屡屡受到挑战。潘金莲从开始对吴月娘的奉承，到后来的有恃无恐，吴月娘看得一清二楚。她几次都觉得潘金莲是有意冲撞她的大老婆尊严，也曾想钳制一下潘金莲的得意忘形。机会终于来了，吴月娘的一反常态其实是有根据的，她不能不在这个关键时候出手，杀杀她的威风，旗帜鲜明地维护自己的妻权。而潘金莲的劣势恰恰被吴月娘当众揭了个底儿掉，原来妻权这个幽灵还是隐隐地制约她的行为，而现在吴月娘连表面文章也不做，直斥她是杀人的凶手，是"趁来的老婆"。这对于潘金莲是无法忍耐的，一番撒泼打滚，丝毫没有挽回自己的颓势，如果不是孟玉楼帮忙，她是很难下这个台阶的。所以我说，这里是有"性格"的，但更是写了两个人的"品"。吴月娘这位一向举止持重、性格温柔敦厚的人，这次也一反常态而"紫涨了双腮"，决意要争个高低了。后续的故事正是证明了这一点，你听吴月娘在大局已定以后说：

> 无故只是大小之分罢了……汉子疼我,你只好看我一眼罢了。

后来孟玉楼劝潘金莲向吴月娘道歉,潘金莲终于"插烛也似与月娘磕了四个头",忍气吞声地说道:

> 娘是个天,俺每是个地。娘容了俺每,俺每骨秃扠着心里。

笑笑生把人物写到这份儿上,读者不能不承认他追魂摄魄、白描入骨的功力了。在性格的潜隐层次的开挖上,让我们今天的读者真的领略、享受了小说大师的艺术腕力,他实在太有实力了。

《金瓶梅》在小说语言艺术上的成就和贡献是多方面的。自它诞生不久,诸多名家就有过很高的评价。当时针已拨到21世纪,在对它一读再读的过程中,我们的体会也更加深入了。因篇幅所限,我们不能展开来说,然而有一点,我想谈谈自己的看法。

《金瓶梅》确实有粗俗的那一面,其中人物语言的粗俗就是一个很显眼的毛病。然而在诸多原因外,小说的规定情境已经决定了它的语言运用,比如男女床笫间、闺阁中的私语,以淫词打趣他人、以淫词咒骂他人、说性事以取乐等确实有些过火，缺乏一种语言的文学转换。可是总观《金瓶梅》的语言艺术，给我的最深刻的印象是它的"活"。"活"是鲜活，不是已死的语言；是活动，所以不是僵化的语言；是活泼，不是用滥了的套话；"活"更在于它全然是生活中富有个性的、有情趣的、形象鲜明的语言。一经它的运用，就又在生活中流行了起来。它稍作修饰就还给了生活。于是我们从后来人们说的话中得到了印证，更从小说、戏曲、讲唱文学和野史笔记中看到了它的存在，看到了它依然那么鲜活，看到了它强大的生命力。不妨再举一个经常被人们引用的例子。小说第八十五回西门庆死后，潘金莲肆无忌惮地与陈经济勾搭，不巧被吴月娘撞见。吴月娘此时再无任何顾忌，直截了当地和潘金莲摊牌，然而又如此讲"策略"，她说：

> 六姐，今后再休这般没廉耻！你我如今是寡妇，比不的有汉子。香喷喷的在家里，臭烘烘的在外头，盆儿罐儿都有耳朵，你有要没紧和这小厮缠甚么！教奴才们背地排说的碜死了！常言道：男儿没性，寸铁无钢；女人无性，烂如麻糖。其身正，不令而行；其身不正，虽令不行。你有长俊正条，肯教奴才排说你？在我跟前说了几遍，我不

信,今日亲眼看见,说不的了。我今日说过,要你自家立志,替汉子争气。

这是吴月娘在西门庆死后对潘金莲一次很重要的"训词"。前面我对第七十五回做过一些分析,吴、潘的关系是很紧张的。而西门庆死后,作为一家之主,吴月娘面临着太多太多的困难。此次发现潘金莲的丑事,她既没有暴跳如雷,也没有幸灾乐祸,更未落井下石、大肆宣扬,而是在"训词"中充满了晓之以理、动之以情和又打又拉的味道,在语言运用上确实有可圈可点之处。说兰陵笑笑生是"炉锤之妙手"(谢肇淛语)不是过誉。这番"推心置腹"的言辞仍属"市井之常谈,闺房之碎语"(欣欣子序),但出自吴月娘之口也还是"语重心长"的。用语之妙,是比干巴巴的说教更灵动的鲜活的家常口语,像"香喷喷的在家里,臭烘烘的在外头",这话用得极贴切又形象。又如"盆儿罐儿都有耳朵"的比喻更是活泼泼的俚语。《金瓶梅》中的这些例子在书中俯拾即是,都体现了作者力求口语化的功力。这种鲜活、真切、自然、生动、形象的特点,大大有助于塑造个性化的人物形象。

《金瓶梅》语言的世俗化、平民化特点是朴实无华,有些近似现实生活的实录,人们很难看出雕琢乃至加工的痕迹,你也许觉得很粗糙,但它带着原生态的野味。比如第二十五回,来旺听说妻子宋惠莲与西门庆勾搭成奸,又见到箱子里的首饰衣服,便问宋惠莲是从哪儿弄来的,下面是宋惠莲的一番精彩的言辞:

> 呸,怪囚根子!那个没个娘老子?就是石头狢剌儿里迸出来,也有个窝巢儿;枣胡儿生的,也有个仁儿;泥人合下来的,他也有灵性儿;靠着石头养的,也有个根绊儿;为人就没个亲戚六眷?此是我姨娘家借来的钗梳!是谁与我的?白眉赤眼,见鬼倒死囚根子。

用曹炜教授的评论:"这种话语在经史子集中看不到,在书房里、贵族世家的深宅大院里听不到,若不接触下层平民,断然写不出。"确实,《金瓶梅》经常给我们耳目一新的感觉,它一扫文人词汇的呆板、僵化的毛病,给人的是真切、生动的感觉。

民间的俗语、谚语、歇后语是民众口语的精华,是人民智慧的结晶。《金瓶梅》把这些语言精粹运用得得心应手,它为整部小说的叙事抒情对谈生姿增色,读来令人神旺。

仅从歇后语来看,《金瓶梅》用量之多、表现之准确也是很多小说难以匹敌的。如"促织不吃癞蛤蟆肉——都是一锹土上人"（第二十四回）；"东净里砖儿——又臭又硬"（第二十回）；"瓮里走风鳖——左右是他家一窝子"（第四十三回）；"卖萝卜的跟着盐担子走——好个闲嘈心的小肉儿"（第二十回）。像民间谚语的运用，如"吃着碗里，看着锅里"（第十九回）；"母狗不掉尾，公狗不上身"（第七十六回）；"急水里怎么下得桨"（第三十六回）；"篱牢犬不入"（第二回）；"船载的金银，填不满烟花寨"（第十二回）。这些谚语凝练、生动、形象，大大加强了语言的感染力、表现力，产生了风趣、简洁、化抽象为具体的艺术效果。

《金瓶梅》中更有大量方言词汇，这些词汇当然有地方特色，然而经小说作者提炼和筛选，我们很容易把握其内容。如"胡说"，则称"咬蛆儿"（第二十七回），"隐瞒"则称"合在缸底下"（第二十回），"干老行当"则称"吃旧锅里粥"（第八十七回），"不正经"则称"不上芦席"（第七十六回），"贪图小利"则称"小眼薄皮"（第三十三回），"根本不存在的事情"则称"三个官唱两个喏"（第七十三回）……这些原本显得抽象的意义，经由方言词语道出，就变成可以听到、可以看到、可以触摸到的具象化的东西了。

《金瓶梅》语言艺术研究专家一般认为《金瓶梅》的叙述语言显得有些杂乱，对此我有同感。我认为《金瓶梅》的人物

语言确实优于它的叙事语言。曹炜教授把《金瓶梅》的叙述语言比喻为:"是一个万花筒,又是一盘大杂烩。"他说:

> 万花筒云云,是说她文字表达往往锦团花簇,气象万千,具有较高的艺术水准和较强的艺术表现力;大杂烩云云,乃是说她泥沙俱下,良莠混杂,有精华,也有糟粕。因此,评价《金瓶梅》的叙述语言,需坚持实事求是的原则,一切从文本出发,一味褒扬固然不足取,全盘否定更是要不得。①

我想他的这些意见值得我们看这部奇书时参考。

---

① 曹炜、宁宗一著:《〈金瓶梅〉的艺术世界》,台北文史哲出版社2002年版,第181页。

重读《金瓶梅》断想

《金瓶梅》的文献学、历史学、美学和哲学的研究已初步形成多元化格局。这就是说,对它的研究的起点已被垫高,研究的难度也就越来越大。在这种形势下,我们的《金瓶梅》研究必须面向世界,开辟中外学术对话的通道,注意汲取、借鉴新观念、新方法,在继承前贤往哲一丝不苟严谨治学态度的同时,随时代之前进而不断更新和拓展。事实上,《金瓶梅》这部小说文本已提供了广阔无垠的空间,或曰有一种永恒的潜在张力。因此,从一定意义上来说,每一部"金学"研究论著都是一个过渡性文本。所以,今天重新审视《金瓶梅》仍是学术文化史的必然。

不要鄙薄学院派。学院派必将发挥"金学"研究的文化优势,即可能将"金学"研究置于现代学术发展的文脉上来考察和思考整个古典小说之来龙去脉,以及小说审美意识的科学建构。黑格尔老人在回忆自己走过的学术道路后与友人信中说："我们必须把青年时代的理想转变为反思的形式。"①所以回顾与前瞻，"金学"的研究，反思规范与挑战规范是我们不可推卸的责任。

《红楼梦》是我们民族文化的骄傲。但又像一位评论家所说，不能总拿《红楼梦》说事儿！现在，暂时把那几部世代累积型的带有集体创作流程的大书，如《三国演义》《水浒传》《西游记》先撂一下，不妨先看看以个人之力最先完成的长篇小说巨制《金瓶梅》的价值，这事太重要了。美籍华人、哈佛大学教授田晓菲女士在她的《秋水堂论金瓶梅》中说："读到最后一页，掩卷而起时，竟觉得《金瓶梅》实在比《红楼梦》更好。"她还俏皮地说："此话一出口不知将得到多少爱红者的白眼。"田晓菲的话，我认为值得思考。为了确立我国小说在世界范围的艺术地位，我们必须再一次严肃地指出，兰陵笑笑生这位小说巨擘，一位起码是明代无法超越的小说领袖，在我们对小说智慧的崇拜的同时，也需要对这位智慧的小说家的崇敬。我们的兰陵笑笑生是不是也应像提到法国小说家时就想到巴尔扎克、福楼拜；提到俄国小说家时就想到陀思妥耶夫斯

---

① 苗力田译编：《黑格尔通信百封·黑格尔致谢林（1800年11月2日）》，上海人民出版社1981年版。

基和托尔斯泰；提到英国小说家时就会想到狄更斯；提到美国小说家时就想到海明威？在中国小说史上能成为领军人物的，以个人名义出现的，我想兰陵笑笑生和曹雪芹以及吴敬梓是当之无愧的大家。他们各自在自己的时代和创作领域做出了不可企及的贡献。在中国小说史上，他们是无可置疑的三位小说权威，这样的权威不确立不行。笑笑生在明代小说界无人与之匹敌，《金瓶梅》在明代说部无以上之。至于一定要和《红楼梦》相比，又一定要说它比《红楼梦》矮一截，那是学术文化研究上的幼稚病。

当代著名作家刘震云在对媒体谈到他的新作《我叫刘跃进》时说："最难的还是现实主义。"我很同意。现在的文学界已很少谈什么现实主义、浪漫主义了。其实，正是伟大的现实主义文学才提供了超出部分现实生活的现实，才能帮你寻求到生活中的另一部分现实。《金瓶梅》验证了这一点。我们有必要明确地指出，《金瓶梅》可不是那个时代的社会奇闻，而是那个时代的社会缩影。在中国小说史上，从志怪、志人到唐宋传奇再到宋元话本，往往只是社会奇闻的演绎，较少是社会的缩影，《金瓶梅》则绝非乱世奇情：书中虽有达官贵人的面影，但更多的是"边缘人物"卑琐又卑微的生活和心态。在书中，即使是小人物，我们也能看到真切的生存状态。比如丈夫

《新刻绣像批评金瓶梅》第十一回插图

在妻子受辱后发狠的行状，下人在利益和尊严之间的游移，男人经过义利之辨后选择的竟是骨肉亲情的决绝，小说写来，层层递进，完整清晰。至于书中的女人世界，以李瓶儿为例，她何尝不渴望走出阴影，只是她总也没走进阳光。

《金瓶梅》作者的高明，就在于他选取的题材决定他无须刻意写出几个悲剧人物，但小说中却有一股悲剧性潜流。因为我们从中清晰地看到了一个人又一个人以不同形式走向死亡，而这一连串人物的毁灭的总和，就预告了也象征了这个社会的必然毁灭。这种悲剧性是来自作者心灵中对堕落时代的悲剧意识。

冷峻的现实主义精神,对《金瓶梅》来说,绝不会因那一阵高一阵的欲望狂舞和性欲张扬的狂欢节而使它显得闹热。事实上,《金瓶梅》绝不是一部令人感觉温暖的小说,灰暗的色调一直遮蔽和浸染全书。小说一经进入主题,第一个镜头就是谋杀。武大郎被害,西门庆逍遥法外,一直到李瓶儿病死,西门庆暴卒,这种灰暗色调几乎无处不在。它挤压着读者的胸膛,让人感到呼吸空间的狭小。在那"另类"的"杀戮"中,血肉模糊,那因利欲、肉欲而抽搐的嘴脸,以及以命相搏的决绝,真的让人感到黑暗无边,而作者的情怀却是冷峻沉静而又苍老。

于是《金瓶梅》和《红楼梦》相加,构成了我们的小说史的一半。这是因为《红楼梦》的伟大存在离不开同《金瓶梅》相依存相矛盾的关系,同样《金瓶梅》也因它的别树一帜又不同凡响,和传统小说的色泽太不一样,同样使它的伟大存在也离不开同《红楼梦》相依存相矛盾的关系(且不说,人们把《金》书说是《红》书的祖宗)。如果从神韵和风致来看,《红楼梦》充满着诗性精神,那么《金瓶梅》就是世俗化的典型;如果说《红楼梦》是青春的挽歌,那么《金瓶梅》则是成人在步入晚景时对人生况味的反复咀嚼。一个是通体回旋着青春的天籁，一个则是充满着沧桑感；一个是人生的永恒的遗憾，一个则是感伤后的孤愤。从小说诗学的角度观照，《红楼梦》是诗小说，小说诗；《金瓶梅》则是地道的生活化的散文。

《金瓶梅》是一部留下了缺憾的伟大的小说文本，但它也提供了审美思考的空间。《金瓶梅》的创意，不是靠一个机灵的念头出奇制胜。一切看似生活的实录，但是，精致的典型提炼让人惊讶。它的缺憾不是那近两万字的性描写，而是作者在探索新的小说样式、独立文体和寻找小说本体秘密时，仍然被小说的商业性所羁绊。于是探索的原创性与商业性操作竟然糅合在一起，即在大制作、大场面中掺和进了那暗度陈仓的作家的一己之私，加入了作家自以为得意却算不上高明的那些个人超越不了的功利性、文学的商业性。

然而，《金瓶梅》的作者毕竟敢为天下先，敢于面对千夫所指。笑笑生所确立的原则，他的个性化的叛逆，对传统意识的质疑，内心世界的磊落袒露，他的按捺不住地自我呈现，说明了他的真性情。这就够了，他让一代一代人为他和他的书争得面红耳赤，又一次说明文学调动人思维的力量。

《金瓶梅》触及了堕落时代一系列重要问题，即在社会、文化转型过程中人们的生存状况和心态流变。小说中的各色人等都是用来表现人世间的种种荒悖、狂躁、喧嚣和惨烈。若从更开阔的经济文化生产的视野来观照，笑笑生过早地敏感地触及了缙绅化过程中的资本动力，让人闻到了充满血腥味的恶臭。

时至今日，重读《金瓶梅》我们会发现，对于当下的腐败与堕落的分子，我们几乎不用改写，只需调换一下人物符号即可看到他们的面影。于是我们又感悟到了一种隐喻：《金瓶梅》这部小说中的各色人等不仅是明代的，而且也包括当下那些腐败和堕落分子今天的自己。

笑笑生没有辜负他的时代，而时代也没有遗忘笑笑生，他的小说所发出的回声，一直响彻至今。一部《金瓶梅》是留给后人的禹鼎，使后世的魑魅在它面前无所逃其形。

艺术与道德并存
——读《聊斋志异·西湖主》随想

一位作家的生活经历、人生态度、道德观念乃至游移不定的心态，总是对创作起着极为重要的作用。德国伟大作家歌德在谈到自己作品时曾说："我所有的作品，都不过是一个伟大告白的片断。"《聊斋志异》从整体来看，在一定意义上也是一个伟大的"告白"。这"告白"就表现在作品中始终贯穿着蒲松龄的个人性格和人生哲学；而其中的每一篇代表作又都不过是他伟大告白中的一个片断。这就是这部短篇小说集统一性中所包罗的多样性。因此，不论作者采用什么样的题材，也不论他变换什么样的手法，他所写的作品都是他所体验的丰满人生的一个方面。所以我们读《聊斋志异》，往往能从统一性中见到多样性；又能从多样性中领略到它的统一性，这正是蒲松龄这位大师的天才所在。

从一定的人生感悟出发，蒲松龄在他的作品所反映的人生世相中，渗透着强烈的爱憎。他一面以厌恶的、战栗的心，展示着这个黑暗社会给他的种种噩梦，一面用热情、迷醉的歌喉，唱出对生活美的追求，这一正一反两个方面互为经纬，交织在蒲松龄的全部创作中。诚然，如很多研究者所论，《聊斋志异》是作者一生血泪之结晶，一腔块垒之倾泻。他时而将那可诅咒的时代尽情地诅咒，时而在谐谑嘲讽中对丑类痛加鞭笞，时而借幻化的鬼狐来控诉那人间的不平。但是，不能否认，在《聊斋志异》中，爱，尤其是爱人，与人为善，恻隐之心，却是它的另一部分代表作的基本主题和中心思想。在作者笔下，爱的神经是那样灵活敏锐，爱的触角又是那样无所不至。对双亲，对朋友，对兄弟，对山山水水，自然无所不爱，爱得深沉，甚至对一株株花草、一只只虫鸟，也往往以爱的眼光去观察、去体味，并以此来回顾人生，默察社会。因之，笔触所及，也就充满情趣、温馨、甜美。尽管作者笔下涌现的往往只是他个人独有的感触，然而却触发了读者以各自的经历和眼光去做不同的体会和联想，从而获得艺术享受。要说这个天地不如前者那样广袤，那也许是对的，然而却不能说它是苍白的。它所激发的是向上的进取的勇气，它所展现的仍然是一个丰满完美的感情世界。正是在这种爱中，我们感觉到了导人向善求真、去丑求美的一种动力。

你不妨翻开《聊斋志异》浏览一番，作者为我们塑造了多少助人为乐的花妖狐魅的动人形象啊！《红玉》中的红玉主动帮助贫士冯相如娶了妻子卫氏，并在以后帮助冯生重整破碎了的家园；《封三娘》里的封三娘热情帮助好友范十一娘择婿；《小翠》中的小翠为了报恩，不仅治好了王太常儿子王元丰的呆痴，而且帮助王太常在险恶的官场倾轧中渡过了难关。对于这种无条件做好事的人物，作者都给予了很高的褒奖，也为他们安排了美好的结局。至于《聊斋志异》中许多禽兽助人和报恩的故事，更是举不胜举。像《赵城虎》写老虎代人养老送终；《象》写大象掘象牙赠恩人；《义犬》写狗泅水救活落难之人，并代为找到仇人等。此外，像《宦娘》《章阿瑞》等是写女鬼助人。总之，在这些故事里，人物多是些小人物，形象大多是花妖狐魅、飞禽走兽，但是，作者却让我们从他们身上看到了美好的灵魂、美的道德、美的感情，让人深深感受到了那种净化精神世界的力量。

我们这里要谈的《西湖主》，在《聊斋志异》那些导人向善求真的精品中也是具有代表性的。小说写穷书生陈弼教在洞庭湖救了一条猪婆龙，后来遇大风覆舟，漂至一处，误入西湖主园亭，先被问罪，后被鱼婢传词，与公主结为良缘。原来公主的母亲就是陈生曾搭救过的猪婆龙。从表面看来，这篇小说的题旨不外是说人有恻隐之心，必有好报。但是，对于它的立意、旨趣还不好过早地就判定为"平庸"。尽管这则故事纯粹是虚构，然而作品本身却说明：作者发现了人民中间蕴藏着的精神道德的美的矿藏。作者不仅是抓住了恻隐之心、助人为乐和与人为善这个动人的主题，更难得的是，他发现了又写出了人们心灵上的美。作者似乎感觉到，这种美德具有很大的改造社会和改造人的潜化力量。为此，在《西湖主》这则幻想故事里，他只写善，不写恶。作者这样处理，是从正面寄托渴望人与人关系改善的社会理想。因为只有对现实认识的深化，才能通达于幻想。所以《西湖主》与其说是幻想化的社会生活的写照，不如说是作者审美理想的艺术象征，他是从特异的世界里去探索真善美，因此，它隐喻着更广大得多的人生内容和心灵蕴含。

为了进一步了解《西湖主》的这一写作要旨，我们不妨参之以小说以外的作者的论著，也许这样会更清晰地领会蒲松龄写作这篇小说的旨趣所在。

在《放生池碑记》中，蒲松龄提出了"爱者仁之始，仁者爱之推"。他认为，有无恻隐之心、爱人之心，这是人和禽兽区别的根本标志。在《为人要则》的十二项立身处世之道中，有许多条目，也都是倡导"爱人"，要"与人为善"的。他指出,劝人做坏事易,而劝人做好事难。唯其难,所以更应竭尽全力去做。他还认为,在帮助他人度过危难、克服险境时,应该"生死以之,劳何辞,怨何避焉"。一个人如果达不到这种精神境界,必然会与人为恶,"甚至骨肉之间,亦用机械,家庭之内,亦蓄戈矛"。于是,他高声呼吁人们要扬仁爱精神,做到"与人为善,不亦乐乎"(《磨难曲》)。

蒲松龄尊奉儒学,这些思想观点仍然没有离开儒学轨迹。但是,如果把蒲松龄在书中写的这种"爱人"和"与人为善"的要则放到当时特定环境中去考察,那么它就有了另一种意义。鲁迅先生在《我们现在怎样做父亲》一文中就曾经说过:"中国的社会,虽说'道德好',实际却太缺乏相爱相助的心思,便是'孝''烈'这类道德,也都是旁人毫不负责,一味收拾幼者弱者的方法。在这样的社会中,不独老者难于生活,即解放的幼者,也难于生活。"蒲松龄从充斥冷酷和仇恨的社会现实生活中,深切地感到了这一点,所以他格外热情地描写了一批助人为乐的故事,用艺术的强光照出潜藏于普通人民内在的心底的美情感、美道德,在阴冷的现实中投下一点光明和温暖。试想,当民族道德在封建专制主义统治下受到严重摧残,不断沉沦,出现了崩溃的危机时,作者却用"爱人"的甘露来浇灌那些干涸了的心田,用小说透视出人们美好的灵魂，并把他们移到纸上，又移到千百万人民的心中，这将具有怎样的意义啊！

当然，艺术不应是道德的说教，但它却是"人的一种道德活动"（车尔尼雪夫斯基）。由此，我想到《西湖主》这篇小说的立意虽然在于宣扬人有恻隐之心，必有好报，强调了有德必报，感恩报德，乍看似乎"平庸"，但在那恶俗浇漓的社会，尔虞我诈像梦魇似的压在人们心头时，这样的道德一经蒲松龄赋予美的形象和新的意义，并且作为一种理想境界来抒发，展现出普通人的情操美，于是就使这篇小说在题旨上具有了一种精神道德的力量。不过，人们也不难看到，蒲松龄恪守的所谓"爱人""与人为善"的"为人要则"，真正要挽回浇薄的世风，纯粹是一种空想。正是由于时代、世界观使然，作者无法找到人性复归的科学途径，看不到欲达复归，必须首先进行彻底的社会变革，根除导致人性异化的整个旧社会的基础。他只能寄希望于所谓的"审美教育"，即从文学的感化、感染入手，使人们普遍懂得区分美丑善恶，从而倾心美与善，摈弃丑与恶，实现人性复归。蒲松龄的思想、创作，正是停留在这个阶段。当然，这只是一种无从实现的善良愿望，从一定意义上说，也是蒲松龄的精神悲剧。

话说回来了，文艺毕竟不应成为道德原则的图解，人物形象不应成为道德精神的传声筒。如果说《聊斋志异》中确有不少篇什充满了封建说教或图解概念的毛病，那么，《西湖主》这则生动隽永的小说却把善和美水乳交融地结合起来，并塑造出活生生的有血有肉的人物形象，于是这篇小说的认识意义、审美价值和道德影响三者紧密地联成一体，构成了真善美的结晶。

蒲松龄对普通人的道德形态的探索，并没有局限在爱情婚姻范围内，而是还表现在对下层人民诚实、淳厚、爱美等道德元素的发掘上。《西湖主》一个很值得注意的特色是：它不像《聊斋志异》的很多作品那样，通过美与丑的对峙、交锋和善与恶的对照来塑造人物，而是径直地从对生活中美好事物的提炼中获得表现真善美的动力，集中力量刻画小说中的人物。

陈弼教是一位忠厚、诚笃和善良的穷书生，当我们开始接触到这个人物时，感觉到他确实有一股书呆子的"痴"劲儿。你看，当他的上司贾绾射中了猪婆龙，"锁置桅间，奄存气息；而龙吻张翕，似求援拯"时，就立即触发了他的恻隐之心，他不仅请求贾绾释放了猪婆龙和衔龙尾的小鱼，而且用金疮药"戏敷患处，纵之水中"。短短一段破题，就把这个善良、充满同情心和憨态可掬的书生形象勾画出来。后来，他再经洞庭湖，险遭灭顶之灾，方才脱险，看到僮仆的尸体漂来，就又"力引出之"。紧跟着写他在慌乱之中，因为急不择路，误入西湖主禁苑，偶拾西湖主红巾，诗兴大发，竟然不顾处境的险恶，情不自禁地在公主的红巾上题了一首情诗。在接连触犯宫禁被查获后，又毫不掩饰，坦白承认是自己拾到并玷染了红巾。这一连串的行动，表现出这位贫苦出身的书生总是待人以诚，存心与人为善，他信守着灵魂的天真，像是一片未被仇和恨污染的世界。他比世俗中的一般少爷公子们保留着思想上更多的童蒙状态，保持着那个社会里最难能可贵的品质——"无邪"之心。蒲松龄从这种原始民风里找到了渴望的人情美，在他看来，只有这种向善的情感和道德才是人的本来面目。故事几经跌宕起伏，最后陈生终于因祸得福。作者让这个善良、诚实和好心的书生分身为二，一个享尽人间富贵，一个过着神仙生活。陈生何以获得这样理想、美好而奇异的结局呢？作者回答说："皆恻隐之一念所通也。"应当说，陈生这个人物向我们多少揭示了一些人生的真谛，给当时和现在的人们的心灵投来了闪亮的光束。

蒲松龄以艺术家特有的敏感，钻探、开掘着人的德性美，细腻地描绘了人物的行为与性格，致使他的作品迸射出一种耐人寻味的理性火花，引导人们探索理想之路。陈生的形象，好像是作家的眼睛，带着作家挚爱的感情，也带着作家的憧憬，既蕴藉着作家对生活的审美评价，又有着作家的心灵探索的沉思。而作家的人道主义精神正在这里得到了充分的显现。

情节是由性格决定的，又是为塑造形象、表现主题服务的，这是叙事性文艺创作的共同规律。"文似看山不喜平"，故事情节的曲折而富有变化向来是我国古代小说的突出的艺术特色之一。我国古代不少文论家在总结文艺创作经验时指出："凡作人贵直，而作诗文贵曲。"（袁枚《随园诗话》）"文章要有曲折，不可做直头布袋。"（元好问）金圣叹在总结戏曲小说情节艺术创作规律时更加强调："文章之妙无过曲折，诚得百曲千曲万曲，百折千折万折之文，我纵心寻其起尽，以自容与其间，斯真天下之至乐也。"他对《水浒传》的评点中，也一再称赞行文"有波折"，"千曲百折"，"处处不作直笔"。毛宗岗曾经对《三国演义》的故事情节的曲折性也大加赞扬，他在评点中，称赞书中对吕布与董卓之间矛盾纠葛的描写是"波澜倏起倏落，大有层次"；称赞书中刘备与徐庶相遇一段文字是"何其纡徐而曲折也"。

有前人的多方面的开拓和经验的总结，蒲松龄更是逞其雄长，他的小说极尽曲折之能事，云谲波诡，蔚为大观。这位善于编织故事的作家，在艺术上经常采用曲折翻腾法，熟练地运用欲歙故张、欲擒先纵的手法，把读者引导到一个未知的境界，时时有所期待，有所蠡测，有所担心，因此《聊斋志异》

的故事多能使读者兴趣盎然,具有吸引人的魅力。《西湖主》这篇小说构思的特点就在于情节离奇,变化莫测,委曲婉转,引人入胜。

蒲松龄的笔底波澜总是以人物为中心来组织故事安排情节的。《西湖主》一开头就对主人公做了概括介绍,并且揭示出他性格的一个重要侧面,构成了故事展开的基础,然后抓住他的主要性格特征,迅速把矛盾铺开,并推向高潮。这样就把人物刻画和故事情节结合在一起,既通过故事情节的发展刻画人物,又通过人物性格的展示反过来加强了小说的故事性。小说写因陈生迷路误入西湖主禁苑,被婢女发现,先是惊问:"何得来此?"又问他:"拾得红巾否?"

  生曰:"有之。然已玷染,如何?"因出之。女大惊曰:"汝死无所矣!此公主所常御,涂鸦若此,何能为地?"生失色,哀求脱免。女曰:"窃窥宫仪,罪已不赦。念汝儒冠蕴藉,欲以私意相全;今尊乃自作,将何计!"遂皇皇持巾去。生心悸肌栗,恨无翅翎,惟延颈俟死。迂久,女复来,潜贺曰:"子有生望矣!公主看巾三四遍,粲然无怒容,或当放君去。宜姑耐守,勿得攀树钻垣,发觉不宥矣。"

文势一起一落,时而雷震霆击,阴霾满天;时而凤管鹍弦,光风霁月;山穷水尽之时,却又异峰突起;正觉险阻难通,忽而豁然开朗,往往微澜似平而大波即起,把读者的关注完全吸引到主人公的命运变化里去。

正当陈生等待公主发落,"眺望方殷"之际,"女子坌息急奔而入,曰'殆矣!'"原来是"多言者泄其事于王妃,妃展巾抵地,大骂狂伧"。陈生当听说"祸不远矣"时直吓得面如死灰,一霎时人声嘈杂,数人持索,气势汹汹地前来捉拿陈生。正值危难之时,一婢女认出了陈生,说是等禀报王妃以后再作处置。"少间来,曰:'王妃请陈郎入。'生战惕从之。"小说的整个情节就是这样几经顿挫,笔底波澜既大且多,险象频起,真是惊和喜交替出现,祸和福互相转化,一波未平,一波又生。情节的这种曲折变化,速度急,力度强,起伏陡峭,确实显示出蒲松龄讲究布局的艺术技巧。清人但明伦在对这篇小说总评中就极力称赞蒲松龄的"奇思别想",他说:

> 前半幅生香设色,绘景传神,令人悦目赏心,如山阴道上行,几至应接不暇。其妙处尤在层层布设疑阵,极力反振,至于再至于三,然后落入正面,不肯使一直笔。时而逆流撑舟,愈推愈远;时而蜻蜓点水,若即若离。处处

为惊魂骇魄之心,却笔笔作流风回云之势。

但是,应当看到,这样的写法虽然是作者匠心独运,却又绝非有意炫耀技巧,而是紧紧扣住主人公命运的变化这一条主线来进行。蒲松龄经营建构的特色也正在这里。

蒲松龄不愧是一位写故事的能手。当然一味编故事是写不出感人肺腑的好作品的,不过缺乏戏剧性的小说也是生气索然的。正是这种戏剧性,使得《西湖主》这篇小说生气盎然。因此要谈这篇小说戏剧性的构成,就不能不谈到蒲松龄善于设置戏剧性悬念的高超的艺术手法。

戏剧性产生于悬而未决的冲突,更确切地说,戏剧性的悬念产生于矛盾冲突的错综复杂的发展过程。蒲松龄通过陈生翻船落水,漂泊到湖君的禁区,私游花园,深入宫殿,偷窥公主射猎和荡秋千,并在公主红巾上题情诗等一系列触犯宫禁的情节,置陈生于矛盾冲突的焦点,从而围绕着陈生的命运形成一个强烈的总悬念——是祸还是福?而在高潮出现之前,作者又设置了若干局部悬念相配合,在情节进行过程中,连续打上几个小结,在解决一个危机的同时,又制造出另一个危机,使进展性的紧张感逐步加强,使情节在冲突的顶点上腾挪跌宕。你看,作者驱使婢女四次来向陈生透露公主捉摸不定的情绪和王妃的喜怒变化：先是"一女掩入，惊问"，又是"女复来，潜贺曰"，再是"无何，女子挑灯至"，后来是"女子垒息急奔而入"，通过婢女这几次特异的行动，揭示了福祸全系于公主的一念和王妃的片言，使六神无主的陈生祸福环生，安危莫测。在这里，总悬念和局部悬念有机配合和相互作用，造成一环扣一环、一浪高一浪的艺术效果，最后把高潮写得笔酣墨饱。

总之，蒲松龄设置悬念是吸引读者的一个绝妙手法，不论是布置疑团眩人耳目，也不论是用惊人之笔点明其中奥妙，都是为了激起读者的好奇心。但是这毕竟是手段，真正的目的，还是通过悬而不决的情节的进展，充分显示面对这些事体，同时也是造成这些事件的陈生的心理、态度和思想感情的起伏，以及人物之间关系的变化。而这正是蒲松龄笔底波澜的高明杰出之所在。

动人魂魄
——读《聊斋志异·促织》随想

在唐传奇以后,我国的短篇文言小说,长期处于衰落状态。明代虽曾出现过《剪灯新话》等仿效传奇的作品,但成就甚微。直到清初,蒲松龄的优秀短篇小说集《聊斋志异》(以下简称《聊斋》)问世,短篇文言小说,才重放异彩,出现了新的高峰。

蒲松龄(1640—1715),字留仙,一字剑臣,号柳泉,山东淄川(大致在今淄博市淄博区)蒲家庄人。他出生于一个世代书香而又渐趋没落的地主家庭,他的父亲因家贫而弃儒经商,到蒲松龄青少年时期,家道即已完全衰落,生活很苦。弟兄分家以后,仅有住屋三间,"旷无四壁",用借来的木板"聊分内外"。他十九岁应童子试,考中秀才,此后屡试不第,始终没有取得做官的资格。中年以后,除有一年去江苏宝应、高邮两县，当过知县的幕僚之外，其余的岁月都是在家乡附近的乡绅之家设帐教书度过的。他在《聊斋志异自序》中说："门庭之凄寂，则冷淡如僧；笔墨之耕耘，则萧条似钵。"——门庭冷落，无人问津，自己终岁为教书谋食而奔走于主人之门，有如化缘的和尚。可见他中年以后的生涯仍是相当清苦的。

生活地位的低下和科场的坎坷，使蒲松龄有较多的机会接触社会下层，对于现实中的黑暗逐渐有所认识。他在《与韩刺史樾依书》说"仕途黑暗，公道不彰，非袖金输璧，不能自达于圣明，真令人愤气填胸，欲望望然哭向南山而去"。这种悲愤之情，表现着他多年积累的对现实的强烈的不满。

《聊斋》这部短篇小说集，是蒲松龄长期艰苦劳动的成果。他从二十岁左右开始写《聊斋》，四十岁前后写成，以后又几经修改、增益，直到五十多岁才算定稿，共历时三十余年。《聊斋》的故事，多数以狐仙鬼魅为题材，富有浪漫主义色彩，其中有大量采自民间的神话、传说。作者在《聊斋志异自序》中说："才非干宝，雅爱搜神，情类黄州，喜人谈鬼。闻则命笔，遂以成编。久之，四方同人又以邮筒相寄，因而物以好聚，所积益伙。"这里说的是《聊斋》故事的主要来源。他还说："集腋成裘，妄续幽冥之录；浮白载笔，仅成孤愤之书。寄托如此，亦足悲矣。"这表明他写《聊斋》并非为了猎奇,而是有所寄托的。

蒲松龄不满于社会上的某些黑暗,为自己的处境而郁郁不平,对于时政,他是有话要说的。但是,清初是思想统治极其严酷的时代,统治集团大兴文字狱,文人稍有不慎,即可招来横祸;这种客观形势,又不允许蒲松龄直接地公开地批评现实。所以,他只好把一腔不平之气寄寓于谈狐说鬼之中,通过幻想的故事,抒发"孤愤"之情,尖锐地揭露和抨击了社会政治的黑暗。蒲松龄在《感愤》诗中说"新闻总入《夷坚志》,斗酒难消磊块愁",把他写《聊斋》的思想做了很好的概括。

《聊斋》在作者生前只有抄本流行,直到1765年才有刻本问世。通行本共有小说四百三十一篇,后来续有发现,合计近五百篇。其中多数篇章都有一定的社会意义,也有少数主题模糊,意义不大,思想落后的作品。

在《聊斋》中最有价值的一部分作品是那些揭露贪官污吏、豪绅恶霸的作品。这些小说展示了封建社会后期的黑暗:吏治腐败,国家机构衰朽不堪,人民的苦难日益深重。在这类题材中,《促织》就是一篇托迹幻象,寄意现实的名作。

《促织》故事一开头就写"宣德间,宫中尚促织之戏,岁征民间"。由于皇帝酷爱斗蟋蟀,每年都向民间征索,结果媚上邀宠的地方官,争相贡献;胥吏则"假此科敛丁口",借端大肆敲诈勒索，遂至"每责一头，辄倾数家之产"，概括地揭示了封建统治阶级于一般残酷剥削压榨方式之外，嬉戏游乐给人民带来的无穷的灾难。接着，小说写了一个叫作成名的下层知识分子一家人的悲剧。成名本来是个安分守己的老实人，狡诈的里胥把"里正"的名义，硬套在他头上，他既没有钱能买促织应命，又因为人老实愚钝，不敢按户摊派，于是不到一年，就使他"薄产累尽"。后来他在妻子的劝导下，只好自己去捉，结果连一只善斗的促织也没能捉到。而县令却"严限追比"，十多日内便"杖至百"，被打得"两股间脓血流离"，连促织也不能去捉了，只有"转侧床头，惟思自尽"。请看，为了一头供皇帝玩乐的蟋蟀，竟使他在肉体上和精神上受尽折磨。不久成名在一个巫婆的指引下"强起扶杖"，历尽艰辛，好容易捕到了一头特别大的蟋蟀，这时"举家庆贺"，"备极护爱，留待限期，以塞官责"。那晓得好事多磨，这头促织竟被他那调皮的九岁的儿子失手扑死了。儿子"惧"而"啼告母"，母亲听后，大惊，吓得"面色灰死"；成名知道后"如被冰雪"，感到大难临头，"怒索儿"，而九岁的儿子却因害怕父母责罚，投井自尽了。弄死一头蟋蟀，这在一般生活中是件无足轻重的小事，可是为了一头"应命"的促织，却给成名全家带来巨大的痛苦，并付出生命的代价。这一笔写得何等辛酸，又是何等深刻啊！

接着，作者以细腻的笔触，精雕细刻的艺术手法描绘了成名夫妇失去儿子的悲痛以及失去促织的恐惧的心理冲突，深刻地揭示出封建统治阶级"尚促织之戏"给人民带来的灾难。儿子的不幸死亡，使成名夫妇陷入了绝望之中，在绝望中他们曾暂时忘记了恐惧，始而"化怒为悲，抢呼欲绝，夫妻向隅，茅舍无烟，相对默然，不复聊赖"。此情此景，对于统治者的控诉达到了高潮。此后情节陡然剧变，当他们去取儿子尸体埋葬时，却意外地发现儿子"气息惙然"，"半夜复苏"了，于是又转悲为喜。但是，现实无情，当他们面对"蟋蟀笼虚"，官限难挨时，则又转喜为愁，"气断声吞"，竟然"不复以儿为念"了。一个孩子的生命，竟抵不上一只小小的蟋蟀宝贵。小说就是这样从成名到全家，从肉体到精神，逐层扩展，不断深化，不断外延，深刻地揭示了封建统治阶级"促织之戏"给人民带来的悲惨的命运和难以忍受的精神折磨。这就是"天子偶用一物"所造成的悲剧，更准确地说是一出血和泪交织的人间惨剧！

小说继而写成名的儿子复活了，但"神气痴木"，原来他的魂灵化为一只轻捷善斗的蟋蟀，跃落成名衿袖间。第二天成名献给了县宰，县宰献给抚军，抚军献给皇帝。举天下所贡促织都斗不过它,并"每闻琴瑟之声,则应节而舞",供最高封建统治者玩乐,以赎自己的"罪过",也是来挽救这一家人将被毁灭的命运。这个出色的情节惊心怵目地表现了人民遭到的迫害已达到这样的程度:走投无路,不得已化为异物,去充当脑满肠肥的寄生虫消闲取乐的玩物!

下层人民为了一头促织弄得倾家荡产,而各级官僚们都以此作为进身之阶,个个飞黄腾达。作者写县令进了一头善斗的促织,便捞到一个政绩"卓异"的嘉奖;抚军得到一只善斗的促织,"以金笼进上",皇帝就"大嘉悦",并赐给"名马衣缎",全都得到了升官发财的报酬。作者通过前后对比的手法,充分暴露了封建社会政治的腐朽、窳败已达到极点。所以小说无情地讽刺道:"抚臣、令尹并受促织恩荫。闻之:一人飞升,仙及鸡犬。信夫!"

这篇小说围绕一只小小的促织的得而复失、失而复得,细致入微地刻画了成名一家的悲"喜"剧。他们的悲是对荒淫残酷的统治者的血泪控诉;他们的"喜"更是一种尖锐深刻的批判。因为这是以九岁的幼儿的死换来的。篇末异史氏曰:"天子偶用一物,未必不过此已忘;而奉行者即为定例。加以官贪吏虐,民日贴妇卖儿。更无休止。故天子一跬步,皆关民命,不可忽也。"笔墨含蓄,讽刺辛辣,值得反复深思。

《促织》这篇小说的主题明确，思想性也很强。从故事情节来看似乎有些荒诞不经，其实作者是从现实生活中提炼出它的题材和主题的。小说的背景是在明代宣德年间，一开头就说："宣德间，宫中尚促织之戏，岁征民间。"这一安排是有历史根据的。据《万历野获编》卷廿四"伎艺类斗物条"记载："我朝宣宗最娴此戏，曾密诏苏州知府况钟进千个。一时语云：'促织瞿瞿叫，宣德皇帝要。'此语至今犹传。"这里说得很清楚，皇帝爱斗促织，不仅有专差采办，而且仅苏州一地即敕令征收上品促织一千头，全国数目可知。①另外《明小史》还记载了一个宣德时的苏州粮长为了一头上贡的促织，夫妻"畏法"自缢的故事。②可见蒲松龄的《促织》完全是取材于现实，绝非"传闻异辞"。③

但是，生活在清朝康熙时期的蒲松龄为什么要选取明朝宣

---

① 又见明王世贞《国朝丛记》记载一道宣宗朱瞻基在宣德九年（1434）七月给苏州知府况钟的敕令："比者内官安儿吉祥采取促织，今他所进数少，又多细小不堪，已敕令他未后自运要一千个。敕至，你可协同他干办，不要误了。"

② 《明小史》："宣宗酷好促织之戏，遣取之江南，价贵至数十金。枫桥一粮长，以郡督遣觅，得一最良者，用所乘骏马易之。妻谓骏马所易必有异，窃视之，跃出为鸡啄食，惧自缢死。夫归伤其妻，且畏法，亦自缢焉。"

③ 清人王渔洋评《聊斋志异·促织》说："宣德治世，宣宗令主"，"以草虫纤物殃民至此"是"传闻异辞"。

德时期的故事来写作呢？这是有所寄托，寓有深意的。作品描绘的虽然是前朝故事，批判的锋芒却是指向当时的社会现实。因为《促织》这样的悲剧在封建社会里是普遍存在着的。明代如此，清代又何尝不是如此呢！据近人邓之诚《骨董琐记》卷六"蛐蛐罐"记载，在吴三桂旧宅掘土种花时，曾"得蛐蛐罐极多"，其中就有很多是康熙朝所制。这说明康熙朝斗蟋蟀之风也很盛行。因此，统治者于征租、私赋之外，以小虫微物靡费人力，骚扰民间，迫害百姓是可以想见的。另外，康熙朝虽史称"盛世"，但是吏治同样窳败，官贪吏虐，用各种名目敲诈百姓，使人民苦不堪言。蒲松龄目击当时人民的苦难生活，感于民情，发之笔端，于是从封建统治阶级迫害人民的种种形式中，取其细者，因小见大，来揭露当时的政治黑暗。由于康熙时文网森严，因而便借明朝宣德时期的故事影射现实，以古讽今，对贪官虐吏作无情的抨击，对最高封建统治者进行委婉的规劝，为人民的困苦的悲剧命运大声呼喊，振笔请命。这是蒲松龄《促织》的真正可贵之处。

《促织》这篇小说在艺术上也独具特色，特别是情节的曲折多变，布局的奇妙，可以算得上是古典短篇小说中的上品。欧美古典短篇小说，善于追魂摄魄地刻画心灵变化的辩证法，而我们中国的古典短篇小说则往往擅长于声情并茂地展示事件发展的辩证法。《促织》的情节构思就很值得玩味。

《促织》情节构思的特点，首先在于情节离奇，变化莫测，云谲波诡，引人入胜。这篇小说始终围绕着蟋蟀的得失和主人公的悲惨遭遇，呈现出异常曲折的情节变化。作品开始描写成名捉不到合格的促织，受杖责，转侧床头，唯思自尽。这时情节突然一转，成名绝处逢生，在驼背巫婆的指点下，捕得一头俊健促织，于是举家庆贺。但情节至此又一大转折。这只俊健异常的促织却被成子弄死，成子畏惧而跳井自杀，成名又落到虫毙儿死的悲惨境地，情绪也由喜变忧。作者在推进故事发展过程中，刻意盘旋，悬念迭出。最后成子魂灵幻化为轻捷善斗的促织，进献宫中，得到皇帝赏识，成名因而得入邑庠，过着豪富生活。整个情节就是这样几经曲折，波澜既大且多，险象频起，真是悲止喜来，喜极生悲，悲极复喜，福祸环生，一波未平，一波又起，如惊涛骇浪，激荡翻卷，又如层峦叠翠，峰回路转。这样的写法，绝非作者有意舞文弄墨或炫耀艺术技巧，而是紧紧扣住促织的得失这一条主线来进行的。因此不仅意义深远，也颇耐人品味。

《促织》情节构思的第二个特点是情节的局部有头有尾，自成故事。小说的高潮之一是斗促织。斗盆里两头小虫相斗的胜负决定着成名一家的生死祸福。角斗双方的强弱又是如此悬殊：一头是由成子的灵魂幻化的促织，短小劣弱；一头则是庞然修伟的"蟹壳青"。在极端不利的情况下，经过情节的三个顿挫：先是小虫"蠢若木鸡"，不肯斗，但在屡屡撩拨下，小虫突然"暴怒"，"遂相腾击，振奋作声"，最后以小虫"直龁敌领"取胜，成名大喜过望。但这时一只雄健的公鸡突然闯来，一啄、二逼，到第三回合，小促织已落在鸡爪之下。成名"仓猝莫知所救"，而小虫却又出人意料地突然叮到了鸡冠上。在比斗过程中，成名的心情如波涛起伏，一会儿"自增惭怍"，一会儿"大喜"，一会儿"骇立愕呼"，一会儿"顿足失色"，一会儿"益惊喜"。随着戏剧性的比斗的过程的进展，成名的心情也瞬息万变，真是跌宕起伏，一波三折。这种从整体到局部都显得奇异惊人的情节构思，紧紧抓住了读者的心灵。更大的笔底波澜激起了读者更强烈的感情波澜，使读者在与被迫害者感同身受，顿足失色之余，更加痛恨制造悲剧的皇帝。

《促织》情节构思的第三个特点表现在成子幻化为促织这一富于浪漫主义幻想色彩的情节设计上。鲁迅说《聊斋》是"用传奇法，而以志怪"（《中国小说史略》）。这就是说《聊斋》兼有"志怪"和"传奇"之长。成子幻化促织的情节，充满着丰富的幻想。这一看似怪诞的情节，却深刻地反映了反常的社会现实,它使人强烈地感到,统治阶级斗蟋蟀的金盆,盛满了人民的血和泪。作者把自己的所感所忿都寄寓在幼儿化为促织这一动人的形象之中。成名寻找促织时,"壁上小虫,忽跃落襟袖间"和小虫战胜"蟹壳青"后,"翘然矜鸣,似报主知"的描写,显得富有情味,暗示俊健的促织和成名之间感情上的联系和深深的默契。直到结尾处,作者照应前文,做了交代:"后岁余,成子精神复旧,自言:'身化促织,轻捷善斗,今始苏耳。'"我们才恍然大悟,原来那头善斗的促织乃成子魂灵所化。透过这一精心的情节设计,我们强烈地感到了成名一家人为成名的悲惨遭遇而深切忧虑,愿意共同分担痛苦的动人愿望。从而可以看出,在成子幻化的促织形象身上,作者倾注了自己对成名家破人亡的悲剧的深切同情和对封建官吏的强烈的控诉。正是由于有抒发这种强烈感情的需要,作者才大胆地采取了完全基于幻想的奇特的情节构思。

《促织》故事的结局处理是有缺点的,或者说是败笔。因为作者画蛇添足地加上了县宰"免成役,又嘱学使俾入邑庠"。"抚军亦厚赉成,不数岁,田百顷,楼阁万椽,牛羊蹄躈各千计,一出门,裘马过世家焉"等情节。这些描写,在现实中是不可能存在的,也是违背生活发展的逻辑的,削弱了对封建统治阶级的揭露和批判。这无疑是作者世界观落后因素的反映。但是，从这个结尾的客观意义来看，人们也会想到"操童子业，久不售"的成名，只是在上交合格促织之后，才得以"入邑庠"，所谓科举取士的虚伪性在这里就不言自明了。

一位古代小说家的文化反思
——吴敬梓对中国小说美学的拓展

吴敬梓的《儒林外史》为什么是一部伟大的小说？我认为其中很重要的一个因素，是吴敬梓把他直接感知的封建时代人文知识分子的生活和情感写进了他的作品，而且感知的程度是如此深刻。

如果考察吴敬梓的小说创作，不能不看到我国古典长篇白话小说如下的发展轨迹——

从纵向看，随着封建社会的逐渐走向解体和进入末世，文艺的基本主题也逐渐由功利的政治文化的外显层次发展到宏观的民族文化的深隐层次。小说家们纷纷开始注意由于经济生活方式的转变而牵动的社会心理、社会伦理、社会风气等多种社会层次的文化冲突，并且自觉地把民俗风情引进作品，以此透视出人们的心灵轨迹，传导出时代演变的动律。这就不仅增添了小说的美学色素，而且使作品负载了更深沉的社会内容，反映出历史变动的部分风貌。《儒林外史》正是这种审美思潮的产物。

从横向看，《儒林外史》在当时的小说界也是别具一格，从思想到艺术都使人耳目一新。吴敬梓在小说中，强劲地呼唤人们在民族文化的择取中觅取活力不断的源头，即通过知识分子群体的、批判的自我意识，来掌握和发扬我们民族传统的人文精神，另一方面，把沉淀于中国知识界的文化—心理结构中没有任何生命力的政治、社会和文化形态——八股制艺和举业至上主义——特别是那些在下意识层还起作用的价值观念加以扬弃，从而笑着和过去告别。

小说视野的拓展

我国古代长篇白话小说在几百年的发展过程中，就小说观念更新的速度来考察，应当说并非迟缓。事实是，从《三国演义》《水浒传》奠定了稳定的长篇小说格局，就给文坛和说部带来过欣喜和活跃。这是小说机体内部和外部的一切动因同愿望所使然。小说历史在不断演进，这是客观存在的事实，小说观念必变，这是艺术发展的必然规律。而我国古代小说发展变化的突破口，是小说视野的拓展。视野作为小说内在的一种气度的表现，作为小说自身潜能的表现，是逐渐被认识的。这表现在小说观察、认识、反映领域的拓展和开垦等方面。

有的学者对小说文体演进的历史曾做过轮廓式的描述，认为：如果对小说发展的历史进行整体直观，就会发现无论在中国还是世界，小说发展都经历了三大阶段：一、生活故事化的展示阶段；二、人物性格化的展示阶段；三、以人物内心世界审美化为主要特征的多元的展示阶段。作为一种轮廓式的概括，我对此没有异议。然而，若作为一种理论框架，企望把一切小说纳入进去，则难免捉襟见肘。"三阶段"之间的关系是什么呢？三者能够完全割裂和对立起来吗？且不说最早的平话、传奇故事是不是也写了人物的性格和命运，也不说"性格"和"命运"是不是须以"情节"为发展史，只就审美化的心理历程而言，就可以发现，中国长篇白话小说发展到《儒林外史》《红楼梦》时期，就已经得到了较为充分的展示，不好说它们还停留在第二阶段的小说形态上。

事实是《儒林外史》《红楼梦》已经从对现实客观世界的描述，逐渐转入了对人物内心世界的刻画，而且这种刻画具有了多元的色素。只是中国小说内心世界的心灵审美化的展示，有其固有的民族特色而已。《儒林外史》和《红楼梦》一样，都是一经出现就打破了传统的思想和手法,从而把小说这种文类推进到一个崭新阶段。

  《儒林外史》像《红楼梦》一样,它已经从功利的、政治文化的外显层次,发展到宏观的、民族文化的深隐层次。从小说视野的更新的角度看,吴敬梓注意到了因社会的演进和转变而牵动的知识分子的心理、伦理、风习等多种生活层次的文化冲突,并以此透视出人文知识分子的心灵轨迹,传导出时代变革的动律。吴敬梓的《儒林外史》对形形色色知识分子的悲喜剧,实质上是做了一次哲学巡礼。他的《儒林外史》的小说美学特色,不是粗犷的美、豪放的美,更不是英雄主义的交响诗。他的小说从不写激烈,但我们却能觉察到一种激烈,这是蕴藏在知识分子心底的激烈,因而也传递给了能够感受到它的读者。因此,《儒林外史》的小说美学品格,有一种耐人咀嚼的深沉的意蕴。这表现为小说中有两个相互交错的声部:科举制度和八股制艺对于知识分子来说,无论贫富,无论其生活和政治生涯如何,它总是正剧性的——这是第一声部,作者把这一声部处理成原位和弦;作者将科举以外的内容,即周进、范进、马二先生等人的悲歌,作为第二声部,把它处理为变和弦,具有讽刺喜剧旋律。变和弦在这里常有创作者的主观色彩。作者在把握人物时,并不强调性格色彩的多变,而是深入地揭示更多层次的情感区域，研究那种非常性的、不合理的、不合逻辑的，甚至是变态的心理。人的情感在最深挚时常常呈现出上面诸种反常，人的感情发展或感情积蓄，也往往不是直线上升，而是表现为无规则的、弯弯曲曲的，甚至重复绕回的现象。吴敬梓对科举制度的批判，正是通过这种对人性的开拓、对人的内在精神世界的开拓达到其目的。

还应看到，在读《儒林外史》时，总有一种难以言传的味道。我想，这是吴敬梓对小说美学的另一种贡献，即他在写实的严谨与写意的空灵交织成的优美文字里，隐匿着一种深厚的意蕴：一种并无实体，却又无处不在、无时不有，贯注着人物性格故事情节、挈领着整体的美学风格并形成其基本格调的意蕴。我以为那该是沉入艺术境界之中的哲学意识，是作者熔人生的丰富经验、对社会的自觉责任感与对未来美好的期望于一炉、锻炼而成的整体观念，以及由此产生的审美态度。他能贴着自己的人物，逼真地刻画出他们的性格心理，又始终与他们保持着根本的审美距离，细致的观察与冷静的描述以及含蓄的语气，都体现着传统美学中静观的审美态度。

对于艺术感情的表达，席勒说过这样的话：一个新手就会把惊心动魄的雷电，一撒手全部朝人们心里扔去，结果毫无所获。而艺术家则不断放出小型的霹雳，一步一步向目的走去，正好这样完全穿透别人的灵魂。只有逐步打进、层层加深,才能感动别人的灵魂。吴敬梓写《儒林外史》正是采用了这种不断放出小霹雳、逐步打进、层层加深的艺术手法,通过形象的并列和延续,逐渐增强感情的力度和穿透力。

一幅幅平和的、不带任何刻意编织痕迹的画面,给我们留下了深刻印象:它恬淡,同时也有苦涩、艰辛、愚昧。一个个日常生活中最常见和最微小的元素,被自由地安排在一切可以想象的生活轨迹中。

这些元素的聚合体,对我们产生了强烈的甚至是主要的影响:它使我们笑,使我们忧,使我们思考,使我们久久不能平静。这就是吴敬梓在《儒林外史》这部小说中为我们创造的意境。这里显现出一个小说美学的规律——孤立的生活元素可能是毫无意义的,但是系列的元素所产生的聚合体被用来解释生活,便产生了认识价值。《儒林外史》正是通过这种生活元素的聚合过程,使我们认识了周进、范进,认识了牛布衣、匡超人,认识了杜少卿,认识了生活中注定要发生的那些事件,也认识了那些悲喜剧产生的原因。对于《儒林外史》这样一部近四十万字的长篇小说,这样一部没有多少戏剧冲突的近乎速写的小说,就是全凭作者独特的视角,借助于生活的内蕴,而显示出它的不朽魅力的。

从我国小说的经典性作品《三国演义》和《水浒传》发展到《红楼梦》和《儒林外史》时期，我们可以明显地发现小说视野的拓展和更新。往日的激情逐渐变为冷峻，浪漫的热情变为现实的理性，形成了一股与以往全然不同的小说艺术的新潮流。当然，有不少作家继续沿着塑造英雄、歌颂英雄主义的道路走下去，但是我们不难发现，他们所塑造的英雄人物，已经没有英雄时代那种质朴、单纯和童话般的天真，因为社会生活的多样化和复杂性，已经悄悄地渗入到艺术创作的心理之中。社会生活本身的那种实在性，使后期长篇小说的普通人物形象，一开始就具有了世俗化的心理、性格以及人性被扭曲的痛苦和要求获得解脱的渴望。这里，小说艺术哲学中的一个重要范畴——悲剧——的含义，也发生了具有实质意义的改变：传统中，只有那种英雄人物才有可能成为悲剧人物；而到后来，一切小人物都有可能成为真正的悲剧人物。

小说艺术的发展历史，也往往有惊人的相似之处。我曾提到一位当代作家的感觉：文学上的英雄主义发展到顶点的时候就需要一种补充。要求表现平凡，表现非常普通、非常不起眼的人……这就是说，当代小说有一个从英雄到普通人的小说观念的转变。事实是，在我国古代，小说经历了漫长的发展过程，而在最后，即小说创作高峰期，出现了《儒林外史》

和《红楼梦》这样具有总体倾向的巨著。它们开始自觉对人心灵世界的探索，对人的灵魂奥秘的揭示，对人的意识和潜意识的表现，把小说的视野拓展到内宇宙。当然这种对内在世界的表现，基本上还是在故事情节发展过程中，在人物形象塑造中来加强心理描写的。这当然不是像某些现代小说那样，基本上没有完整情节，对内心世界的揭示突破了情节的框架。但是，内心世界的探求、描写和表现，不仅在内容上给小说带来了新的认识对象，给人物形象的塑造带来了深层性的材料，而且对小说艺术形式本身，也产生了极大影响，这就是我国古代小说从低级形态发展到高级形态的真实轨迹，这才是《儒林外史》等杰作在小说视野本质上的拓展。从这个意义上说，中国古代小说的发展过程，也可以说是一步步向人自身挺进的过程，一步步深化对人的本体和人的实践的认识和感受的过程。

小说家的历史反思

列夫·托尔斯泰在《艺术论》一书中反复强调这样一个意思，即艺术的感染力最重要的是艺术家所要表达出的思想感情。他说："艺术的印象（换言之，即感染）只有当作者自己以他独特的方式体验过某种感情而把它传达出来时才可能产生,而不是当他传达别人所体验而由他转达的感情时所能产生。"①这段话对于一个小说家尤为重要,小说家对生活必须有自己的感知和体验。叔本华在他的《作为意志和表象的世界》一书中论及主体和客体关系时说:

> 假定一种自在的客体,不依赖于主体,那是一种完全不可想象的东西。因为(客体)在作为客体时,就已经是以主体为前提了,因而总是主体的表象。②

这种表述,对认识艺术家和他所描写的对象的关系,是有道理的,无论多么丰富的现实生活(客体),不为艺术家(主体)所感知,也就没有了艺术。18世纪中叶中国封建贵族的生活,不为曹雪芹所感知,便不会有《红楼梦》这样的艺术珍品。同样,漫长的封建科举制度和举业至上主义不为吴敬梓所深切感知,便不会有《儒林外史》这样的伟构佳作。

进一步说,我们初读吴敬梓的小说,常为他近乎淡泊的笔调所惊异,世态的炎凉冷暖、个人感情的重创、人格的屈辱、

---

① 见该书第107页,人民文学出版社1958年版。
② 石冲白译本,商务印书馆1982年版,第48页。

亲人的生死离散，都以极平常的语气道出。那巨大的悲苦，都在悠悠的文字间释然，真使人喟然而惶惑。然而这意蕴的产生，正是来源于吴敬梓亲自感知，即家庭中落、穷困潦倒的生活所引发的深沉的人生况味的体验和人的精义的思索。

然而吴敬梓之所以伟大，绝不是停留于他感喟举业中人的利欲熏心、名士的附庸风雅和清客们的招摇撞骗、官僚的营私舞弊、豪绅的武断乡曲，以及他们翻云覆雨的卑污灵魂和丑恶嘴脸。我之所以认为吴敬梓并没有停留在这些社会表层的溃疡面的揭露，就在于作者在沉思一个巨大的哲学命题：即他要唤起民族的一种注意，要人们认识自己身上的愚昧性；因为当历史还处于这样一种愚昧的状态时，我们是不能获得民族的根本变化的。因此，吴敬梓做了一次认真的文化反思。他想到的不仅是知识分子的命运，而且是借助于他所熟悉的知识分子群体来考虑这个民族性格的素质。他以自己亲身感知的科举制度和举业至上主义为轴心，开始以一种哲学思考去观察自己的先辈们的民族文化—心理结构和政治生涯。所以吴敬梓在小说中提出的范进、周进、牛布衣、匡超人和杜少卿的命运，并非个别人的问题，而是他看到了历史的凝滞。而正是借助于对科举有着深刻的内心体验，他才极为容易地道破举业至上主义和八股制艺的各种病态形式。作者所写的社会俗相不仅是作为一种文化心理的思考，同时更多的是做了宏观性的哲学思辨，是灵魂站立起来以后对还未站起来的灵魂的调侃，由此我们也看到了吴敬梓小说的一个症结：思想大于性格。

黑格尔曾指出："本质自身中的映象是反思。"①又说："本质在它的这个自身运动中就是反思。"②在黑格尔看来，"反思"概念所显示的运动，不仅是本质的"自己运动"，而且是向本质自身内部深入的"无限运动"。这种运动，不是那种没有质变、没有转化、没有飞跃的机械重复的运动，而是经过辩证否定的环节，向着更加丰富和深刻的本质"变和过渡"的"无限运动"。反思其所以能在理性认识发展中完成一次次飞跃，就在于它是由被认识的本质自身的否定性决定的。用黑格尔的话来说就是"本质的否定性即是反思"。吴敬梓在他的小说中对举业至上主义和八股制艺的批判就如同剥笋一样，剥一层就是一次否定，也就是一次理性认识的飞跃，从而也就是向本质的一次深入，《儒林外史》思想内涵的深刻性首先在于此。

如果从第一个层面进行考察，众所周知，科举制度是隋唐

---

① 《逻辑学》下卷，商务印书馆1977年版，第8页。
② 同上，第14页。

以来封建统治集团培养官僚的主要途径。随着封建统治的日趋没落,科举制度已经异化,它的腐朽性暴露无遗。明代以后,封建朝廷又以八股取士,更是为了强化对人们思想的控制,把人们培养成格守封建道德规范的精神奴才;而一些读书人,为了跻身于官吏行列,也把八股文当作猎取功名富贵的敲门砖。这种腐朽制度,必然孕育出大批社会蛆虫。吴敬梓本人曾既是科举制度的热衷者,又是它的受害者,所以他的感知来得分外深刻,不能不使他进行历史的反思。因此《儒林外史》一书的重要审美特色是它的反思性。吴敬梓创作《儒林外史》的总体构想,就是对中国封建科举制度和举业至上主义的反思。试看,作者笔下的人物大多具有八股取士造成的畸形变态的品格形式。因此,从政治文化的外显层次来看,吴敬梓出色地揭开了科举取士制的溃疡面,这就势必使那些滋生在腐肉上的蛆虫也连同暴露出来。那一批批拥拥挤挤向着仕途攀爬的家伙,正是封建官僚的后备军。吴敬梓揭露这些候补官吏的丑恶嘴脸,在客观上使人们看到封建吏治这株腐朽大树糜烂的根部,认识到它每况愈下的原因。仅就这一点来说,《儒林外史》的思想意义就已经使它不朽了。

然而更为重要的是,吴敬梓的笔触并没在科举制度上徘徊,因此《儒林外史》也没有停留在这种外显层次上,而是发展到宏观的民族文化的深隐层次。这就触及到了什么才是人——尤其是作为国家精英的知识分子——的真正的思想解放问题。这是问题的第二个层面,也是不易为人看透的层面。在我们的古代作家中,往往注意到了他的人物在经济和政治方面的解放的企求,而关于其他方面的解放,特别是对人的认识,对人的精神世界的问题,并没有引起众多作家的普遍注意。可是吴敬梓却考虑到了民族精神和民族性格的整个素质问题,并通过几个典型人物的活生生的心灵世界,展示了民族文化的实相,从而强劲地呼唤人们对民族文化的积极扬弃和择取,从而觅取到真正的活力不断的源头。这样,吴敬梓就为我们提出了一个民族精神如何获得解放的尺度问题。

在我们当代的《儒林外史》研究中始终有"丑史"和"痛史"之争。而我之所以长期认为《儒林外史》是一部历史的文化反思性的小说,乃因为在我看来,反思与批判略有不同,只有科举制发展到它的尽头,人们才有可能对自己进行这种反思。在吴敬梓时代,解决精神结构的问题已经提到历史日程上了。在我们的古代小说中,用精神的办法解决精神结构的问题,过去似未曾有人提出过。我们的小说史上还没有一部像《儒林外史》这样对中国民族文化中的糟粕——八股制艺所造成的精神悲剧,正面表示深沉抗议,并对此进行反思的长篇。

正是这种深邃的思想和他的小说的厚度,乃使鲁迅先生喟然而叹:伟大也要有人懂!《儒林外史》在一定程度上可以看成特定历史时期内我们民族的精神现象史。它并未过多着眼于代表经济、政治压迫的外部势力对知识界的迫害,而恰恰是集中写知识分子的自我表现和自我感觉,笔锋所向是知识分子在举业至上主义和八股制艺的牢笼下如何冲决精神罗网的问题,这是《儒林外史》高于以往批判诸作的地方。这一方面体现出准确的时代感,同时提供了反思的基础。且不说像《水浒传》等作品中的人物还在被迫同外部势力做生死攸关的苦斗,无暇顾及自身的精神如何;就是像"三言""二拍"中的市民和文士,也不过是在谋求经济、政治和婚姻的解放,尚未触及精神解放问题。《儒林外史》中的人物如周进、范进、牛布衣以至杜少卿诸人,也仅限于提供反思的基础,人物本身还未能进行这种反思:即你对周进、范进等人的精神作何感想?感想当然是各式各样的。所以《儒林外史》的反思性的复杂,正反映了社会上对知识分子精神结构问题的复杂态度。这恰好表明对此进行反思的迫切的需要。

一般地说,一部小说不可能容纳两种相反的立意。但是,在《儒林外史》中可以明显地感觉出作者的情感是悲喜兼有。作家从来都是怀着复杂的感情去写他的人物的,正是《儒林外史》展示的悲喜剧中蕴含有复杂而深刻的感情内容,所以才具有艺术魅力,令读者动容。

在科举制和八股制艺的罗网里,知识分子是"没有自由意志的物体",举业至上主义造成了心理变态和人性的异化。正由于此,我们在《儒林外史》中可以明显地看到吴敬梓笔下的众生相:凄惨和得意,失败和胜利形成强烈的对比;物质和精神,现实和幻想尖锐地冲突;悲剧和喜剧,眼泪和笑声高度地交融统一,它们形成了巨大的情感冲击波,冲击着读者的灵魂。作者由痛苦的沉思转为发笑;而读者则由发笑转入痛苦的沉思。

由此可见,吴敬梓不是要给一个个知识分子画像。他是历史地、具体地活画出掌握知识但却愚昧的知识分子的奴性心理。所以这部小说要唤起民族的一种注意,即作者要告诉自己的群体,如果我们不认识到自己身上的愚昧性,则我们的民族是不会有根本的改变的。吴敬梓是以一种深刻的历史哲学去考察自己先辈和同时代人的生活,尤其是他们的内心生活。他提出了这一群体的命运,因此他写的不是个别人的心灵历史,而是从总体上把握了知识分子的心理脉搏。

《儒林外史》作为小说文类,采用的手法应属今日小说理论中的所谓反讽模式(Irony Pattern):自嘲(自我嘲弄)和自虐（自我虐待）。反讽是赞美的反拨，是对异在于己的历史的清醒时的嘲弄、讽刺、幽默。它是一种否定，一种近乎残酷的否定：我们曾经追求过、挚爱过的，现在又不得不抛弃；然而在抛弃的同时，我们又不能不留恋曾经为此付出的努力、希望、热诚。正如黑格尔所说，反讽产生于这种情境：尽管那些自身毫无意义的微不足道的目的，看起来确实在以十分认真的态度和规模巨大的准备工作，力求实现。所以反讽就是对这样的东西进行嘲弄，人们所虔诚地、全心全意地从事的，恰恰是本身毫无意义的，甚至是与己相敌对的。应该看到《儒林外史》的伟大在于作者没有把反讽停留在第一个层面上，即以胜利者姿态，对对象进行居高临下的嘲弄。用我们现在的俗话，就是把自己也"摆进去"。小说中对对象的嘲弄已开始被自我嘲弄所取代，原来作为反讽主体的"我"，这时走到了对象的位置，不再是胜利者而是失意者。在嘲弄了现实以后蓦然回首："我"同这一现实一样是嘲弄的对象，真正需要和可以嘲弄的，恰恰是自己。由此看出，吴敬梓的感知是有质量的，而他的反讽更是深刻的，这一切使《儒林外史》的反思性有了更为巨大的历史感和当代性。

　　按照一般创作规律看，没有对于艺术形象的爱，作品就不会诞生。艺术家的职责是在作品中表明自己的思想倾向和感情前途。艺术形象固然体现着作家写实的客观态度，同时，毕竟也渗透着作者主观的审美评价，它表达作者对"世道人心"的主观好恶。这是带有一定普遍性的倾向，这也必然体现在吴敬梓、曹雪芹这样一些具有深度文化修养的作家的创作中。《儒林外史》中的杜少卿不管有没有吴敬梓自己的影子，作为一个艺术形象，他那耿介刚直的性格，他在困境中不失操守，宁可穷而不达，也不肯苟合于污浊的世态以及对友谊信念的诚挚等，都集中地概括了传统人文知识分子的道德素质和精神风貌。这些朴素的道德理想，和儒家以伦理为核心的哲学思想有着密切的联系。重视人世间关系的协调，"以心理学和伦理学的结合统一为核心和基础"，把人们的情感"抒发和满足在日常心理—伦理的社会人生中"（李泽厚《美的历程》）。这是儒家哲学的基本特征。吴敬梓以生动的艺术形象所表现的，都不是超世间的崇高精神，只是在否定儒家思想中强调等级秩序的偏见和轻视妇女的封建礼教的同时，把其"仁爱"观念中所包含的一般博爱思想、富于实践性精神等具有人民性的部分，艺术性地再现于知识分子的原始生活命运中，使传统的观念在艺术表现中获得时代感。他笔下的杜少卿等正直的有操守的人文知识分子几乎都带有这种思想特征：他们或淡于世事，不屑为浮名俗利而数数然；或甘于寂寞，在清贫的风雅中自得其乐；也有的性情放达，不求进取，飘逸中藏起对人生的严肃态度。这些精神特点正好与他们急公好义、耿介刚直、不苟合于污浊世态的道德风貌相补充。一方面是积极入世、注重实践、有所作为的道德理想；一方面则是消极出世无为清静的道家精神。二者相辅相成，形成了他们的人生哲学："达则兼济天下"，施及旁人，穷则独善其身，无所求而无所失，有所不为才能保持道德人格的完整。

从《儒林外史》所展示的两个层面我们发现，吴敬梓也具有中国人文知识阶层经常反复出现的"忧患意识"。这种"忧患意识"是徐复观先生提出的。他认为这种"忧患意识"的出现，和儒家特殊性格形成密切相关。美籍华人杜维明先生认为，中华民族早期，特别是儒学的出现，体现为一种"忧患意识"。这种"忧患意识"促使人们对人进行全面的反思，可以说，对人的反思，构成了轴心时代中华民族的哲学心态。①这一观念现已逐渐被大陆学者所接受，并有所发挥。实际上我们看吴敬梓也正是有这种积极正视现实的"忧患意识"。在他的小说中，这一"忧患意识"有两层内涵：一层即是肯定人类文

---

① 薛涌：《文化价值与社会变迁：访哈佛大学教授杜维明》，《读书》1985年第10期。

明、文化的价值，因而对周代文化传统的崩溃，有一种不忍之情，想恢复过去的礼乐制度。这一点我们可以从吴敬梓小说中"祭泰伯祠"一节找到内证。但是这不是我们一般所认为的复古，而是对中华民族从殷商以来所建构的文明做了一个内在的肯定，希望这一文明能够延续下去。

然而我认为更重要的也是不易被人发现的那个潜隐的层次，即吴敬梓在资本主义生产关系萌芽出现以后，他对新思潮的敏感，他不知不觉地对八面来风的新鲜信息已有所吸收。他的当代意识极强，所以作为小说艺术家和诗人的吴敬梓就不可能不用其作品唤起民族精神的内省和更新，而这首先需要作者自身的内省和更新。正是由于吴敬梓的思想观念和艺术观念的不断更新，所以在审美判断上使他具有了那样深邃的透视力、洞察力和强烈的感受力。吴敬梓确实把史识、今识和诗识水乳交融在一起了，因此他的内省和反思才是如此真诚和深刻。他的"忧患意识"正是对科举制度进行宏观的历史反思的结果。

歌德说：

> 一个伟大的戏剧诗人如果同时具有创造才能和内在强烈而高尚的思想感情，并把它渗透到他的全部作品里，就可以使他的剧本所表现的灵魂变成民族的灵魂。我相信这

>是值得辛苦经营的事业。(《歌德谈话录》)

我认为吴敬梓辛苦经营的正是这样一种"事业"。在他内心翻腾的一定是一种痛苦的感情。他看到了科举制度和八股制艺对人的灵魂的残害达到了何等酷烈的程度，因此他意在通过自己对民族文化和民族性格以及民族素质的宏观的历史文化反思，引导当时和以后的知识分子走向更高的精神境界、更高的理想、更高的品质，也就是他要通过自己作品中的历史文化反思，去影响民族的灵魂，这就充分说明了吴敬梓的睿智和见地。

总之，伟大的吴敬梓通过他的小说艺术的积极实践，给中国小说史增添了一个新品种，并促进了中国古代小说向着更深隐的文化层次拓展，这就是他对中国小说美学的贡献。

喜剧性和悲剧性的融合
——《儒林外史》的实践

在中外文艺史上,每个有成就的作家都有自己认识生活、反映社会现实的独特角度,也有表达自己心灵世界的独特方式,总有他特别敏感和注意的人物,并由此形成他自己独特的形象体系。因此对一个作家进行科学的研究和评价,必须抓住他创作的独特性,就是这个独特性成为其在文艺史上地位的最重要的标志。那么,什么是《儒林外史》的独创性呢?笔者认为,应该在喜剧性和悲剧性的融合之中去寻找。正是伟大作家从社会悲剧出发,创造了自己的喜剧体系。正是在他的杰作《儒林外史》中把喜与悲、美与丑、崇高与滑稽融合无间,构成了一个浑然一体、别具一格的艺术世界。

一

喜剧性和悲剧性的融合在《儒林外史》中的实现，一方面是吴敬梓才能最突出最鲜明的表现，另一方面也是我国小说艺术发展到成熟阶段的成果。

好恶染乎世情，美丑因时而变。审美意识和审美活动的衍化、凝练和质变，因时代、环境和民族特性而殊异。作为一种审美理想，喜剧性和悲剧性的融合，是在人类审美意识史进入全面综合阶段的时代背景中兴起的。这已为中外文艺实践和文艺思想的演变所证实。为了充分认识《儒林外史》悲喜融合的意义，有必要把它放置在世界文艺发展历史中进行考察。

古希腊文艺中，悲剧和喜剧有严格的界限，各自作为一种独立样式而存在和发展。到了文艺复兴时期，资产阶级人文主义强调普通人的价值，在艺术上也要求全面地反映现实生活，于是提出要打破悲剧和喜剧的界限。意大利戏剧家瓜里尼首先发难，创造了悲喜混杂剧这一新剧体，并写了《悲喜混杂剧体诗的纲领》（1601），提出"悲剧的和喜剧的两种快感糅合在一起，不至于使听众落入过分的悲剧的忧伤和过分的喜剧的放肆"。① 与此同时,莎士比亚和很多造型艺术家都曾大胆地把悲与喜、现实与幻想、崇高与卑下、严肃与滑稽糅合在一起,并在这种糅合中塑造了现实主义的真实性格。18世纪德国伪古典主义重新捡起了悲剧和喜剧不可逾越的僵死教条,而严重束缚了文艺的发展。狄德罗起而反对伪古典主义的清规戒律,认为把戏剧分割为悲剧和喜剧两种截然不同的剧体不符合客观现实。他主张把悲剧和喜剧统一起来成为悲喜剧,即严肃的喜剧,并且自己身体力行。此后,雨果和别林斯基从不同角度提出了"美丑对照"和"悲喜交织"的美学原则。雨果在他那篇被视为"浪漫主义宣言""讨伐伪古典主义的檄文"的《〈克伦威尔〉序》(1827)中提出:在现实生活中,并非一切都伟大、一切都崇高优美,世界万物是复杂、多面的,一切事物有正面也有背面,再伟大的人也有其渺小可笑的一面,"丑就在美的旁边,畸形靠近着优美,丑怪藏在崇高背后,美与恶并存,光明与黑暗相共"。② 雨果的"美丑对照"原则,大大开拓了文学的题材范围和表现手法,使广阔的社会生活和复杂的现实人生得以进入文学领域。别林斯基是在评论果戈理的小

---

① 《西方美学家论美与美感》,商务印书馆1980年版,第75页。
② 《雨果论文学》,上海译文出版社1980年版,第80页。

说《塔拉斯·布尔巴》时阐述了他的悲喜交融的美学理想的。他认为塔拉斯·布尔巴"充满着喜剧性,正像他充满着悲剧的壮伟性一样;这两种矛盾的因素在他身上,不可分割地、完整地融合成一个统一的、锁闭在自身里面的个性;你对他又是惊奇,又是害怕又是好笑"。[①]他还赞扬果戈理的《旧式的地主》是一部名副其实的"含泪的喜剧"。[②]但不久,法国戏剧评论权威弗朗西斯科·萨赛(1827—1899)在他的《戏剧美学初探》中,针对雨果《〈克伦威尔〉序》进行了驳难,提出"笑与泪的任何混合"都有破坏审美感受的危险,因此提出"喜剧与悲剧、滑稽与崇高之间绝对区别,再合理不过"[③]的倒退理论。到了20世纪卓别林的悲喜剧的出现,特别是以后的综合美学的崛起,悲喜融合又提到日程上来,并取得了辉煌的成果。到这里达到了一个经历了正反合总体全程的最高度。

在我国,审美意识和审美活动的衍化和质变,与西方同中有异。我们民族美学中没有严格的截然对立的悲剧和喜剧的范

---

① 《答"莫斯科人"》,见满涛译《别林斯基选集》第二卷,时代出版社1952年版,第340页。

② 《论俄国中篇小说和果戈理君的中篇小说》,见《别林斯基选集》第一卷,人民文学出版社1958年版,第189页。

③ 《古典文艺理论译丛》第11册,人民文学出版社1965年版,第273页。

畴，如同我国很多优秀的作品很难用现实主义和浪漫主义来归类一样，我国很多作品的情调也很难用悲剧和喜剧来归类。笔者见闻有限，所知最早提出悲喜观念的是西汉淮南王刘安。他在《淮南鸿烈》中提出："夫载哀者闻歌而泣，载乐者见哭者而笑。哀可乐者，笑可哀者，载使然也。"这是提出人们主观感情上的差异对悲喜有不同的审美感受。关于中国传统的喜剧理论，似乎着重于批判的功能。梁代刘勰《文心雕龙》强调"会义适时，颇益讽诫。空戏滑稽，德音大坏"。至于柳宗元提出的"嘻笑之怒，甚乎裂眦"，算得上是传统中对于喜剧的美学理解了；而"长歌之哀，过乎恸哭"（《对贺者》），也算得上是传统中对悲剧的美学理解了。但是悲喜交融的审美理想和悲喜对照的艺术手法，却大量地存在于我们各时代的文艺创作中。《诗经》名篇《东山》诗，悲喜形成了鲜明对照，它给欢乐注入了辛酸，又在哀愁和痛楚中插进了乐观的想象，从而达到感人肺腑的力量。杜甫的《闻官军收河南河北》中含泪的笑和含笑的泪水乳交融。"剑外忽传收蓟北，初闻涕泪满衣裳。却看妻子愁何在，漫卷诗书喜欲狂。……"这种达到"狂"的极度欢乐情绪是以"涕泪满衣裳"的形式表现的。明末思想家王夫之在诗学名著中把这些概括成一条带有规律性的审美经验，即"以乐景写哀,以哀景写乐,一倍增其哀乐"。①

与西方早期戏剧中悲剧和喜剧壁垒森严不同,我国传统戏曲,悲喜从来是混杂的,讲究"庄谐并写""苦乐相错",②纯粹的悲剧和喜剧较为少见。即使像元代大戏剧家关汉卿的典型的大悲剧《窦娥冤》也有丑的插入,桃杌太守的打诨不仅没有破坏悲剧气氛,而且让观众在鄙笑中建立不妙的预感和批判的态度。无名氏的公案世态喜剧《陈州粜米》用了一整折写张憞古被打死的惨剧。王实甫的爱情剧《西厢记》交织着多种因素,有悲剧的,有喜剧的,有庄严的,也有轻松的,它们相互作用,相互消长。明代汤显祖的《牡丹亭》不乏悲喜剧式的人物和情节。《梁山伯与祝英台》更是通过喜与悲的交替发展构成了对比和反衬。根据我国戏曲中悲喜交织以及喜剧性的行动中隐藏着深刻的悲剧因素的现象,明代的祁彪佳在《远山堂剧品》中提出了"于歌笑中见哭泣"的说法。清代戏曲理论家李渔则提出了"寓哭于笑"③的观点,认为这是和道学家

---

① 《姜斋诗话》卷一《诗绎》,人民文学出版社1962年版,第140页。

② 吕天成:《曲品》,见《中国古典戏曲论著集成》第6册,中国戏剧出版社1959年版,第211、224页。

③ 李渔著,陈多注释:《李笠翁曲话》,湖南人民出版社1980年版,第42页。

们的"板腐""板实""道学气"相悖的"机趣"。他所说的"我本无心说笑话,谁知笑话逼人来"①的科诨妙境,就是指悲剧和正剧中插入喜剧人物和喜剧情节,构成了戏剧情境的丰富多彩。

在我国浩如烟海的说部里,有许多杰出的单纯悲剧小说和喜剧小说。但是同戏曲一样,属于悲喜剧性的小说则显得格外出色。那些描写广阔生活的史诗性的长篇小说,当然同时存在着悲喜剧人物和悲喜剧的情节,就是那些精致的短篇如《金玉奴棒打薄情郎》《卖油郎独占花魁》《玉堂春落难逢夫》等,完全可以说是人生悲喜剧的真实写照。它们都是把悲与喜、善与恶、美与丑、崇高与粗俗相对照,从而展示出一幅幅社会风俗画。

通过上面的粗略考察不难看出,由于时代不同,民族生活和文化传统不同,文艺思潮的流变和审美活动也不同。但是艺术家们却不谋而合地把悲喜融合看作艺术美的极致,是他们殚精竭虑企望奔赴的美的高峰。他们当中的杰出人物似乎都发现了一条规律:悲和喜的对比映衬,相反相成,能激发出比单纯

---

① 李渔著,陈多注释:《李笠翁曲话》,湖南人民出版社1980年版,第96页。

的悲和喜更深刻更丰富的审美感情，更能真实完美地反映充满矛盾的复杂生活。

吴敬梓在他生活的时代，当然还不可能借鉴西方小说创作的经验，形成他创作的特色的，仍然是中国传统文艺的影响。他的思想和作品无不浸润着中华民族的长久的优秀的传统和人民的审美理想。我国传统的诗歌、戏曲、小说等艺术样式中悲喜因素往往是混杂的，但是它们的基本构成大致有三种类型：一种是悲喜映照和衬托；一种是一悲一喜交替发展，各自向自己的方向伸展；第三种则是前悲后喜，或前喜后悲，悲剧性和喜剧性两种美学元素还没有完全达到水乳交融、浑然一体的境界。吴敬梓不满足于悲与喜的并存，而是探索如何把二者融合在一起。

《儒林外史》终于取得了艺术上的一次重要突破，它不仅把可悲的、滑稽的、抒情的、哀怨的互相穿插，而且把喜剧的、悲剧的、正剧的、闹剧的各种审美元素糅合在一起，把人们看来似乎对立的艺术因素兼收并蓄，不仅没有带来风格上的杂乱，而是给他的小说带来了艺术上的绚丽多彩，带来了更大的生活真实，带来了哲学的概括和诗意的潜流。《儒林外史》是继17世纪诞生的《堂·吉诃德》之后，19世纪诞生的果戈理、契诃夫作品之前，将喜剧性和悲剧性融合得最好的艺术品。这些辉煌的不朽的巨著虽然走过的是不同的美的历程，但最后都攀登上了悲喜融合的美的巅峰。

二

讽刺大师吴敬梓是用饱蘸辛酸泪水的笔来写喜剧、来描绘封建主义世界那幅变形的图画的。他有广阔的历史视角，有敏锐的社会观察的眼光，因此，在他的讽刺人物的喜剧行动背后几乎都隐藏着内在的悲剧性的潜流。这就是说，他透过喜剧性形象，直接逼视到了悲剧性的社会本质。这是《儒林外史》喜剧性和悲剧性融合的重要特点之一。

讽刺效果最揪动人的心灵的是那些原本出身下层、然而在挣扎着向上爬的人物的悲喜剧。这里的几个人物，堪称吴敬梓讽刺典型的精品。

周进和范进都是在八股制艺取士的舞台上扮演着悲喜剧的角色。一个是考了几十年，连最低的功名也混不到，感到绝望，因而痛不欲生；一个是几十年的梦想突然实现，结果喜出望外，疯狂失态。他们并不是天生怀有变态心理，而恰恰是功名富贵把他们诱骗到科举道路上，弄得终日发疯发痴、神魂颠倒，最后走向堕落的道路。吴敬梓在这里送给读者的不是轻率的戏谑和廉价的笑剧，而是那喜剧中的庄严的含义。当周进刚一出考场，作者就点染了那个世风日下、恶俗浇漓的社会环境。在这样的环境气氛中，这个考到胡子花白还是童生的主人翁的内心感受应该怎样？梅玖的凌辱，王举人的气势压人，最后连一个每年十二两银子束脩的馆也丢了。从这些描写里，无不深切入微地揭示了他积压在内心的辛酸、屈辱和绝望之情。因此一旦进了号，看见两块号板，"不觉眼睛里酸酸的，长叹一声"，一头撞上去，昏厥于地，就成为势所必至、理有固然了。范进中举发疯，这是因为时时热切盼望这一日，但又从来没有料到会有这一天，这猛然的大惊喜，使他长久郁结之情顿时大开，神经竟不能承受。那发疯的状态和过程，无不使人发笑，又无不令人惨然。始而怜悯，继而大笑，最后是深深的悲愤。读者的这种心理过程，正是对周进、范进的悲喜剧的艺术感受的过程。正因为吴敬梓给可笑注入了辛酸，给滑稽注入了哀愁和痛苦，因而更能撩人心绪，发人深省，这喜剧中的悲剧因素，包含着深邃的社会批判性。

但是，对于吴敬梓这种直接的现实写照背后具有的那股深深的悲剧性的潜流，并不是容易一目了然的。有的研究者就曾认为范进只是一个可笑的人物，而不是一个可悲的人物，把可悲和可笑截然分开。一位美学研究者就持此观点，指出：

> 范进和孔乙己可以说都是封建科举制度的牺牲品,但前者是喜剧的,后者却具有悲剧的成分和因素。因为范进仅仅是一个封建功名利禄的狂热追求者,甚至因中举而喜得发疯了的人物,在性格上没有正面因素的成分……所以我们说,如果范进是一个十足可笑的喜剧人物,那么孔乙己虽然也是可笑的人物,但同时也是为人所同情的可悲的人物。①

这里我们且不论鲁迅笔下的孔乙己是周进和范进一类人物典型的延伸,他们同属于一个"家族"(这关系到人物形象的历史积累与典型人物之间的继承和发展诸问题)。仅就范进这一典型来说,他完全不同于吴敬梓笔下的彻底否定的反面典型严监生兄弟和牛浦郎等,那样的人物确无悲剧性可言。然而范进和周进一类讽刺人物却带有浓厚的悲剧色彩,在一定意义上说,他们本质上是悲剧性的。著名剧作家李健吾先生有个高论:喜剧往深里挖就是悲剧。信然,在喜剧性和悲剧性之间并没有什么不可逾越的鸿沟。如果我们把原来社会地位卑下,生活无着

---

① 施昌东:《"美"的探索》,上海文艺出版社1980年版,第391—392页。

以及精神上的空虚、颠顶和绝望看作范进的悲剧性,那未免是皮相之谈。在我看来,范进的悲剧性不是命运和性格的原因,也不是有没有"正面因素的成分"的问题,而是罪恶的科举制度,是举业至上主义把一个原本忠厚老实的人、生活中的可怜虫的精神彻底戕害了。因此,他后来中举时痰迷心窍、发狂失态的带有闹剧色彩的场面是接近于悲剧的。在这里悲剧不是浮在喜剧之上,而是两者熔为一炉,浑然一体,最惹人发笑的疯狂的片段恰恰是内在的悲剧性最强烈的地方。当吴敬梓在揭示范进形象的内容时,他像一位高级艺术摄影师那样,"拍"下了形象的喜剧脸谱,"观众"在脸谱后面看到的,不是被笑所扭歪的人的脸,而是被痛苦所扭曲的脸。

是的,吴敬梓喜剧中的悲剧笔触不像一般悲剧中那样浓烈,哀恸欲绝、慷慨悲歌,而是一种辛酸的、悲怆的哀怨之情。鲁迅先生所说的"戚而能谐,婉而多讽",就近似这样的意思,所谓"含泪的喜剧"正是这种色调。

悲剧的因素常常蕴藏在生活的深处,在作品情节构思的背后,就如前面分析的那些悲剧契机,常常是不能够一目了然、一语道破的。这一点在《儒林外史》的其他人物活动中同样表现出来,比如马二先生,实际上也是一个青春被科举制度所牺牲、思想被八股教条所僵化的老学究的典型。他不同于周进、范进之处，就在于他最终也没爬入官场。

在《儒林外史》的讽刺人物画廊里，马二先生不失为一个善良的读书人。他虽然迂阔，可是对人诚恳，做人朴实，又慷慨好义。然而他的可笑和可悲却在于他丧失了现实感。二十多年科场失利，他仍然是一个虔诚的举业至上主义的信徒；为宣传时文奔走一生，最终仍一无所得。他既看不清周围的现实，又丝毫不知道自己的真实处境，内心中始终燃烧着炽热的功名欲望，弥久不衰。马二先生的全部喜剧性，就在于这个人物性格中的主观逻辑和生活的客观逻辑发生了矛盾。正是这个社会性的矛盾，才构成了马二先生喜剧性形象的基础。

但是马二先生又是一个具有双重悲剧的人物，他的悲剧正是通过喜剧性格的发展而构成的。马二先生是八股制艺的受害者，这已够可悲的了，然而在屡屡碰壁之后，仍无一星半点的觉醒，这是更大的悲剧。最可悲的是，他是那么真诚地执着地引导别人去走自己已由实践证明了走不通的老路，于是他变成了一个用"好心"帮助他人演出悲剧的悲剧人物。匡超人的堕落是一明证，而且匡超人后来对他忘恩负义，何尝不是对他的"好心"的一种惩罚呢？吴敬梓对马二先生并没有采取抨击性的和愤怒的讥笑，而是采取了无伤大雅的戏谑和幽默，作者好像和我们读者一道在一种感情默契中共同陷入对人生哲理的深长思索。

在《儒林外史》中，我们从吴敬梓所写的众多人物的每一个富有喜剧性的行动中，几乎都可以挖掘出隐藏在深处的悲剧性潜流。即使着墨不多的范进的老娘、严监生的妾赵氏，都有值得品味的社会性的内涵。范老娘演出的是一场大欢喜的悲剧，而赵氏演出的则是一场空欢喜的悲剧。至于那位鲁编修的女儿鲁小姐更是畸形社会的特殊产儿。在鲁编修熏陶下，她在晚妆台畔，刺绣床前，摆满了一部部八股文，"每日丹黄烂然，蝇头细批"。当她发现自己的夫婿不长于此道时，在痛苦之余，又寄希望于自己的儿女，每天拘着刚满四岁的儿子"在房里讲《四书》读文章"，每晚"课子到三四更鼓"，简直是八股之祸殃及幼童了。这里作者虽然用的仍然是不动声色的幽默的笔调，但悲愤的感情已经冲破喜剧的外壳，溢出纸面，读后怎么能不使人长叹呢！

鲁迅说："泪和笑只隔一张纸，恐怕只有尝过泪的深味的人，才真正懂得人生的笑。"吴敬梓一生饱尝了人间的艰辛困厄，因而对一切不幸的人总是怀着一颗纯真、仁爱、宽厚的同情心。在他刻画非统治集团的讽刺人物时，似乎越来越笑不起来了，他笔下的人物呈现出更多的悲剧性，甚至讽刺形象的悲剧色彩压倒了喜剧色彩，单纯的喜剧形象让位给大量的悲剧的性格。在这些"失掉了笑"的讽刺形象中,关于王玉辉的一束精彩的速写,更令人唏嘘不已。

王玉辉的女儿自杀殉夫的故事本来是一出人间惨剧,王玉辉本质上也是个悲剧性的人物,但作者却偏偏让他扮演喜剧角色。吴敬梓对王玉辉身上那腐朽的、野蛮的、荒唐的一面,给予酣畅淋漓的揭露和讽刺。谁能忘怀王玉辉鼓励女儿自杀殉夫的那一番高论,谁又能忘怀当女儿真的绝食殉夫以后,他那"仰天大笑"的反常行动?然而这里的一"言"一"行",实际上都是他自己做出来的。借用卓别林《舞台生涯》的台词"人硬是做出可笑的样子,该是一件多么可悲的事",作为对王玉辉这个穷困潦倒、被社会遗弃的灰色知识分子的人生写照,再合适不过了。吴敬梓对于王玉辉这个喜剧典型是抱着深沉哀怜的,他的笔锋所指,在于深入地剖析了造成这种乖谬可笑现象的社会根源。在笑的后景上是严酷的令人忧郁的现实。

《儒林外史》在一定意义上说是吴敬梓的一部"心史"。作者对于人物的挖苦、嘲笑,并非是对个人的人身攻击,相反却是怀着一种深切的同情。作者好像坚决相信:人多是一些善良的,他们只是受了政治和社会制度的作弄,以致迷失了本性,陷入了这样堕落无耻、愚妄无知的不堪的地步。因此,我们读《儒林外史》总是觉得作者"是用胆汁,而不是用稀薄的盐",①写出他笔底的可悲又可笑的人物的。

匡超人是吴敬梓用最深沉的感情写出的一个血肉饱满的人物。他用他那柄犀利、明快的解剖刀，毫不留情地挑开科举制度下一个丑陋、战栗的灵魂，并发出冷峭的笑。但是，吴敬梓要告诉人们的，却是一个人的精神生命的毁灭，一出真正人性沦丧的悲剧。

匡超人本来是一个多么纯朴善良的农村青年啊！他用自己的辛勤的汗水来养活父母，这样的人在正常的社会，理应具有正常的美好的人性，可是在一切都颠倒了的世界里，他的心灵受到了严重的污染，举业至上主义的毒菌、恶俗浇漓的世风，使他的正常的人性完全被扭曲了，学会了一套吹牛拍马、坑蒙拐骗的本领。他可以任意诋毁曾经在危难时救济过他的马二先生，他无耻地伙同市井恶棍假刻印信、伪造公文、代做枪手、选时文、充名士、攀高结贵、奔竞权门，最后竟然停妻再娶，这已经不仅仅是劳动者美好人性的异化，而是人性的泯灭。匡超人的正常人性的质变和精神毁灭的悲剧，是"圣人"和圣人之徒戕害的结果。吴敬梓以现实主义的清醒的目光，含着讽刺家的忧伤的嘲笑，通过匡超人的堕落历史，既把那无价值的撕

---

① 《别林斯基选集》第一卷，人民文学出版社1958年版，第47页。

破给人看，又将那人生有价值的东西毁灭给人看，嬉笑中带有严肃、深长的思索。这种冷中有热，冷中含愤，笑中有悲，笑中有恨，正是《儒林外史》悲喜融合的独特色调。

吴敬梓是笑的大师。他的喜剧激发着各种各样的笑，嘲讽的、戏谑的、幽默的、欢乐的，有爱的笑，也有恨的笑。但是作为基调的笑声，则是浸透着泪水的、含泪的笑，是发人深省的笑，是令人难以忘怀的笑。正是在这悲喜融合中，包含着作者深邃的社会批判力。笔者非常同意如下的论断：

> 混合着痛苦的憎恶和明朗的笑，这是《儒林外史》作为讽刺小说来看，达到了很高的成就的标志。在我国的文学史上，《儒林外史》是第一部显著地具有这种标志的小说。①

值得我们重视的是，吴敬梓并不仅把悲喜融合的美学原则用于讽刺人物，而且还用之于肯定人物，何其芳先生曾提出过一个问题："如果说吴敬梓所批判的事物是很好理解的，他的理想和他根据这种理想而写出的一些肯定人物却就比较复

---

① 何其芳：《论〈红楼梦〉》，人民文学出版社1958年版，第44页。

杂，比较不易说明。"[1]笔者对这个问题的理解是：作者没有从"好人"的概念中去衍化人物的感情和性格行为。清醒的现实主义态度，使他真实地写出人物的两重色彩，也就是说作者写这些人物时"爱而知其丑"。乔治·桑在同福楼拜讨论人物性格塑造时提出，真正的艺术大师笔下的典型人物应当"不是或好或坏，而是又好又坏"，[2]说得既中肯又深刻。

关于杜少卿，这是向来被研究者看作作者取他自己的影子而创作出来的一个肯定性人物，在书中被称赞为"品行文章是当今第一人"，傲然独立于儒林各色人等之外。他重孝道，又慷慨重义，经常把大捧的银子拿出来帮助别人，结果田产荡尽，靠"卖文为活"，却依旧"心里淡然"。可是这个在贵族环境中成长起来的杜少卿却又远离人民，几乎不知身边还有另外的生活，因此他不可能看到变革社会的力量和道路。结果热情消失，梦想破灭，只落得整天无所事事，沉溺于诗酒与遨游之中，以填补自己内心的空虚。他虽然蔑视功名富贵，鄙弃举业，但又无力与这个社会决裂。他对社会有一定清醒的认识，但乏于实际的行动，这就是他最终成为悲剧性人物的根本原

---

[1] 何其芳：《论〈红楼梦〉》，人民文学出版社1958年版，第37页。
[2] 见乔治·桑致福楼拜的信，1857年12月18日。

因。但是富于讽刺意味的是，这位颇为淡雅清高的贵公子，在家乡却又与市井恶棍张俊民和儒林败类臧荼结为知己。一方面他可以嘲骂臧荼"你这匪类，下流无耻极矣"，另一方面又拿出三百两银子为这个"匪类"买来一个廪生，而他又明明知道臧荼买廪生是为以后"穿螺蛳结底的靴，坐堂、洒签、打人"。杜少卿只顾自己的"慷慨好义"，实际上却是鼓励别人作恶，难怪娄焕文临去时批评他"不会相与朋友"，"贤否不明"。这种昧于知人，和娄三娄四公子一类人物又有何不同呢？这样美丑不分、贤否不明，简直是对"品行文章当今第一"的讽喻。杜少卿行为引发人们的笑，是由于不协调产生的，因为外表与内心、意图与效果、现象与本质、行为与环境……之间的不协调，都可以引起人们的笑。杜少卿的悲喜剧都来源于这个"不协调"，而这正是作者对小说反讽模式的一种探索。

《儒林外史》既不是莎士比亚式的穿插着喜剧因素的悲剧，也不是我国传统戏曲小说中那种悲喜混杂和对比映衬，而是悲和喜的融合，具有新的含义的新元素。在艺术史中，当然有许多非常杰出的单纯的喜剧和单纯的悲剧，然而真正含泪的笑或含笑的泪，则往往是对生活的深刻揭示和对人物心灵深入开掘才可能产生的美学效果。悲和喜的相反相成与彼此渗透，能激发比单纯的悲和喜更深刻更丰富的审美感情，这是由《儒林外史》的艺术实践所证明了的。

三

悲剧性和喜剧性融合的美学原则，归根结底是一个如何更真实更完整地反映复杂的社会生活，更真实更完整地揭示人物的"心灵的辩证法"的问题。

一般地说，传统的喜剧性格往往单纯突出性格的某一方面，如悭吝、贪婪、伪善、吹牛、拍马、好色等，以此作为喜剧性的基础。但是，忠实于生活的吴敬梓却看到了社会和心理因素的丰富意义产生了具有生活中的多样性、复杂性和矛盾性的喜剧性格，而且在喜剧性格中注入了辛酸的、哀怨的、痛苦的、愤激的悲剧因素，于是人物开始超越了固定的角色类型的框框。因此，在吴敬梓笔下的那些成功的喜剧形象往往不是单一的，而是具有两重色彩，这就是后来雨果提出来的"**双重的动因**"说。

雨果在《〈克伦威尔〉序》中论到"美丑对照"原则时说：

在戏剧里，就如同在现实中一样，一切都互相关联，互相推演。这一点人们即使不能表现出来,至少也能设想。在戏剧里,形体和心灵都在起作用,人物和情节都被这双重的动因所推动,忽而滑稽突梯,忽而惊心动魄,有时则滑稽突梯与惊心动魄俱来并至,例如,法官说:"处以死刑!嗨,我们现在吃饭去吧!"……例如,苏格拉底一边喝毒药,一边谈论不朽的灵魂和唯一的上帝,中间还停下来吩咐宰只雄鸡去祭医药之神。例如,伊丽莎白女皇连骂人和闲聊也非用拉丁文不可。……[①]

雨果的"双重动因"说,实际上是接触到了把人要当作一个复杂的矛盾体来把握。在特定的情势下,人物的行动方式同时具有两种或几种可能,甚至采取了迥然相反的行动方式。这就要求作家能够"设身处地,伐隐攻微",[②]进入到人物的内心世界里去分析它、解剖它,发掘出人们复杂的心灵世界,把人物性格的内在诸因素加以比照。雨果所举的一系列例证,几乎都是要说明这些人物性格内部滑稽与崇高、粗俗与高雅的两种因素同时并存并相互对比。

---

① 《雨果论文学》,上海译文出版社1980年版,第46页。
② 李渔著,陈多注释:《李笠翁曲话》,湖南人民出版社1980年版,第33页。

吴敬梓似乎也"发现"了这种"双重动因"。在《儒林外史》中，众多人物的行动和情节的发展都是被这双重的动因所推动，小说中许多悲喜剧场面就是通过性格中诸因素之间的交织、渗透、转化和对比，使人物内在的性格特征得到更加鲜明的显现。

杜少卿不能说是一个写得非常成功的理想人物，但是简单地把他说成是一个概念化的人物也绝难使人信服。从"双重动因"的角度看，他想超脱庸俗而偏偏陷在污秽之中，这就是相反的"动因"相互撞击的具体表现。卧闲草堂本第三十三回评点者就指出："衡山之迂，少卿之狂，皆如宝玉之有瑕。美玉以无瑕为贵，而有瑕正见其为真玉。"这话是很有见地的。杜少卿之所以写得真实，就是因为作者没有把他写成一个善和美的标本，而是伐隐攻微，写出一个实实在在的活生生的人。匡超人、王玉辉、周进、范进、马二先生以及娄三娄四公子等都是在这种"双重动因"支配下活动着的人物，他们都具有悲剧性和喜剧性的两重色彩。

看来根据"双重动因"的规律进行人物塑造，却可以在丰富中见完整，矛盾中求统一，它们互为补充，相互渗透，浑然一体，相得益彰。吴敬梓创造性地把悲剧性和喜剧性、喜剧性和正剧性、正剧性和抒情性交织在一起，符合性格多样统一的辩证法则。吴敬梓的典型人物的悲喜两重色彩，为开掘人物丰富的性格美，为揭示人物的心灵辩证法提供了很好的经验。

由于《儒林外史》的特定题材和结构，其中的众多人物都是速写式和剪影式的。吴敬梓写人物大多不从一生经历下手，兴趣也不放在曲折的故事情节上，而是把他的视点集中在人的性格中最刺目的特征和外现的形态上，从而深入细致地表现相对静止的一个个人生相。这如同从人物漫长的性格发展中截取一个片段，再让它在人们面前转上一圈，把此时此地的"这一个"放大给人看。这是勾画讽刺人物的一个很出色的手法，它使人物形象色彩明净，情节流动迅速，好像人物脸相一旦勾勒成，这段故事便告结束。但是，必须看到，这种速写式手法，给悲喜两种因素的融合也带来困难。因为它提供的生活流程过分短促狭窄，这样必然会影响对人物的两重色彩进行深入细致的描绘。不过，作者似乎感到了这种不足，他用以弥补的方法是，抓住被讽刺对象身上的矛盾性，采用集中、夸张的手法，写出他们性格和品质的急速转变，从而达到悲喜交织的审美效果。匡超人从美转向丑，范进从悲戚陡然变为狂喜，严监生的妾赵氏从成功翻向败北等，都是在极短的时间内放大了人物性格、命运的激变，这是夸张的，又是真实可信的，它使人物的喜剧性和悲剧性两种因素获得迅速集中显现的机会。另一种手法就是多用小特点来触及大性格,抓住人物最富特征的细节来写出人物本相的某些方面。

通过人物自己的行动,而不借助于作者的说明,进行人物性格的塑造,这是我国小说人物描写的传统特色。吴敬梓根据悲喜融合的美学原则的要求,更加注意发挥人物自身的行动性,以展示悲喜剧式人物的性格特征。在《儒林外史》以前不乏揭露地主贪婪、悭吝本性的名篇,如话本小说《宋四公大闹禁魂张》是这样描写吝啬鬼张富的:

> 这员外有件毛病,要去那虱子背上抽筋,鹭鸶腿上割股,古佛脸上剥金,黑豆皮上刮漆,痰唾留着点灯,捋松将来炒菜。
>
> 这个员外平日发下四条大愿:一愿衣裳不破,二愿吃食不消,三愿拾得物事,四愿夜梦鬼交。

元代杂剧作家郑廷玉的《看钱奴买冤家债主》也写了一个看钱奴贾仁的形象。他想烧鸭子吃,却舍不得买,于是推说买鸭子,揩了五个指头鸭油来,舐一个指头下一碗饭,四碗饭舐了四个指头,留下一个指头未舐,在他睡觉时,被狗舐了去,他心疼不过,竟一病不起。临死时,舍不得买棺材,要用喂马槽来发送他,而他的身子长装不下,就叫儿子把他的身子拦腰砍成两截。还特意嘱咐借别人的斧头来砍,因为他的骨头硬,砍缺了刃口,又得花几文钱。这对剥削者的吝啬、刻薄可以说刻画得淋漓尽致了。吴敬梓写作《儒林外史》很可能受到过这些作品的启迪。但是,上面的例子都是作者代言和叙述,而不是人物自身的行动,因此,读后给人以一览无余的感觉,毫无潜台词可挖,而《儒林外史》则是一切通过人物的行动。胡三公子买鸭子前先拔下耳挖子,戳戳脯子上的肉看看肥不肥;严监生临死前伸着两个手指不肯闭眼;杜慎卿公开表示对天下女人深恶痛绝,但却在暗里托人找妾;至于范进在居丧期间吃大虾丸子的细节更是人所共知的。作家似乎是漫不经心、不动声色地顺笔写下了人物的这些言行,然而人物性格特征毕现。这种"直书其事,不加断语","令阅者不繁言而已解"[①]的手法,为欣赏者提供了再创造的广阔空间。故事情节和人物行动的内在的喜剧性和悲剧性会自然而然地流露出来,这正是吴敬梓对读者审美心理和审美力的理解和尊重。

《红楼梦》和《儒林外史》素称中国小说史上的"双璧"。《儒林外史》是世所公认的讽刺喜剧小说,然而它却包含着悲

---

① 《儒林外史》卧闲草堂本第四回评语。

剧性因素,这种悲剧性因素同整个作品的喜剧性熔为一炉,统一于作者严肃的人生态度。《红楼梦》则是世所公认的大悲剧,然而它却又包孕着许多喜剧性的因素,这种喜剧性同整个作品的悲剧性互相映照,统一于作者严肃的人生态度。它们都标志着中国小说已发展到成熟阶段,呈现出近代小说美学的特色,值得我们进一步探索和研究。

寂寞的吴敬梓
——鲁迅"伟大也要有人懂"心解①

我没有做过细的调查,只是从身边的青年朋友中了解到,现今读文学专业的学生认真读《儒林外史》的并不多,硕士论文以它为主题的更少,那么一般读者特别是青年读者读它的可能就更少了。当然,其原因多多,不能做简单的判断。不过有一条我是坚信的,那就是鲁迅先生在提及《儒林外史》时所感喟的"伟大也要有人懂"。②我并不认为我和不少教小说的人都读懂了这部厚重的书,而且更感到它的伟大至今还未被我和我们的青年所理解,即真正地读懂。通常我们一提《儒林外

---

① 2001年11月27日,文化部和中国社会科学院文学研究所为吴敬梓诞生三百周年召开了纪念大会,本文是会上的发言提纲。11月29日,中国互联网新闻中心·中国网发表此文。

② 语出《叶紫作〈丰收〉序》,见《且介亭杂文二集》。

史》,很容易就会说它是一部伟大的讽刺小说,《范进中举》被选入中学课本以后,它的讽刺力量就更深入了人心。然而,为什么鲁迅独独地感喟《儒林外史》的伟大也要有人懂,而没有用这句话衡之以其他几部巨著呢?难道《红楼梦》的伟大就被人读懂了吗?这是什么原因呢?

对我来说,首先感觉非常强烈的是,再没有其他作品能更使鲁迅的心和吴敬梓的心相通的了。鲁迅有两句大家很熟悉的相似的话:"我的确时时解剖别人,然而更多的是更无情面地解剖我自己。"(《坟·写在〈坟〉后面》)"我解剖我自己并不比解剖别人留情面。"(《而已集·答有恒先生》)我为什么看重这两句话,因为这涉及了《儒林外史》和《阿Q正传》以及鲁迅其他写知识分子的短篇小说的心灵纽带,事实是,鲁迅就是常常以自己的灵魂为原型进行创作。我认为,鲁迅对《儒林外史》的理解,以及从中得到的警示,并不仅仅在于他的讽刺,而在于叙事中的反讽。这就是说他们都把对自己的灵魂的解剖带进了他们自己的小说。对于反讽有那么多理论阐释它,我则认为反讽不完全同于讽刺,最重要的就在于它的自嘲与自讽,它敢于把自己介入进去,是"蓦然回首"我也在其中的深刻自嘲,即强烈的灵魂自审意识。它不单单站在权威地位俯视卑劣灵魂进行揶揄、鞭笞,也不是那种已经站起来的灵魂对还没有站起来的灵魂的讽喻。正是"我也在其中"的这种心态的相通,才有鲁迅对《儒林外史》的婉而能讽的评价。因为吴敬梓所采取的态度不是"金刚怒目",而是含泪的笑,而含泪的笑往往就有着自怜自审的内蕴。所以我认为要了解《儒林外史》,是不是可以试着跳出过去通常所说的"讽刺小说",而更要看中它的内核是"反讽"呢?虽然一字之差,但我觉得这对《儒林外史》意蕴的把握会有极大的好处,也许会更能感知到《儒林外史》一书与吴敬梓其人的深刻。我不是说讽刺与反讽有高下之分,而是觉得只有鲁迅所说的更无情地解剖自己的灵魂,才会有反讽。所以把自己介入进去是一种真诚的态度,一种实实在在的反思,即"本质的否定性即是反思"(黑格尔《逻辑学》下卷)的实证。吴敬梓在他的小说中对举业至上主义和八股制艺的批判就如同剥笋一样,剥一层就是一次否定,也就是一次理性认识的飞跃。同样,鲁迅的《阿Q正传》通过阿Q形象概括出的生活世界和人性中的荒谬性,又何尝不是这样呢?正是这一点,鲁迅与吴敬梓的心灵契合了,因为他们都是在自己的作品中托出一个个真实的灵魂。

是不是这也算是对鲁迅的"伟大也要有人懂"的一种"心解"呢?

心灵的绝唱
——《红楼梦》论痕[①]

《红楼梦》在中国小说艺术发展史上,既结束了一个时代,也开创了一个时代。它的作者曹雪芹比托尔斯泰、巴尔扎克、狄更斯等世界性的艺术巨擘,要早一个世纪就登上了全球文学的高峰。同时,《红楼梦》还是与整个中国民族文化紧紧联系在一起的,人们一提起《红楼梦》,就自然想到了中国民族文化,而一提起中国民族文化,就自然想到了《红楼梦》。

然而,把我国古代小说发展推向顶峰的曹雪芹,在其生前与身后并不是都获得了人们应有的认识,尽管他的《红楼梦》从一问世就受到读者的喜爱,以高价争购这部令人入迷的小

---

① 本文原为为人民文学出版社《世界文学名著文库·红楼梦》(2000年版)一书所写的《前言》。

说，达到了"开谈不说《红楼梦》，读尽诗书是枉然"（《京都竹枝词》）的程度，但有关作者的真实情况却很少有人记述。直到20世纪20年代初，胡适考订《红楼梦》的作者为曹雪芹，又经过半个多世纪学者们的考索，才使我们对《红楼梦》作者有了一些并不详尽的了解。

曹雪芹名霑，字梦阮，号雪芹，又号芹圃、芹溪，生于清代康熙末年（1715？）。先世原是汉族，大约在明代后期被编入满洲正白旗，身份是"包衣"。这种"包衣"的家庭，对皇帝，他们是奴才；而论其地位，则又属贵族。曹雪芹的曾祖曹玺任江宁织造，曾祖母孙氏是康熙的保姆，祖父曹寅做过康熙的伴读和御前侍卫，后任江宁织造兼两淮巡盐御史，极受康熙帝宠信。曹寅死后，其子曹颙、曹頫先后继任江宁织造。祖孙四人担任此职达六十年之久。曹雪芹自幼就是在这"秦淮风月"之地的"繁华"生活中长大的。

雍正登位后，曹家即卷入了皇室激烈斗争的旋涡之中，并遭受一系列打击。雍正五年（1727）曹頫获罪革职，第二年被查抄，后曹雪芹随全家迁回北京。曹家从此一蹶不振，至迟到1756年曹雪芹移居北京西郊，陷入了"举家食粥酒常赊"（敦诚《四松堂集·赠曹芹圃》）的贫困境地。至乾隆二十七年（1762），雪芹幼子夭亡，他陷于过度的忧伤和悲痛中。到了这一年的除夕（1763年2月12日），终因贫病无医而逝世。

据其友人的描绘，雪芹"身胖，头广而色黑"（裕瑞《枣窗闲笔》）。他性格傲岸，豪放不羁，嗜酒，才气纵横，善谈吐，能诗善画。同时代的敦诚说他"诗笔有奇气""诗胆昔如铁"（裕瑞《枣窗闲笔》），把他比作唐代诗人李贺。但他的诗仅存题敦诚《琵琶行传奇》两句："白傅诗灵应喜甚，定教蛮素鬼排场。"

曹雪芹喜绘突兀奇峭的石头。敦敏《题芹圃画石》说："傲骨如君世已奇，嶙峋更见此支离。醉余奋扫如椽笔，写出胸中块垒时。"可见他喜画石头乃是寄托胸中郁积不平之气。这些都从某一个角度勾勒了曹雪芹的才情风貌和性格素养。

曹雪芹由锦衣玉食坠入绳床瓦灶，个人遭遇的不幸促使他对生活有了更深切的感悟，人生况味的咀嚼以及自身的文化反思，对其创作的推动更为巨大。所以，在一定意义上我们可以把《红楼梦》看作是曹雪芹的心灵自传。

《红楼梦》原名《石头记》。在1754年脂砚斋重评的《石头记》中已经有了"十年辛苦不寻常"和"披阅十载，增删五次"的说法。据此推断，大约在1744年，曹雪芹即饱蘸着生命的血泪开始创作《红楼梦》。但是直到他"泪尽而逝"时，也未能完成全篇，仅以并不完整的八十回传世。现在看到的《红楼梦》后四十回，一般认为是高鹗续补的。高鹗，字兰墅，别号红楼外史，1795年中进士，做过内阁中书等官。他续补《红楼梦》是在1791年以前。后四十回可能根据原作者残存的某些片段，追踪原书情节，完成了宝黛爱情悲剧，使全书故事首尾完成。尽管后四十回的续书有不少不尽如人意的地方，但原作八十回强大严密的诗意逻辑和美学趋势，还是被高鹗不同程度地继承了下来。因此，从二百余年的《红楼梦》的传播史和接受史上来观照，仍然可以证明它是比任何续书都更具有特点和更为差强人意的续补。

《红楼梦》的艺术世界异常迷人，它的思想文化底蕴极其深邃，它对许多读者的精神生活曾经产生并仍在产生着强烈的影响。在中国小说史上，还没有像《红楼梦》这样能够细致深微然而又是如此气魄阔大地从整个社会的结构上反映生活的复杂性和广阔性的作品。可以毫不夸张地说，《红楼梦》正是当时整个社会（尤其是上层社会）面貌的缩影，也是当时社会整个精神文化（尤其是贵族和知识分子阶层的精神文化）的缩影。难怪人们发出这样的感喟：《红楼梦》里凝聚着一部二十四史。是的，《红楼梦》本身就是一个丰富的、相当完整的人间世界，一个绝妙的艺术天地！然而，《红楼梦》又是一部很难读懂的小说。事实上，作者在写作缘起中有诗曰：

满纸荒唐言，一把辛酸泪。
都云作者痴，谁解其中味？

这首诗不仅成了这本书自身命运的预言，同时也提示读者作品中寄寓着极为深邃的意味。

如果把《红楼梦》当作人类审美智慧的伟大的独创性体系对待，而不是简单地从中寻找社会政治史料和作家个人的传记材料，就需要回到《红楼梦》的文本深层，因为只有面对小说文本，才能看到作者把主要笔力用之于写一部社会历史悲剧和一部爱情悲剧。这幕悲剧的中心舞台就设置在贾府尤其是大观园中，因此，它对社会历史的反映既是形象的，又是折射式的。而作品主人公贾宝玉、林黛玉、薛宝钗、王熙凤等绝慧一时的人物及其命运，尤其是他们爱情婚姻的纠葛，以及围绕这些纠葛出现的一系列各种层次的人物面貌及其际遇，则始终居于这个悲剧舞台的中心。其中令读者最为动容的是宝黛的爱情悲剧。因为他们不仅在恋爱上是叛逆者，而且还因为他们是一对叛逆者的恋爱。这就决定了宝玉和黛玉的悲剧是双重的悲剧：封建礼教和封建婚姻制度所不能容许的爱情悲剧，和上流社会以及贵族家庭所不容许的叛逆者的悲剧。作者正是把这双重悲剧融合在一起着笔,它的意义就更为深广了。

《红楼梦》的深刻之处还在于它使家庭矛盾和社会矛盾结合起来,并赋予家庭矛盾以深刻的社会矛盾的内容,因而《红楼梦》所描写的贾府中的种种矛盾,以及宝玉、黛玉、宝钗等诸多人物的爱情、婚姻的冲突,在一定意义上就是当时社会各种矛盾的反映。既然如此,小说的视野一旦投向了全社会,那么,政治的黑暗、官场的腐败、世风的浇漓、人心的衰萎,便不可避免地会在作品中得到反映。书中所着力描写的荣国府,就像一面透视镜似的,凝聚着当时社会的缩影。这个封建大家族,也正像它所寄生的那个将由盛转衰的清王朝一样,虽然表面上还维持着烜赫的豪华场面,但那"忽喇喇似大厦倾"的趋势,却已从各方面掩饰不住地暴露出来。而这一切也正符合全书的以盛写衰的创作构思的特点。

《红楼梦》一经出现,就打破了传统的思想和手法,从而把长篇小说这种文体推进到一个崭新的阶段。如果从小说美学色素和典型意绪加以观照,曹雪芹是偏重于感觉型的小说家,甚至可以说,曹雪芹作为小说家的主要魅力,非常清晰地表明,他是凭借对活泼泼流动的生活,以惊人准确绝妙的艺术感觉进行写作的。或者说,曹雪芹小说中的思想精灵,是在他灵动的艺术感觉中,在生活的激流中,做急速炫目的旋转的。

在《红楼梦》中，让你看到的是幽光狂慧，看到天纵之神思，看到机锋、顿悟、妙谛，感到如飞瀑、如电光般的情绪速度。可以这么说，出于一种天性和气质，从审美选择开始，曹雪芹就自觉偏重于对美的发现和表现，他愿意更含诗意地看待生活，这就开始形成了他自己的特色和优势。而就小说的主调来说，《红楼梦》既是一支绚丽的燃烧着理想的青春浪漫曲，又是一首充满悲凉慷慨之音的挽诗。《红楼梦》写得婉约含蓄，弥漫着一种多指向的诗意朦胧，这里面有那么多的困惑。那种既爱又恨的心理情感辐射，确实常使人陷入两难的茫然迷雾。但小说同时又有那么一股潜流，对于美好的人性和生活方式，如泣如诉的憧憬，激荡着要突破覆盖着它的人生水平面。其中执着于对美的人性和人情的追求，特别是对那些不含杂质的少女的人性美感，所焕发着和升华了的诗意，正是作者审美追求的诗化的美文学。比如能够进入"金陵十二钗"正册、副册、又副册者，据说将近六十人。这些进入薄命司册籍的妇女，都是具有鲜明个性的美的形象。作者正是以如椽之笔，将这样一大批红粉丽人一个一个地推到了读者的眼前，让她们在大观园那座人生大舞台上尽兴地表演了一番，然后又一个一个地给予了她们以合乎逻辑的归宿，这就为我们描绘出了令人动容的悲剧美和美的悲剧。

在具体的描绘上，正如许多红学家研究所得，小说作者往往把环境的描写紧紧地融合在人物的性格的刻画里，使人物的个性生命能显示一种独特的境界。环境不仅起着映照性格的作用，而且还具有强烈的感染力。作者善于把人物的个性特点、行动、心理活动和环境的色彩、声音融合在一起，构成一个个情景交融的活动着的整体。而最出色的，当然是环绕林黛玉的"境"与"物"的个性化的创造。可以说，中国古典小说的民族美学风格，发展到《红楼梦》，已经呈现为鲜明的个性、内在的意蕴与外部的环境相互融合渗透为同一色调的艺术境界，得以滋养曹雪芹的文化母体，是中国传统丰富的古典文化。对他影响最深的，不仅是美学的、哲学的，而且首先是诗的。我们把《红楼梦》称之为诗小说或小说诗，或曰诗人的小说，它是当之无愧的。

《红楼梦》证明，曹雪芹创作态度极为严肃，构思缜密精心，章法有条不紊，语言字斟句酌。作者不以叙述一个故事并做出道德裁判为满足，甚至不十分注意他的读者的接受程度，他真正注重的是表现自我。而《红楼梦》恰恰是作者经历了人生的困境和内心的孤独后，对生命的感叹。他不仅仅注重人生的社会意义、是非善恶的评判，而是更加倾心于人生生命况味的执着品尝。他在作品中，倾心于展示的是他的主人公和各色人等坎坷的人生道路，他们的种种甜酸苦辣的感受和体验。我们的读者千万不可忽视和小看了这个视角和视位的重新把握，以及精彩选择的价值。从写历史、写社会、写人生，到执意品尝人生的况味，这就在更宽广、更深邃的意义上，表现了人性和人的心灵。

从《红楼梦》的接受史来观照，体验和体现人生况味，是这部伟大小说的艺术魅力所在，也是它和人们对话最易沟通、最具有广泛性的话题。读者面对小说中人生的乖戾和悖论，承受着由人及己的震动。这种心灵的颤栗和震动，无疑是《红楼梦》所追求的最佳效应。因为对广大读者来说，他们之所以要窥视不属于自己的心灵流程和社会体验，不只是出于好奇，更重要的是通过与书中的世界各种殊异的心灵相识，品尝人生的诸种况味。所以从小说发展史角度来看，小说从写历史、写人生到写人生的况味，绝不意味《红楼梦》价值的失落，而是增强了它的价值的普泛性。一部摆脱了狭隘功利性而具有全人类性的小说，即使在今天，仍有巨大的生命意义和魅力，这就是《红楼梦》迥异于它以前小说的地方。

人民文学出版社出版《红楼梦》校注本，最初在1953年（用作家出版社名义），以"程乙本"作底本，由俞平伯、华粹深、启功（后又加入李鼎芳）诸先生注释。20世纪60年代和70年代初,启功先生重新注释出版。今次出版,以俞平伯先生校点《红楼梦八十回校本》(附后四十回)为底本,仍用启功先生的注释,并略作修订。

《红楼梦》校注本出版付印之前,嘱余撰写《前言》,至为忻幸,试作如上,并祈读者指正。

面对大师的心灵史
——走向世界的《红楼梦》[①]

各位朋友:

全国《红楼梦》翻译研讨会邀请我参加此次盛会,今天又能荣幸地在大会上发言,在这里请允许我表示深深的感激之情,并预祝大会圆满成功!

如果让我为自己的这个发言立一个标题,我想应当是"永恒的困惑"。

因为面对《红楼梦》,我的阅读心态始终是永恒的困惑。事实是,在阐释和书写研究《红楼梦》的文字时,我不仅下笔艰涩,而且深感思路的板滞。这样一个事实,这样一种苦恼,

---

[①] 本文原为笔者2002年10月25日在全国《红楼梦》翻译研讨会上的大会发言。

既是阅读与研究对象的深邃意蕴所致,也往往是在大师和经典面前的一种说不出的无能为力。我无意把《红楼梦》神化而认为它是不可解之谜,也不认为它带有东方神秘主义的色彩而难以把握。我只是感觉到在它的面前,我们文学智慧的欠缺,我们审美思维力的贫困。然而,又有另外一面,那就是《红楼梦》在知识界,在经历了人生坎坷、具有了咀嚼人生况味的读书界和研究界,它的艺术魅力总是促人进行一次次的探险。或是说,它一次次引发你去阅读和发表对它的理解的冲动,尽管你也许事先充满信心;也许你半途搁笔,掩卷沉思;也许你下笔万言,但又不知所云;也许你被一种解释所征服;但你也许接受不了任何人的诠释,而自认为是曹雪芹的知音,公然认为自己是深"解其中味"的能人;也许诸多理由的合力促使你有一种通脱的理解。于是在读书界、研究界给我们打开了《红楼梦》阅读史上的前所未有的景观。就是在一个多月前,《文汇读书周报》发表了华东师大中文系主任陈大康先生的大作,他用统计数字明确指出在共和国成立后,《红楼梦》在各个时期古典文学研究的所有论著中占有"半壁江山",即只要有两篇古典文学研究论文,就有一篇是研究《红楼梦》的。这样一份详尽的数字摆在你面前,是喜是忧?远的不说,20世纪一开头就有对《红楼梦》的各种说法,几十年来,《红楼梦》研究的悖论出现了：一是它走进了广大群众中间；一是在拨乱反正以后，当人们真的想为《红楼梦》讨个公道，对其有个恰如其分的说法时，《红楼梦》又成为很多小说研究者的关注焦点，变成了所谓的"显学"。就是凤凰卫视的"世纪大讲堂"请来了北大艺术系主任叶朗先生，叶先生也没讲他的美学，而是讲的《红楼梦的意蕴》。这到底是怎么个原因？我想《红楼梦》的研究相似于英国对莎氏的研究、法国对巴尔扎克的研究、俄国对托氏的研究，它们似乎都一一证明《红楼梦》是说不尽的，这里用得着歌德论莎士比亚的一句话了："人们已经说了那么多的话，以致看来好像再没有什么可说的了。可是，精神有一个特性，那就是永远对精神起着推动作用。"歌德评莎氏的话可以移用来看待《红楼梦》，因为作为一部伟大的精神产品的《红楼梦》，也必将对我们的精神和思维空间起着拓展的作用，回过头来，又是对它的新的解读。这是因为人类社会的发展和人类自身的思维发展存在着无限的可能性，于是一部经典对不断发展的人类社会和人类自身思维的发展就会有无限的阐释的可能性。

我今天要讲的有三个问题，想借此机会求教于在座的各位朋友：

一、文本主义者：我的学术立场；

二、面对心灵史：难度、困惑与误读；

三、审美结构的三个层次：谈谈《红楼梦》的不朽魅力，它的象征意蕴。

首先谈第一个问题。中国小说研究界熟悉我的都知道我对《红楼梦》没有做过深入研究，只是在学习红学专家诸多研究该书的论著后，确实觉得对《红楼梦》的解读"回归文本"并非是一个过时或不必再絮叨的策略。质而言之，我认为它起码是一个重要的研究策略。于是我才把自己对《红楼梦》的一贯的学术追求即文本实证和理论研究相互照应的思路作为自己的学术理念。因为，无论从宏观小说学角度看还是从微观小说学角度看，《红楼梦》文本都是一切读者关注的对象。因为，无论古今，小说家得以表现自己对人生、社会、心灵和艺术的理解的唯一手段就表现在文本之中，同时也是他可以从社会、人生、心灵和艺术中得到最高报偿的手段。因此，对于读者来说读懂文本这是最起码的基本功，至于对任何一个真诚的小说研究者来说，细读文本和尊重文本都是第一要义。

可以作为参照系的是西方文学史中的作家本位和文本本位之争。法国批评家圣伯夫是作家本位论者。他认为绝不能把人本和文本分开，必须收集一切有关作家的材料才能阐释作品。而文本本位者是稍后的普鲁斯特，他认为作家的真正自我仅仅

贾宝玉

表现在文本之中,而且只有排除了那个外在的自我,才能进入写作状态。据说更多的一流作家都本能地站在普鲁斯特一边,像海明威就明确地说:"只要是文学,就不用管谁是作家。"而福克纳更干脆地告诉他的传记作者:"我的雄心是退出历史舞台,死后除了发表的作品以外,不留下一点废物。"

我上面的话,不外要表达一个意思:无论文本主义还是作家本位以及其他主义,我们都可择善而从,这里既无高下之分,也无是非之别。事实上在面对《红楼梦》时,就像研究任何伟构一样,肯定有着省略些什么、遗忘些什么的可能。因此我有理由认为,《红楼梦》的研究在一定意义上就意味着有些"遗忘"。我相信这是我们可能对《红楼梦》这一时代巨著进行描述的大前提。这是第一层面的意思,即我为什么选择《红楼梦》的文本研究。

选择"回归小说文本"策略的第二层面,是和我一直对于"心史",特别是知识分子、精英作家的审美化心灵史抱有浓厚的兴趣有关。我可以坦诚地告白,我从不满足"文学是人学"这一过分笼统的界定,而是更看中文学实质是人的性格学、灵魂学,是人的精神活动的主体学。因为是心灵使人告别了茹毛饮血的生存方式,是心灵使人懂得了创造,懂得了美和价值观,也是心灵才使人学会区分爱与恨、崇高与猥琐、思考与盲从。而一切伟大的作家最终关怀的恰恰也是人类的心灵的自由，他们的自救往往是回归心灵，走向清洁美善的心灵。曹雪芹不正是以他的纯真的心来写作的吗？事实上文学史上一切可称之为伟大的作家，哪一位不是做着"我心"的叙事？时至今日，不管对《红楼梦》有多少有分歧的说法，但都把《红楼梦》的文本看作是曹雪芹心灵独白的外化，而我更把它看作是曹雪芹心灵的绝唱，是他的心灵自传。因此，在文学创作和文学研究界，在一番"向内转"的趋势中，我们终于看到对《红楼梦》的阐释不只有"一种"，而"一种"阐释也逐渐从研究论著中消失。对《红楼梦》心灵文本的追寻，使这部旷世杰作的多义性成了它艺术文化内涵的常态，而对《红楼梦》任何单一的解析都成了它艺术内涵的非常态。事实上，正因为对《红楼梦》心灵文本的追寻，才极大地调动了读者思考的积极性。每一位读者都有可能根据自己的生活经验和审美体验，思考《红楼梦》文本提出的问题并得出完全属于自己的结论。基于此，我的审美追求才使我更愿与凝聚为文本的曹雪芹心灵进行对话和潜对话。因为我感觉到了这种对话和潜对话，其实也是对自己心灵、魂魄的传达——对人生、对心灵、对小说、对历史，当然也是对《红楼梦》的深一层次的思考。

长期以来，我不断思考一个问题，文化史曾被大师称作心理史，因此文化无疑散落在大量典章制度中、历史著作中，但是，它是不是更深刻地沉淀在小说家们的心灵中？所以，要寻找文化现场，是否应当到作家的心灵文本中去勘察？令我们最感痛心的和具有永恒遗憾意味的是，历史就像流沙，很多好东西都被湮没了，心灵的文化现场也被乌云遮蔽得太久了。但我们又是幸福的，我们毕竟拥有《红楼梦》这样难以超越的心灵文本。在追寻曹氏的足迹时，首先去追寻他的心灵文本不是每一个热爱《红楼梦》的读者的当务之急吗？然而曹氏又是一个例外，对于我这个文本主义者来说，他是唯一一个需要附加条件进行解读的作家。如果我们不读他的传记，不理解他的生平事迹，我们就不会知道他是一个用生命写作的作家。他的小说中，有他人生太多的泪水，有他人生真实的写照。生命的体验只能用生命进行写作。如果他没有对爱情那么深刻而又强烈的体验，没有那么执着而又美好的眷恋，他怎么可能把小说写得像神话一样美？一切美的东西都可以成为小说，一切美的小说都是神话。

现在我谈第二个问题，面对心灵史：难度、困惑与误读。

如果说文学大师的叙述，记录的是人类的灵魂史，经典是大师的精神遗嘱的话，那么《红楼梦》是为典型。《红楼梦》在最准确的意义上为我们记录了人类的灵魂史，曹雪芹的《红楼梦》是给予我们的精神遗嘱。正是基于此，解读曹雪芹和追寻《红楼梦》这部难以企及的心灵文本，人们可想而知，它的难度会有多大。问题是，当你面对心灵的时候，诸多困惑和摆在你面前的诸多难题是无法一一解读的，弄不好会陷入误读中，尽管我们是如此不情愿地当那个误读者，但是我们经常掉入误读的陷阱。

那么为什么我们在面对曹氏的心灵时有那么多的困惑呢？因为按照易卜生的说法：写作本身就是坐下来审视自我；而昆德拉在倡言小说是"欧洲的创造物"这个并非全面的说法时，他毕竟接受了奥地利作家布罗赫对小说的厘定，即"小说惟一存在的理由是发现惟有小说才能发现的东西"。因此对于曹雪芹的小说发现，他的小说智慧，我们是难以一一把握的。记得陈寅恪先生在谈到历史研究时，也是强调"发现"意识是一个历史研究者的必要品质。那么，我们会很快了解到曹氏的发现，恰恰需要我们的再发现，而再发现之难又在于，曹雪芹从来没在他的小说中扮演历史、生活、人生的教父，更不扮演社会生活的法官，更多的是，他总是成为人生、命运的叩问者，只做人生、命运发展的多种可能性的想象者。进一步说，对于别的经典作家来说，比如像孤独，仅仅是指一个作家的写作心态，但对于曹雪芹，则是一种生存状态了。于是在《红楼梦中我们看到的真正属于小说本体的东西，比如《红楼梦》询问什么是个人的奇遇；他也在尽力探究心灵的内在事件，揭示隐秘而又说不清楚的情感，触摸鲜为人知的日常生活角落的斑痕，捕捉无法捕捉的过去时刻，缠绵于生活中的非理性情状，等等。这一切，作为当代人，即使有人生感悟和深刻的历史感以及审美体验，也不是一下子就能把握得了的。所以我过去就有一种慨叹：《红楼梦》的不可译、无法译，是因为它太难以传达了。对翻译我是外行，我不敢把这一问题延伸，但我可以在文学艺术改编中举上一两个人们常说的最浅俗的例子来说明《红楼梦》的心灵内蕴是何等的难以把握。

例子之一：黛玉刚进荣国府，小说有一段人人皆知的精彩描写。写凤姐看到黛玉，说了一段恭维的话，意思是：呀，这个妹妹真是出息得好，这么漂亮，这么出众，看起来不像是老太太的外孙女儿，倒像是嫡亲孙女儿。这段话内涵很深，不是凤姐的世故和一般恭维话。好了，现在我们看上海搞过的一部越剧，它把这段话编成一段唱词，意思是：林妹妹这么不同寻常，不像老太太的外孙女儿，却像是九天仙女下凡来。请看，都是恭维，可是恭维错了对象，这就首先犯了一个误读的错儿。为什么凤姐要说不像老太太的外孙女儿，倒像老太太的嫡亲孙女儿？因为外孙女儿是外系的，而孙女儿则是老太太的直系。凤姐说的话表面恭维林黛玉，内里则是恭维老太太，所以我们才说凤姐会说话嘛。这种细节在小说描写中比比皆是，我们即使准确翻译过去了，外国人也不见得能理解其中的意味，因为这是属于心灵层面的东西。

例子之二：一次紫鹃试探宝玉说，我们林家人终究是要回林家的祖籍，早晚要走的，于是宝玉来了一次歇斯底里的大发作，又是闹又是病，怎么也不让林黛玉走。这局面是相当难堪的，而且谁都能窥察出背后有违纲纪的隐衷。而这时候贾母也已经对林黛玉不怎么感兴趣了，她已经把兴趣转移到宝钗身上。当时的情景非常狼狈，这时候薛姨妈的劝慰就极其得体，把这个尴尬的局面给糊弄过去了。她的话大意是：他们两个人从小一起长大，突然地一下子要分手，别说是他这么个傻孩子、实心眼儿的，就是我们大人都受不了。她这几句话，是给贾母面子的，给了老太太一个大大的台阶下。为什么林黛玉始终是那么别扭，又要探宝玉的口风，又不让他把话直接说出，贾宝玉一旦把真情表露出来，林黛玉就觉得受了冒犯，大生其气，这是什么道理？这就是中国女性的含蓄和尊严。即使是对宝玉这样视女孩子为水、视男人为泥土的人，林黛玉也不得不防着一手儿。倘若她认可了她对宝玉的私情，她的价值就会一落千丈，所以她特别不能容忍贾宝玉露骨地向她吐露情感，将其视为轻薄，而内心又非常迫切地想要得到爱情的保证，心情表现得非常复杂。这些，一般读者不易把握，外国人更会觉得不可思议。我曾开玩笑地对我的研究生说过：把中国小说翻译过去不行，那要加很多注释啊。加多少注释也不行，真得用中国评点派的办法，——评点才可以，不然很多象征性的、潜台词的东西不易理解。

例子之三：宝玉挨打。宝玉为了艺人蒋玉涵挨了父亲的打。挨打之后，很多人去看宝玉，黛玉也去了，她面对宝玉伤心到了极点，就说了一句话："你可都改了罢！"宝玉回答说："你放心。别说这样话，我便为这些人死了，也是情愿的。"这话实际上是宝玉的一次真正的袒露心迹。他话中的"这些人"，说的是蒋玉涵等人，指的却是包括与林黛玉的儿女私情在内的叛逆性情感。这话林黛玉也听懂了，从此之后便平静下来，再也没闹小心眼儿、别扭了。对这段情节，越剧《红楼梦》把这段探病的情节安排到前面去了，于是在贾宝玉说过此话之后，又连续发生了他和黛玉吵嘴的过节，艺术逻辑乱了。这件事曾让北大的已故老教授吴组缃先生很犯了一阵肝气，认为这是把曹雪芹大大地误读了。同时也大大地暴露出改编者缺乏中国伦理文化的常识。这说明吴先生看得很清楚，《红楼梦》的写实情节的严格与缜密，不会有一丝一毫的疏漏，也就是说《红楼梦》的写实层面是如此严丝合缝，毫无漏洞，栩栩如生。但我们还是忽略了一件重要的事情，那就是我们忽略了这部作品的创造者的心灵世界，即那最不易发现的心海潜流。心灵文本中不易发现的潜流是心灵中最细微处、最微妙处，即心灵的最敏感处，也即是心态的变迁。作为一种精神流动体的心态，它更受个人遭际的影响，而不断变动游移。生活的变迁容易把握，而曹雪芹却总是深入底里，把握住心态的变迁。因此，在我们认真观照《红楼梦》的心态时会发现，曹雪芹最了不起的是他从不把笔触放在"过去"就已经凝结的东西上，而是善于把"尚未"被规定的精神现象捕捉住，并用不动声色的笔触表现出来。所以曹雪芹小说中的每个人物每个情节乃至细节都是一直处在"制作"中，在"创造"之中。谈《红楼梦》这部心灵文本，让我们陡然想起了司汤达最喜欢说的话："重读自己。"我认为任何谈及心灵的写作都带有强烈的回忆与反思的色彩，它是一种对自己的"重读"，因为当一个人提起笔来进行叙事时，首先他需要面对的正是自己。他的观察、感悟、体验、想象，包括对人的评判、咀嚼，都包容在这个人生中的"自己"里面了，"自己"既是起点也是终点。正因为如此，这属于心灵写作的《红楼梦》，这"重读自己"的《红楼梦》，我们即使熟读以后，也还是有些"隔"，因为"不隔"是不可能的,因为《红楼梦》只能是属于曹雪芹心灵的叙写、回忆和反思,因此我认为谁也别说读懂了这部大书。读后困惑,有一大堆疑问、一大堆难题是正常的,而诸多误读也正发生于此。

曹氏永远不是一个纯粹的小说家,我们对他的认识始终是不全面的,或者说是在不恰当的意义上来理解曹雪芹,所以我说他是一个用生命写作的作家。巴尔扎克当年想用手中的笔征服欧洲,有人又说安徒生想用手中的笔征服世界,因为他征服世界的征途是从孩子开始的。而我们的曹雪芹征服世界的征途是从心灵开始的,所以他的宽容、仁慈、同情、善良、正义……的理念都蕴藏在其作品中。而这一切我们似乎不能只从一个角度把握和理解吧!

第三个问题是想谈谈读《红楼梦》时体悟到的审美结构的三个层面,重点谈谈象征意蕴,我想这是理解《红楼梦》的关键。

上个礼拜凤凰卫视的"世纪大讲堂",叶朗先生讲《红楼梦》的意蕴,也是从三个层面分析的。他认为过去的解读只是从两个层面分析,一个层面是说《红楼梦》在反映社会生活广阔图景的广度和深度上是一部前所未有的作品。第二个层面是谈悲剧性,曹雪芹提出了一种审美理想,而最终表达的是美的毁灭。他说曹雪芹从汤显祖那儿继承了情的概念——大旨谈情，寻求的是人间的春天。第三个层面，叶先生认为是别人没有谈及的，即《红楼梦》处处渗透着曹雪芹对整个人生的很深的感悟和哲理性的感叹，即人生感、历史感。作品的意蕴是形而上的层面，这是被人忽略的层面。他还说，《红楼梦》是对人生的终极追问、对命运的感叹——有限人生，于是使小说充满了忧郁——何处是归程。叶先生讲得很好，但我认为是否还可以补充一些呢？有没有可能拓宽新的阅读空间呢？因为叶先生所谈及的第三个层面，蒋和森先生、何其芳先生其实在20世纪50年代末已有所涉及。《红楼梦》和一切经典一样，都是作家心灵折射出来的历史之光，然而首先是因为它们具有美的形式，从而成为人们的审美对象。所以从审美结构来看，传世之作都包含三个层次：1.表层是各种形式美因素及其所唤起的意象；2.中间层次是意象所指示的社会、历史内容；3.它的深层结构则是超越题材和超越时空的具有象征意味的深刻意蕴，即它提示了某种普遍性的哲理心理内涵时，这个作品就获得题材之外的象征意味。这种具有象征意味的哲理心理内涵，人们就叫它"象征意蕴"。根据我的理解：在第一个表层层面上，即形式美因素及其所唤起的意象是：曹雪芹凭借对活生生流动的生活，以惊人准确、绝妙的艺术感觉，在生活的激流中做急速炫目的旋转，让你在他的小说中看到的是幽光狂慧，看到天纵之神思，看到机锋、顿悟、妙谛，感到如飞瀑、如电光般的情绪速度。所以在第一层面，你被他的形式美所吸引，因为你看到了曹雪芹美的文笔以及对美的发现的能力，于是也愿意更诗意地看待生活，看待美文。第二层面是中间层面，即意象所指示的社会历史内容。对于这一点，我的阅读心态是极宽容的，因为事实早就证明，不同的读者、不同的年龄段、不同的时代、不同的心态、不同的立场、不同的视点，看到的重点就完全不同或同中有异、异中有同。所以我宁愿把《红楼梦》看成是一座有多个窗口的房间，不同的人从不同的窗口看到的会是不同的天地，有不同的人物在活动，这样我们面前就会出现一个完整的世界，比如从一个窗口望去，我们看到了一个大家族的兴衰史；从另一个窗口望去，是令人动容的宝黛爱情悲剧；从这个窗口望去，那是众多女性的悲剧命运；从下一个窗口望去，是处在底层的女奴的反抗；又从那个窗口望去，是妻妾的争风吃醋，帮闲的吃喝玩乐，一幅典型的朱门酒肉臭的图景；再换一个窗口，我们看到卖官鬻爵，贪赃枉法；还有一个窗口，我们不时看到一个独特人物，像王熙凤的身影，她是一个无所不在的人物……面对这些窗口，读者也许只站在一个窗口看，那没错；如果站在两个窗口再看看，可能更好些；如果在各个窗口前都浏览一番,那就是中间层次揭示的社会历史内容了。我们过去确实关注、了解、分析的是中间层次。然而,高级的审美和阅读活动应该是进入审美的深层结构,即应努力把握《红楼梦》的象征意蕴。

在我看来,《红楼梦》绝不以叙述一个故事并做出道德裁判为目的,甚至不十分注意它的读者的接受程度,它真正注重的是表现自我。而《红楼梦》恰恰是作者经历了人生的困境和内心的孤独后,对生命的感叹。曹氏不注重人生的社会意义和是非善恶的评判,而是倾心于人生生命况味的执着品尝。他在小说中倾心于感悟他的主人公和各色人等坎坷的人生际遇及他们内心种种酸辣苦甜的感受和体验——生命的体验。我们读者千万不可忽视和小看了这个视角和视位的重新把握以及精彩选择的价值。从一般的写历史、写社会、写人生到执着地品尝人生的况味,这就在更宽广、更深邃的意义上表现了人性,表现了丰富的心灵世界。而这正是各个时代、各种人都具有的感受和体验。

从《红楼梦》的接受史来观照、体验和体现人生况味,是这部伟大小说的艺术魅力所在,也是它和人们对话最易沟通、最具有广泛性的话题。读者面对小说中人生的乖戾与悖论,承受由己及人的震动,这种心灵的颤栗和震动无疑是《红楼梦》

所追求的最佳效应，因为对于广大读者来说，他们之所以要窥视不属于自己的生活流程和生命体验，不只是出于好奇，而更重要的是通过与书中的世界各种殊异的心灵相识，品尝人生的诸种况味。于是作者和读者在一个聚焦点上会合了，原来作者和高层次的读者都在追求人类心灵的自由。呼唤和渴望心灵的自由既是作品的真正主旨，也是读者的渴望，于是呼唤人类的心灵自由在作品和读者的阅读中契合了，这就是《红楼梦》的象征意蕴。象征意蕴成了《红楼梦》与各个时代的读者建立情感联系的中间环节，而象征意蕴的内涵正在于曹雪芹的小说揭示了人生普遍的哲理心理内涵。如果说鲁迅的《阿Q正传》的哲理心理内涵是通过阿Q的形象概括出了人类世界的荒谬性，那么各民族的读者也能从阿Q身上看到这种荒谬性，至于《红楼梦》则是通过"自我形象""自我情感"，概括了世界各族人民受到封建意识形态的禁锢，而要求、渴望、追寻心灵的自由。这样的哲理心理内涵既概括了中国人的民族精神，同时我们也会从世界各民族读者中听到这种对人类呼唤心灵自由的共同声音。于是《红楼梦》这种超越了国界的艺术魅力，随着全球的文化沟通，会有更多的人领会其意蕴，我想这可能是从一个侧面把握《红楼梦》心灵文本的内核吧！

总之，曹雪芹和他的《红楼梦》的伟大，在于他把自己的生命和小说联结在了一起；曹雪芹的天才，在于他利用小说这种文体展现了人生的多重层面（几乎没有一个作家可以与之相媲美）。他给小说提供了一种无限的可能性，最大限度地诠释了小说的精神。我更愿意在哲学意义上膜拜曹雪芹。他的小说不断地暗示我们：曹氏是一个诗人、一个美学家、一个伦理学家、一个心理学家、一个哲学家、一个绝好的知己。无论在哪一个意义上，他都是不可取代、不可超越的。

　　谢谢各位朋友能听完我的发言，谢谢在座的朋友给我这个宝贵的时间，和大家进行这次有意味的交流。

综论：明清时期小说观念更新的宏观考察

从宏观的小说诗学角度来观照，史诗性的小说是一个民族为自己建造的纪念碑。它真实地描绘了民族的盛衰强弱、兴亡荣辱。因此鲁迅先生才把长篇小说看成"时代精神所居之大宫阙"，墨写的审美化的心灵史比任何花岗岩建筑都更加具有不朽的辉煌的价值、意义；法国作家巴尔扎克就认为长篇的"小说被认为是一个民族的秘史"；英国作家劳伦斯更把小说看作是各种文体中的"最高典范"；等等。今天我们对明清时期的长篇小说，即章回小说在中国古代文学整体发展过程中占有的重要位置必须进行重估，而其中章回小说这一文体的特色，它体现的小说审美意识，以及它所体现的小说观念，都应该是我们研究小说的重要组成部分。如果我们要宏观地勾勒明清章回小说的轨迹，当然和小说观的不断更新和小说审美意识的变化密不可分。关于小说观，我认为它的内涵有以下四点：

1. 小说观是小说家对小说作为一种文体和艺术形式的总体看法，包括小说家的哲学、美学思想，对小说社会功能的认识，所恪守的艺术方法、创作原则等复杂内容；

2. 小说观是小说家和读者、听众审美思想交互作用的结果，它在创作中无所不在，渗透在作品的思想、形式和风格之中；

3. 小说观具有鲜明的时代色彩，各个历史时代都有其代表性的小说审美意识，而这种鲜明的时代色彩又不否认各个时代各种小说观之间存在着沿革关系；

4. 小说观的更新、演变像一切艺术观念的变革一样，一般都是迂回的、曲折的、缓慢的，有时甚至出现巨大的反复和异化。

因此，纵观明清小说中章回小说的艺术发展演进过程，其轨迹是波浪式前进和螺旋式上升的态势。元末明初以降，中国古代长篇小说经历了三次小说观念的重大更新：《三国演义》《水浒传》是第一次；《金瓶梅》是第二次；《儒林外史》《红楼梦》是第三次。这是以小说经典为标志来观照古代小说发展的演变进程，更是通过这种小说观的更新来认知小说发展过程，即小说审美意识是怎样反映小说发展的进程，小说审美意识又如何影响小说发展的进程。

作为宏大叙事的经典巨著《三国演义》《水浒传》是在这样一个社会背景下诞生的：一个千疮百孔的元王朝倒塌了，废墟上另一个崭新的、统一的、生机勃勃的明王朝在崛起。许许多多的杰出人物，曾为摧毁腐朽的元王朝做出过史诗般的贡献。这是一个没有人能否认的英雄如云的时代，于是小说家很自然地产生了一种富有时代感的小说观念，即有效地塑造和歌颂民众心中的英雄形象，以表达对以往历尽艰辛、壮美伟丽的斗争生活的深挚怀念。于是作家们很自然地希望从战争的"史"里寻找到诗，而"史"确实有诗。英雄的历史决定了小说的英雄豪迈的诗情。明代初年横空出世的两部杰作：《三国演义》《水浒传》，就标志着一种时代的风尚。其选择的题材和人物本身，通常就是富于传奇色彩的。我们谁能忘却诸葛亮、刘备、关羽、张飞、赵子龙、黄忠？谁不曾被林冲、武松、鲁智深、李逵等人物的命运所震撼？这些叱咤风云的传奇人物，让我们看到了一个刚毅、蛮勇、有力量、有血性的世界。这些人物当然不是文化上的巨人，但他们是性格上的巨人。这些刚毅、果敢的人，富于个性，敏于行动，无论为善，还是作恶，都无所顾忌，至死方休。在这些英雄传奇的演绎故事里，人物几乎都气势磅礴，恢弘雄健，给人以力的感召。这表现了作家们的一种气度，即对勇的追求、对力的崇拜、对激情的礼赞，它使你看到刚性的雄风和严峻、雄伟的美，这种美的效应正是意志、热情和不断的追求。总之，《三国演义》除了给人以阅读的愉悦和历史的启迪以外，更是给有志于王天下者看的英雄史诗。它弘扬的是：民心为立国之本，人才为兴邦之本，战略为成功之本。正因如此，《三国演义》在雄浑悲壮的格调中弥漫与渗透着一种深沉的历史感悟和富有力度的反思。

看《水浒传》，我们会感到一种粗犷刚劲的艺术气氛扑面而来，有如深山大泽吹来的一股雄风，使人顿生凛然荡胸之感。刚性雄风，豪情惊世，不愧与我们民族性格中的阳刚之气相称。据笔者所知，在世界小说史上还罕有这样倾向鲜明、规模巨大的描写民众抗暴斗争的百万雄文。

历史赋予吴承恩创作《西游记》以客观和主观的条件。他虽然以其卓越的艺术创造才能，使原来的"西游"故事顿改旧观，面目一新，但他不能不受传统故事基本框架的限制。《西游记》全书一百回，主要篇幅还是写孙悟空保护唐僧去西天取经，一路上降妖除魔、扫除障碍、取回真经而终成正果的故事。吴氏的创作智慧和真正的创造性，一是体现在《西游记》情节的提炼和故事裁剪的全过程，他巧妙地把取经故事演变成孙悟空"一生"的故事。如果没有孙悟空，就没有了吴氏的《西游记》这部小说。二是吴氏把人生体验与艺术思维放置在具体描写上,使宗教丧失了庄严的神圣性。它写了神与魔之争,但又不严格按照正与邪、善与恶、顺与逆划分阵营;它揶揄了神,也嘲笑了魔;它有时把爱心投向魔,又不时把憎恶抛掷给神,并未把挚爱偏于佛、道任何一方。在吴氏犀利的笔锋下,宗教的神、道、佛从神圣的祭坛上被拉了下来,显现了它的原形!"大闹天宫"可以作为象征,它提纲挈领地为整部小说定下了基调。创作《西游记》是吴氏的一次精神漫游。想必在经历了一切心灵磨难之后,他看清了世人的真相,了解了生活的真谛,他更加成熟了!在这里,笔者想提醒各位阅读《西游记》的朋友,吴承恩之所以伟大,是他把自己的《西游记》创作智慧投入到一个大的人生命题上来,即人只有经历磨难,才能成长和成熟,走上人生之路。把人生历练作为主旨,把生命经验作为故事的延伸点,其反思深度同样很强。当然,看《西游记》,我们会发现小说处处是笑声和幽默。只有心胸开朗、热爱生活的人,才会流露出一种不可抑制的幽默感,吴承恩是一个温馨的富于人情味的人文主义者,他希望他的小说给人间带来笑声。《西游记》不是一部金刚怒目式的作品,讽刺和幽默这两个特点,其实在全书一开始就显示出来了,它们统一于吴承恩对生活的热爱、对人间欢乐的追求。

我们暂时把上述几部世代累积型的带有"集体创作"流程的大书先撂下，来看看以个人之力最先完成的长篇小说巨制《金瓶梅》。为了确立我国小说在世界范围的艺术地位，我们有必要指出，兰陵笑笑生这位小说巨擘，起码是一位明代无法超越的小说领袖，在我们对小说智慧崇拜的同时，也需要崇敬这位智慧的小说家。我们的兰陵笑笑生是不是也应像提到法国小说家时就想到巴尔扎克、福楼拜，提到俄国小说家时就想到陀思妥耶夫斯基和托尔斯泰，提到英国小说家时就会想到狄更斯，提到美国小说家时就想到硬汉海明威那样地位显赫？在中国小说史上，能成为领军人物的，以个人名显的，我想兰陵笑笑生和吴敬梓、曹雪芹是当之无愧的，他们各自在自己的时代和创作领域做出了不可企及的贡献。在中国小说艺术发展史上，他们是无可置疑的三位小说权威，这样的权威不确立不行。作为一个独立的创作个体，兰陵笑笑生在明代小说界无人与之匹敌，《金瓶梅》在"同时说部无以上之"（鲁迅语）。《金瓶梅》的出现，其表征是：小说观念的强化，小说文体意识出现了新的警觉，小说的潜能被进一步发掘出来。《金瓶梅》追求生活原汁原味的形态，趋于像生活本身那样开阔和绚丽多彩，更加切进现实，再不是按照人物类型化的配方去演绎形象；在性格塑造上打破了单一色彩，丰富了多元素。兰陵笑笑生为小说创作开辟了全新的道路。他以清醒冷静的人生态度和审美体验直面现实，在理性审视的背后是无情的揭露。《金瓶梅》称得上是一部人物辐辏、场景开阔、布局繁杂的巨幅写真。腕底春秋，展示出明代社会的横断面和纵剖面。它不同于《三国演义》、《水浒传》和《西游记》那样以历史人物、传奇英雄和神魔为表现对象，而是以一个带有浓厚市井色彩，从而同传统的官僚地主有别的恶霸豪绅西门庆一家的兴衰荣枯的历史为主轴，借宋之名写明之实，直斥时事，真实地暴露了明代中后期中上层社会的黑暗、腐朽和不可救药。作者通过引进"丑"，把生活中的否定性或曰反面人物作为主人公，直接把丑恶的事物细细剖析给人看，展示出冷峻的真实。《金瓶梅》正是以这种敏锐的捕捉力及时反映出明末现实生活中的新矛盾、新斗争。正是伟大的现实主义文学才提供了超出部分现实生活的现实，才能帮你寻求到生活中的另一部分现实。《金瓶梅》验证了这一点。我们有必要明确地指出，《金瓶梅》可不是那个时代的社会奇闻，而是那个时代的社会缩影。在中国小说史上，从志怪、志人到唐宋传奇再到宋元话本，往往只是社会奇闻的演绎，较少是社会的缩影，《金瓶梅》绝非乱世奇情，书中虽有达官贵人的身影，但更多的是"边缘人物"卑微的生活和心态。在小说中，即使是小人物，我们也能看到其真切的生存状态。比如丈夫在妻子受辱后发狠的行状，下人在利益和尊严之间的游移，男人经过义利之辨后选择的竟是骨肉亲情的决绝，小说写来，层层递进，完整清晰。至于书中的女人世界，以潘金莲和李瓶儿为例，她们何尝不渴望走出阴影，只是她们终也没能走进阳光。《金瓶梅》作者的高明，就在于他选取的题材决定了他无须刻意去写出几个悲剧人物（书中当然不乏悲剧性色彩的人物），但书中处处都有一股悲剧性潜流。因为我们从中已清晰地觉察到了一个又一个人以不同形式走向死亡，而这一连串人物毁灭的总和就预告、象征了这个社会的必然毁灭。这种悲剧性来自作者心灵中对堕落时代的悲剧意识。《金瓶梅》并不是一部给我们温暖的小说，作者冷峻的现实主义精神，使灰暗的色调一直遮蔽和浸染全书。《金瓶梅》一经进入主题，第一个镜头就是谋杀！武大郎被害、西门庆逍遥法外，一直到李瓶儿之死、西门庆暴卒，这种灰暗色调几乎无处不在。它挤压着读者的胸膛，让人感到呼吸空间的狭小。在那血肉模糊的"另类""杀戮"中，那因利欲、肉欲而抽搐的嘴脸以及以命相搏的决绝，真让人感到黑暗无边，而作者的情怀却是沉静、冷峻、苦涩而又苍老。《金瓶梅》是一部留下了缺憾的伟大的小说文本，但它也提供了人生思考的空间。《金瓶梅》的创意，当然不是靠一个机灵的念头出奇制胜。事实是，一切看似生活的实录，精致的典型提炼，都让人惊讶。它的缺憾可不是有人说的那近两万字的性描写（古典文学研究专家聂绀弩先生说得好，他认为笑笑生之所以伟大，就在于他写性并不是不讲分寸，他是"把没有灵魂的故事写到没有灵魂的人身上"。见《读书》1984年第4期《谈金瓶梅》），而是他在探索新的小说样式、独立文体和寻找小说文体秘密时，掺进了那暗度陈仓的一己之私，加入了自以为得意却算不上高明的那些个人所超越不了的功利性和文学的商业性。然而，《金瓶梅》的作者毕竟敢为天下先，敢于面对千夫所指。时至今日，再次捧读《金瓶梅》，我们仍然会发出一声感叹：笑笑生没有辜负他的时代，而时代也没有遗忘笑笑生，他的小说所发出的声音回响至今，一部《金瓶梅》是留给后人的禹鼎，使后世的魑魅在它的面前无所遁形。

我曾直言，《金瓶梅》和《红楼梦》相加，构成了中国小说史的一半。这是因为《红楼梦》的伟大离不开与《金瓶梅》相依存相矛盾的关系。同样，《金瓶梅》也因为它的别树一帜与不同凡响，和传统小说的色泽不太一样，它的伟大也离不开与《红楼梦》相依存相矛盾的关系。从神韵和风致来看，如果说《红楼梦》充满着诗性精神，那么《金瓶梅》就是世俗化的典型；如果说《红楼梦》是青春的挽歌，那么《金瓶梅》则是人在步入晚景时对人生况味的反复咀嚼。一个是通体回旋着青春的天籁，一个则是充满着沧桑感；一个是人生的永恒的遗憾，一个则是感伤后的孤愤。从小说的品位来说，《红楼梦》是诗小说、小说诗，《金瓶梅》则是地道的生活化的散文。

通过以上粗线条的勾勒和比较，我想，《金瓶梅》是小说观第二次更新的标志性作品应该是无疑义的了。但是，小说观念的变革，一般来说总是迂回的，有时甚至会出现巨大的反复和回流。因此，纵观小说艺术发展史，不难发现它的轨迹是波浪式前进、螺旋式上升的形态。《金瓶梅》小说观念的突破，没有使小说径情直遂地发展下去，事实却是大批效颦之作蜂起，才子佳人模式化小说的出现，以及等而下之的"秽书"的猖獗；而正是《儒林外史》和《红楼梦》的出现，才在作者的如椽巨笔之下，在总结了前辈的艺术经验和教训以后，又把小说创作推到了一个新的阶段，又一次使小说观念有了进一步的觉醒。作为小说观的第三次更新，《儒林外史》《红楼梦》已经从对现实客观世界的描述，逐渐转入了对人物内心世界的刻画，而且这种刻画具有了多元的色彩，只不过中国小说内心世界的审美化的展示，有其固有的民族特色而已。《儒林外史》和《红楼梦》一样，都是一经出现就打破了传统的思想和手法，把小说这种文类推进到一个崭新阶段。

在中国古代小说史上完全以知识分子的人生命运为主要描写对象的当数《儒林外史》。鲁迅在为一位作家的小说所写的序言中，提到了《儒林外史》，他说："伟大也要有人懂！"这就是说，鲁迅先生感到了《儒林外史》一书被一些人看轻了，所以他才有此感慨。那么，它的伟大在哪儿呢？讽刺大师吴敬梓是用饱蘸辛酸泪水的笔来写喜剧，来描绘封建主义世界那幅变形的图画的。他有广阔的历史视角，有敏锐的社会观察的眼光，因此，在他的讽刺人物的喜剧行动背后几乎都隐藏着内在的悲剧性的潜流。这就是说，他透过喜剧性的形象，直接透视到了悲剧性的社会本质。这是《儒林外史》喜剧性和悲剧性融合的重要特点之一。周进和范进都在八股制艺取士的舞台上扮演了悲喜剧的角色。一个是考了几十年，连最低的功名也混不到，感到绝望，因而痛不欲生；一个是几十年的梦想突然实现，结果喜出望外，疯狂失态。他们并不是天生怀有变态心理，而恰恰是功名富贵把他们诱骗到科举道路上，使之终日发疯发痴、神魂颠倒，最后走向堕落的道路。吴敬梓在这里送给读者的不是轻率的戏谑和廉价的笑料，而是那喜剧中的庄严的含义。当周进刚一出考场，作者就点出了那个世风日下、恶俗浇漓的社会环境。在这样的环境气氛中，这个考到胡子花白还是童生的主人翁的内心感受应该怎样？梅玖的凌辱，王举人的气势压人，最后连一个每年十二两银子束脩的馆也丢了。在这些描写里，无不深切入微地揭示了他积压在内心的辛酸、屈辱和绝望。因此一旦进了号，看见两块号板，"不觉眼睛里酸酸的，长叹一声"，一头撞上去，昏厥于地，就成为势所必至，理有固然了。范进中举发疯，这是因为时时热切盼望这一日，但又从来没有料到会有这一天，这猛然的大惊喜，使他长久郁结之情顿时大开，神经不能承受。那发疯的状态和过程，无不使人发笑，又无不令人惨然。始而怜悯，继而大笑，最后是深深的悲愤。读者的这种心理过程，正是对周进、范进的悲喜剧的艺术感受的过程。吴敬梓给可笑注入了辛酸，给滑稽注入了哀愁和痛苦，因而更能撩人心绪，发人深省，这喜剧中的悲剧因素，包含着深邃的社会批判性。然而范进和周进一类讽刺人物却带有浓厚的悲剧色彩，在一定意义上说，他们本质上是悲剧性的。著名剧作家李健吾先生有个高论：喜剧往深里挖就是悲剧。信然。在喜剧性和悲剧性之间并没有什么不可逾越的鸿沟。如果我们把原来社会地位卑下、生活无着以及精神上的空虚、颠顿和绝望看作是范进的悲剧性，那未免是皮相之谈。在我看来，范进的悲剧性不是命运和性格的原因，也不是有没有"正面因素的成分"的问题，而是罪恶的科举制度，是举业至上主义把一个原本忠厚老实的人、生活中的可怜虫的精神彻底戕害了。因此,他后来中举时痰迷心窍、发狂失态的带有闹剧色彩的场面是接近于悲剧的。在这里悲剧不是浮于喜剧之上,而是两者熔为一炉,浑然一体,最惹人发笑的疯狂的片段恰恰是内在的悲剧性最强烈的地方。当吴敬梓在揭示范进形象的内容时,他像一位高级艺术摄影师那样"拍"下了形象的喜剧脸谱,"观众"在脸谱后面看到的,不是被笑所扭歪的人的脸,而是被痛苦所扭曲的脸。是的,吴敬梓喜剧中的悲剧笔触不像一般悲剧中那样浓烈、悲恸欲绝、慷慨悲歌,而是一种辛酸的、悲怆的哀怨之情。鲁迅先生所说的"戚而能谐,婉而多讽",就近似这样的意思,所谓"含泪的喜剧"正是这种色调。

顺着这样的思路,我们就可以进入《红楼梦》的艺术世界了。曹雪芹由锦衣玉食坠入绳床瓦灶,个人遭遇的不幸促使他对生活有了更深切的感悟,有了对人生况味的咀嚼以及自身的文化反思,对其创作的推动更为巨大。在中国小说史上,还没有像《红楼梦》那样能够细致深微然而又是气魄宏大地、从整个社会的结构上反映生活的复杂性和广阔性的作品。可以毫不夸张地说,《红楼梦》正是当时整个社会(尤其是上层社会)面貌的缩影,也是当时社会(尤其是贵族和知识分子阶层)精神文化的缩影。难怪"红学"研究专家蒋和森生前感喟:"《红楼梦》里凝聚着一部二十四史!"是的,《红楼梦》本身就是一个丰富的、相当完整的人间世界,一个绝妙的艺术天地。然而,我们又得实事求是地承认,《红楼梦》是一部很难读懂的小说。事实上,作者在写作缘起中有诗曰:

满纸荒唐言,一把辛酸泪。
都云作者痴,谁解其中味?

这首诗不仅成了这本书自身命运的预言,同时也提示读者,作品寄寓着极为深邃的意味。如果我们不是简单地从《红楼梦》中找寻社会政治史料和作家个人的传记材料,就需要回到《红楼梦》的文本深层,因为只有面对小说文本,才能看到作者把主要笔力用于写一部社会历史悲剧和一部爱情悲剧。这幕悲剧的中心舞台就设置在贾府尤其是大观园中,而主人公贾宝玉、林黛玉、薛宝钗、王熙凤等慧绝一时的人物及其命运,尤其是他们爱情婚姻的纠葛,以及围绕这些纠葛出现的一系列各种层次人物的面貌及其际遇,则始终居于这个悲剧舞台的中心。其中令读者最为动容的是宝黛爱情悲剧,不仅因为他们在恋爱上是叛逆者,还因为他们的恋爱是一对叛逆者的恋爱。这就决定了宝黛悲剧是双重的悲剧:封建礼教和封建婚姻制度所不能容许的爱情悲剧；上流社会以及贵族家庭所不容许的叛逆者的悲剧。作者正是把这双重悲剧融合在一起着笔，使得它的人生意味更为深广。《红楼梦》的深刻之处还在于它使家庭矛盾和社会矛盾结合起来，并赋予家庭矛盾以深刻的社会矛盾的内涵。正因如此，小说的视野一旦投向了全社会，那么，政治的黑暗、官场的腐败、世风的浇漓、人心的衰微便不可避免地会在作品中得到反映。书中所着力描写的荣国府，就像一面透视镜似的凝聚着当时社会的缩影。这个封建大家族，也正像它所寄生的那个将由盛转衰的清王朝一样，虽然表面上还维持着烜赫的豪华场面，但那"忽喇喇似大厦倾"的趋势，却已从各方面掩饰不住地暴露出来，而这一切也正符合全书的以盛写衰的创作构思的特点。

《红楼梦》一经出现，就打破了传统的思想和手法，从而把章回体这种长篇小说文体推进到一个崭新的阶段。曹雪芹的创作特色是自觉偏重于对美的发现和表现，他愿意更含诗意地看待生活，这就开始形成他自己的特色和优势。而就小说的主调来说，《红楼梦》既是一支绚丽地燃烧着理想的青春浪漫曲，又是一首充满着悲凉慷慨之音的挽诗。《红楼梦》写得婉约含蓄，弥漫着一种多指向的诗情朦胧，这里面有那么多的困惑，那种既爱又恨的心理情感辐射，确实常使人陷入两难的茫然迷雾。但小说同时又有那么一股潜流——对于美好的人性和生活方式如泣如诉的憧憬,激荡着就要突破覆盖着它的人生水平面。小说执着于对美的人性和人情的追求,特别是那些不含杂质的少女的人性美感所焕发着和升华了的诗意,正是作者审美追求的诗化的美文学。比如能够进入"金陵十二钗"正册、副册、又副册的数十人,这些进入薄命司册籍的女性,都是具有鲜明个性的美的形象。作者正是以如椽之笔,将这样一大批红粉丽人,一个一个地推到读者的眼前,让她们在大观园那座人生大舞台上尽兴地表演了一番,然后又一个个地给予她们合乎逻辑的归宿,这就为我们描绘出了令人动容的悲剧美和美的悲剧。《红楼梦》的作者恰恰是经历了人生的困境和内心的孤独后,才对生命有了深沉的感叹。他不是仅仅注重人生的社会意义、是非善恶的评判,而是更加倾心于对人生生命的况味的执着品尝。曹雪芹已经从写历史、写社会、写人生,到执意品尝人生的况味,这就在更深广的意义上,表现了人的心灵和人性。

我们还清晰地看到,中国古典小说的民族美学风格,发展到《红楼梦》已经呈现为鲜明的个性、内在的意蕴与外部的环境互相融合渗透为同一色调的艺术境界,得以滋养曹雪芹的文化母体——中国丰富的古典文化。对《红楼梦》影响最深的,不仅是美学的、哲学的,首先是诗的。我们称之为诗小说、小说诗,或曰诗人的小说,《红楼梦》是当之无愧的。

如果将《儒林外史》《红楼梦》与《三国演义》《水浒传》《西游记》《金瓶梅》比照着看,我们发现一条小说的艺术规律:拥有生活固然重要,但是作为小说来说,心灵更为重要。仅仅拥有生活,你可能在瞬间打通了艺术的天窗,但没有心灵的支撑,这个天窗很快就会落下来。《儒林外史》和《红楼梦》的精神价值正在于它们有一颗充实的心灵支撑,所以才更富于艺术的张力。我想把前者表述为"物大于心"的小说,后者则是"心大于物"的小说。从一定意义上来说,这两部小说都具有心灵自传的意味。这说明在早期长篇小说表述心灵的外化能力较弱,而发展至清代,长篇小说精神内涵的开拓则有了超越性的变化。

通过对六部经典小说的粗略阐释,笔者实际上也是对它们进行了一次"重读"和深层次解读,从而更加领会到这些作品都在一定意义上是历史文化反思之作。事实是,《三国演义》是通过展示政治的、军事的、外交的斗争,熔铸了历代统治集团的统治经验,思考以何种国家意识形态治国的问题,其关注政治文化思维的反思是明显的。《水浒传》突出体现了民间心理中侠的精神以及对侠的崇拜;然而从深隐层次来看,"逼上梁山""乱由上作"的民众抗暴斗争的思维模式则是《水浒传》进行反思的重心。至于《金瓶梅》则完全是另一道风景线，笑笑生在生活的正面和反面、阳光和阴影之间骄傲地宣称：我选择反面与阴影！这是他心灵自由的直接产物和表征，所以他才有勇气面对权势、金钱和情欲诸多问题一并进行一次深刻的人生反思。吴承恩则是把自己的《西游记》创作智慧投入到一个大的人生命题上来：人，只有经历磨难，才能成长和成熟，走上人生之路。这就是人们所说的"阅读人生"。这种把人生历练作为主旨，把生命经验作为故事的延伸点的方式，其反思力度同样很强。吴敬梓则是看到了科举制度和八股制艺对人的灵魂的残害达到了何等酷烈的程度，因此他意在通过自己对民族文化、民族性格以及民族素质的宏观的历史反思，引导当时和以后的知识分子走向更高的精神境界、更高的理想、更高的品质，也就是他要通过自己作品中的历史反思去影响民族的灵魂，这就充分说明了吴敬梓的睿智和见地。而《红楼梦》写的虽然是家庭琐事、儿女痴情，然而它的摇撼人心之处，其力度之大，却绝非拔山盖世之雄所能及，它的反思常常把我们带入一种深沉的人生思考之中。

在结束本文时，我不仅重温了鲁迅先生对小说文体的认知，同时还想到了世界上很多著名的作家、评论家对小说特别是长篇小说的看法。昆德拉曾反复引用奥地利作家布罗赫的话：小说唯一存在的理由是"发现唯有小说才能发现的东西"。莫里亚克则认为，长篇小说乃是"艺术之首"。这些言论陡然引发了我对两位已故文化老人说过的话的回忆。这两位老人，一位是金克木先生，一位是杨绛先生。不知什么机缘，在20世纪80年代末，他们不约而同地发表了这样颇有意味的话：历史除了人名是真的以外，其他都是假的；小说除了人名是假的以外，其他都是真的。这样的话显然有调侃的味道，而且是有意把他们对历史和文学的看法往"极致"方面去述说。然而，我想说，他们有意强调的肯定是小说本质上的真实性。这一点是毋庸置疑的，起码两位前辈说出了"深刻的片面"的话。

现在我们有必要把上述众多名家的话和金、杨二位的话联系起来思考，我想它们的意义是很重大的。是的，史诗性的小说就是大师们叙写的民族的心灵史，因为真正优秀的小说震撼的恰恰是我们的心灵世界，而经典文本就是大师们给我们留下的精神遗嘱。为了让我们活得深刻一些，我们只有多读、重读、深读经典小说文本。

编后絮语

我教了大半辈子的书,在兜了一个大圈子后,又选择了回归文本的策略上来。其实回归文本对于一个文学史教师来说本来是极自然的事。仅从传授已知的知识的教学工作来说,读懂文本是最起码的基本功,至于说到进一步探求未知的知识的科研工作来说,第一步也必须建立在细读文本的基础上,不然任何文学史的"规律性"的探索,都会变成无根之木、无源之水。从另一侧面来说,无论古今,作家可以表明自己对社会、人生、心灵和文学的理解的唯一手段就表现在文本之中,同时也是他们可以从社会、人生、心灵和文学中得到最高报偿的手段。所以一个写作者真正需要的,除了自身的人格与才能之外,那就是他们的文本本位的信念。因此,对于任何一个真诚的研究者来说,尊重文本都是第一要义。

一

然而对于我个人的重归文本,也许还真有些可以说明的原因。

首先,我之所以选择回归文本的策略,是和我近二十年来对心史特别是知识分子的心灵史抱有浓厚兴趣有关。我可以坦诚地告白:我从不满足"文学是人学"这一过分笼统的命题,而更看重文学实质上是人的灵魂学、性格学,是人的精神活动的主体学。是的,心灵使人告别了茹毛饮血的生存方式,是心灵使人懂得了创造、美、理想和价值观。也是心灵才使人学会区分爱与恨、崇高与卑琐,思考与盲从。而一切伟大的作家最终关怀的恰恰也是人类的心灵自由。他们的自救往往也是回归心灵,走向清洁的、尽善尽美的心灵。所以对于一个真正的作家来说,他都是用心来写作的。比如从我较熟悉的小说戏剧领域,我就看到了作家们是"我心"的叙事。仅就这一点,我就发现,中国的作家和外国作家在文学观念上确有同中之异。还是在莎士比亚时代,他们认为"文学是一面镜子",而今天的现代派作家就走向了另一极端,所谓"小说是在撒谎"。[1]而

---

[1] 见巴尔加斯·略萨的谈创作文集《谎言中的真实》。

我们的小说家虽然不说自己的作品是"镜子",但总是信誓旦旦地言说他的作品都是"实录",曹雪芹就说他的《石头记》"俱是按迹循踪,不敢稍加穿凿,至失其真"。然而,一旦进入书的主旨,就又立即回到写作时心灵的酸涩了,所谓"满纸荒唐言,一把辛酸泪;都云作者痴,谁解其中味"。时至今日,我们几乎都把文本看作作家心灵独白的外化,是作家心路历程的印痕。即使文学的评论者也把重心置于"发皇心曲"之上,他们坦言:文学评论越来越倾向于心灵的抒写了,在升华作品的同时升华自己,在批判作品的同时批判自己。

其实,心灵史的被看重,我们可以一直追溯到庄周和屈原,他们的作品就是心灵史诗。而中国古代不少思想家、大学问家和文学家把自己的著作视为"心史"。这证明了一点,文本都是作家心灵的凝聚物。而我自己尤其偏爱与凝聚为文本的作家心灵进行对话与潜对话。因为这种对话,其实也是对自我魂魄的传达——对文学、对人生、对心灵、对历史的思考。

长期以来我不断斟酌一件事:文化史被大师们曾称作心理史。所以文化无疑散落在大量典章制度中、历史著作中;但是,它是不是更深刻地沉淀在古代作家的活动环境中,沉淀在他们的身上,尤其是沉淀在他们的心灵中?因此要寻找文化现场,我认为首先应到作家的心灵文本中去勘察。令我们最感痛心的和具有永恒遗憾意味的是,历史就像流沙,很多好东西都被湮没了,心灵的文化现场也被乌云遮蔽得太久了!

另外,我选择了回归文本的策略,还有一个较为深层的原因。司汤达常爱说他喜欢"重读自己"。我有时也喜欢"重读自己"。而一旦"重读自己"时,就发现自己常常有一种在自我文化良知失落后企望重新寻找文化良知的心态。这种心态我自认为是和20世纪50年代成长起来一代学人的文化悲剧有密切关系。在我大学刚刚毕业时,在有人公开提出"就是要'舆论一律'"的形势下,我们几乎失去了独立思考的能力。那时你要自由地表达一点真实的思想,实在得先要做好遭遇不测的准备,要想说一点心里话,也要把生死置之度外。在学术上,我们根本不可能具备老一代学术大师的声名和学术本钱,即使一般学者所具有的骨气我们也很难做到。今天,人们常提及的陈寅恪先生自由的思想,独立的精神,不仅在当时非常陌生,更确切地说,我们连想也不敢想。而对文学的理解,只是靠草草学来的那干巴巴的几条定律,也无须我们多做思考。而另一方面,五六十年代的知识分子,尽管在理论思维和哲学思想上说,都是马列式的(它们伴随着我们大半生的心路历程),但可能没有几个人真正能够潜下心来认真阅读马恩(从很多人的回忆,他们的认真读马恩,是在牛棚中进行的),大多数人都是从一本叫《辩证唯物主义与历史唯物主义》的书中间接接受了马克思的思想洗礼。结果,对马恩体系中有价值的东西一无所知,更不会想象到,今日哲学思想界还会发现马克思和恩格斯有那么多的分歧意见。而当时思想学术界教条主义成风,"左"的思潮泛滥,仅在认识论上,最多了解到从感性(具体的表象)上升到知性(抽象的概念),而从未进一步从知性上升到理性(具体的多样性统一)。近年我在清理自己的思想时,开始比较清醒地看到,反思"左"的教条主义的思潮和方法论,等于反思自己的灵魂。

从前读《道藏精华录》,较容易理解"俗人以酒色杀身,商人以货财杀子孙"的内涵,唯独对下一句"文人以学术杀天下后世"完全不能理解,今天才略有所悟。我得承认,像我这样的文学史教师在课堂上给予学生的,在最客观意义上的评价也应说是正负效应都有,而其负面效应则不可低估。所以这次借编我的十多年研究心得的集子时,我设了两辑,一是戏曲的反思,一是小说的反思。说反思戏曲和小说,实际上也仍然是等于反思自己的灵魂。总之,我希望自己能重新寻找到自己的文化良知和心灵良知,文本的研究就是一个更好更直接的实验。

再有,我的选择文本策略,绝无意排斥占有史料和必要的考据。过去在这个问题上我的一些言论曾招致某些误会,这次借机会再加必要的说明。

　　文史之学是实学,不能离事言理。因此,充分占有史料,乃是从事研究的必要手段。一些文史家长于以检验师的敏锐目光与鉴别能力,审视着历史上和古籍中的一切疑难之点,并以毕生之精力对此做精细入微的考证,汰伪存真的清理,其"沉潜"之极致乃有乾嘉学派大师们的余韵。但是我也发现,个别研究者囿于识见,只见树木,不见森林,用力虽勤,其弊在琐屑苍白。无关宏旨的一事一考,一字之辨,尽管可以竭研究者之精思,但重大的文学现象往往被有意无意地置于脑后。比如被今人所诟病着的《金瓶梅》作者和曹雪芹祖籍的考证,我就发现,它们几乎没有和小说文本挂上钩。这说明,只凭对作者的一星半点的了解,类似查验户籍表册,那是无以提供对这些名著和经典文本做出全面公允的评价的。写到这里,我翻到海涅的一段漂亮的文字,现摘抄少许,以飨读者:

　　……艺术作品愈是伟大,我们便愈是汲汲于认识给这部作品提供最初动机的外部事件。我们乐意查究关于诗人真实的生活关系的资料。这种好奇心尤其愚蠢,因为由上述可知,外部事件的重大性和它所产生的创作的重大性是毫不相干的。那些事件可能非常渺小而平淡,而且通常也正如诗人的外部生活非常渺小而平淡一样。我是说平淡而渺小，因为我不愿采用更为丧气的字眼。诗人们是在他们作品的光辉中向世界现身露面，特别是从远处观望他们的时候，人们会给眩得眼花缭乱。啊，别让咱们凑近观察他们的举止吧！……①

海涅下面还有较为刻薄的话，我不想摘引了，免得无意间又伤害了人。但他的观点我能认同。所以我长期以来宁肯从作家创造的艺术世界来认识作家，从作家对人类情感世界带来的艺术启示和贡献，评定作家的艺术地位。

如果进一步允许我直言不讳的话，我认为整天埋头在故纸堆中钩稽零零碎碎的史料，对文学研究者来说，是最大的不幸。因为它最易湮灭和斫伤自己的性灵，使文笔不再富于敏感性和光泽。也许它仅有了学术性而全然失去了文学研究必须有的艺术性。如果真要到了不动情地审视着发黄发霉的旧纸堆，我想那就成了今日多病的学术的病症之一了。或者应了一位学者的明智之言："学问家凸现，思想家淡出。"然而学者的使

---

① 德国诗人海涅著《莎士比亚的少女和妇人》，见《莎士比亚评论汇编》上册，中国社会科学出版社1979年版，第328页。

命毕竟是在追求有思想的学术和有学术的思想这一层次上的。

学术研究是个体生命活动,生命意识和文化精神是难以割裂的。学术研究中的"无我"是讲究客观,"有我"则是讲究积极投入,而我们的理想境界则在物我相融也。过去,考据与理论研究往往相互隔阂,甚至相互排斥,结果二者均得不到很好的发展。我们的任务是把二者都纳入到历史与方法的体系之中并加以科学的审视,只有这样才能体现考据、理论与文本解读的互补相生、互渗相成的新的学术个性。如此,文学研究庶几可以得到健康发展。

二

选择回归文本的策略,必要的步骤当然是亲近经典和走进名著。在关于名著与经典的多重含义下,我特别看重"划时代"这一点。从外显层次看,"划时代"是指在文学史上起过重大作用的作品,这些作品标志了中国文学发展的一个特定时期,具有"划时代"的意义。但从深隐层次来观照,名著和经典在某种意义上都具有艺术探险的意味。从屈骚开始,经汉之大赋、唐之近体诗,直到词曲和章回小说,等等,哪一个艺术现象不应看作有史以来文学家在精神领域进行最广泛最自觉最大胆的实验?而实验又是以大量废品或失败为代价的,但经过时间的磨洗,必然有成功的精品存留下来,成为人类艺术发展长河在这个时代的标志或里程碑而载入史册。所以那些真正走进了文学史的伟大作家的精神产品都具有以下的一种品格:由于其不可复制性和不可替代性而具有永恒的魅力。因此文学从来不以"古""今"论高低,而以价值主沉浮。正是在这个意义上名著与经典是永远说不尽的。歌德在谈到莎士比亚的不朽的时候说:"人们已经说了那么多的话,以致看来好像再没有什么说的了,可是精神有一个特征,就是永远对精神起着推动作用。"名著和经典也必将不断对我们的精神和思维空间起着拓展的作用。进一步说,一切可以称之为伟大的作家都具有创造思想和介入现实的双重使命感,这充分体现于他们的作品的字里行间。他们每一部可以称之为名著的又无不是他们严肃思考的内心笔记。尽管每部名著都是他们个体生命形态的摹本,然而对于我们来说,它的文化蕴含确实随时间的推移,而富有更广大的精神空间,而后世的每一个解读者对它们都不可能做出最终的判定。解读名著本身就具有动态的特征,这是由于知识本身就是流动的。它不可能是小学中学乃至大学课本上那几行已经变得发黑的字体和干巴巴的结论。是的,这里我不妨借用古希腊先哲赫拉克利特的一句名言:"灵魂的边界你是找不出来的,就是你走尽了每一条大路也找不出;灵魂的根源是那么深。"虽然我们找不出,但我们仍然在锲而不舍地找,变换着方式去找,我们毕竟能逐步接近名著这深邃的灵魂边界。

解读名著是提升自己的灵魂的一剂良药。我认同这样一种观点:要解读名著就需要一个开放而智慧的头脑,同时还需要一颗丰富而细腻的心灵。进一步说,它还需要营造一种精神氛围、一种人文情怀,这样才真正觉得名著原来是永远不会读完的。不可否认,面对大师的名著,那是要求有与之水平相匹配的思想境界的。在研究或阐释大师的思想精神和隐秘心灵时,你必须充当与他水平相当的"对手",这样庶几才有可能理解他的思路和招数。有人把这个比喻为下棋。那么我得承认,自己永远不会是称职的对手,因为棋艺相差太远,常有捉襟见肘的困窘,这也是不容否定的事实。

我深知名著所体现的美学价值意义重大,不做整体思考不行。而一旦经过整体思考,我们就会发现大师们给我们的最大启示是如何思考文化、思考人生。歌德说过一段很耐人寻味的话:人靠智慧把许多事情分出很多界限,最后又用爱把它们全部沟通。事实正是如此,文化最深厚的内涵是不分时间、不分地域的。而文化的内在层次所以不同于外在层次更在于它不受时间与地域的变化而变化。所以对名著的生命力必须以整体态度加以思考。我正是想努力地从宏观思维与微观推敲相结合上入手研究经典文本。

至于要想找到古代文学名著的生命动力，需要多维理论思考和方法论。我信服德国物理学大师海森堡在说明测不准原理时的那段名言：世界不是一种哲学可以完全解释的，在描述一种现象时，需要一种理论，在测定另一种现象时，则需要另一种理论，没有放之四海而皆准的真理。我以为，如果有了这种认识和知识准备，也许有可能消除今人与古人之间的距离，到中国文学的长河中去遨游，从而使我们有可能切身感受到中国文学那生生不息的生命运动。

三

人们常说，知识分子安身立命的人生关怀不外乎三个方面，即社会（政治）关怀；文化（价值）关怀；再有就是知识（专业）关怀。后二者常常使学人对自己对他人的学术成果看得很重。买书看是看别人如何思考，想出版自己的书，则是想把自己的思考传达给别人。但而今学术著作出版难于蜀道，学人又多碍于面子不愿托钵募化筹措巨资。所以时下有一些学人写作的心竟也渐渐地冷了下来，想出书的心更冷了下来。记得1994年我在一位出版界的老同学的帮助下出了一本小说戏剧研究自选集,后来尝到的苦果则难以言说,所以曾发誓不再写作。可是,在旧轨道上跑惯了,痼疾又难医,在读书后每有意见要说,而有些老朋友不时约稿,也觉得盛情难却,更不用说为生存计,所以还是抽空写点极不系统的东西。令我惶遽不安而又喜出望外的是,北京出版社"大家小书"丛书再次向我约稿,对"大家小书"的信任我是难以用一两句话谈清的。作为一种真诚的回报,我将不忘记费希特在其《论学者的使命》中的警告:"基督教创始人对他的门徒的嘱咐实际上也完全适用于学者。你们都是最优秀的分子,如果最优秀的分子丧失了自己的力量,那又用什么去感召呢?如果出类拔萃的人都腐化了,那还到哪里去寻找道德善良呢?"我当然不是优秀分子和出类拔萃的人物,但我不敢忘记作为一个知识分子应有的立场:不带任何功利目的和职业因素,而只是从学人的使命、良知与感悟出发,去审视精神同道的历史命运,去寻找文化人格的理想境界。我也不会忘记我的一位年轻朋友的话:对于知识分子而言,没有比满足于现状更让人忧虑的事了。是的,我们再不能满足现状了。对于我来说,虽依然难以宁静致远,心浮气躁的毛病也很重,但作为一个学人,我深知自己需要见贤思齐,反躬自问并奋起直追。

国家新闻出版广电总局
首届向全国推荐中华优秀传统文化普及图书

大家小书书目

国学救亡讲演录	章太炎 著	蒙 木 编
门外文谈	鲁 迅 著	
经典常谈	朱自清 著	
语言与文化	罗常培 著	
习坎庸言校正	罗 庸 著	杜志勇 校注
鸭池十讲（增订本）	罗 庸 著	杜志勇 编订
古代汉语常识	王 力 著	
国学概论新编	谭正璧 编著	
文言尺牍入门	谭正璧 著	
日用交谊尺牍	谭正璧 著	
敦煌学概论	姜亮夫 著	
训诂简论	陆宗达 著	
金石丛话	施蛰存 著	
常识	周有光 著	叶 芳 编
文言津逮	张中行 著	
经学常谈	屈守元 著	
国学讲演录	程应镠 著	
英语学习	李赋宁 著	
中国字典史略	刘叶秋 著	
语文修养	刘叶秋 著	
笔祸史谈丛	黄 裳 著	
古典目录学浅说	来新夏 著	
闲谈写对联	白化文 著	
汉字知识	郭锡良 著	
怎样使用标点符号（增订本）	苏培成 著	
汉字构型学讲座	王 宁 著	

书名	作者	
诗境浅说	俞陛云 著	
唐五代词境浅说	俞陛云 著	
北宋词境浅说	俞陛云 著	
南宋词境浅说	俞陛云 著	
人间词话新注	王国维 著	滕咸惠 校注
苏辛词说	顾 随 著	陈 均 校
诗论	朱光潜 著	
唐五代两宋词史稿	郑振铎 著	
唐诗杂论	闻一多 著	
诗词格律概要	王 力 著	
唐宋词欣赏	夏承焘 著	
槐屋古诗说	俞平伯 著	
词学十讲	龙榆生 著	
词曲概论	龙榆生 著	
唐宋词格律	龙榆生 著	
楚辞讲录	姜亮夫 著	
读词偶记	詹安泰 著	
中国古典诗歌讲稿	浦江清 著	
	浦汉明 彭书麟 整理	
唐人绝句启蒙	李霁野 著	
唐宋词启蒙	李霁野 著	
唐诗研究	胡云翼 著	
风诗心赏	萧涤非 著	萧光乾 萧海川 编
人民诗人杜甫	萧涤非 著	萧光乾 萧海川 编
唐宋词概说	吴世昌 著	
宋词赏析	沈祖棻 著	
唐人七绝诗浅释	沈祖棻 著	
道教徒的诗人李白及其痛苦	李长之 著	
英美现代诗谈	王佐良 著	董伯韬 编
闲坐说诗经	金性尧 著	
陶渊明批评	萧望卿 著	

古典诗文述略	吴小如 著
诗的魅力	
——郑敏谈外国诗歌	郑 敏 著
新诗与传统	郑 敏 著
一诗一世界	邵燕祥 著
舒芜说诗	舒 芜 著
名篇词例选说	叶嘉莹 著
汉魏六朝诗简说	王运熙 著 董伯韬 编
唐诗纵横谈	周勋初 著
楚辞讲座	汤炳正 著
	汤序波 汤文瑞 整理
好诗不厌百回读	袁行霈 著
山水有清音	
——古代山水田园诗鉴要	葛晓音 著
红楼梦考证	胡 适 著
《水浒传》考证	胡 适 著
《水浒传》与中国社会	萨孟武 著
《西游记》与中国古代政治	萨孟武 著
《红楼梦》与中国旧家庭	萨孟武 著
《金瓶梅》人物	孟 超 著 张光宇 绘
水泊梁山英雄谱	孟 超 著 张光宇 绘
水浒五论	聂绀弩 著
《三国演义》试论	董每戡 著
《红楼梦》的艺术生命	吴组缃 著 刘勇强 编
《红楼梦》探源	吴世昌 著
《西游记》漫话	林 庚 著
史诗《红楼梦》	何其芳 著
	王叔晖 图 蒙 木 编
细说红楼	周绍良 著
红楼小讲	周汝昌 著 周伦玲 整理

书名	作者
曹雪芹的故事	周汝昌 著 周伦玲 整理
古典小说漫稿	吴小如 著
三生石上旧精魂 ——中国古代小说与宗教	白化文 著
《金瓶梅》十二讲	宁宗一 著
中国古典小说名作十五讲	宁宗一 著
古体小说论要	程毅中 著
近体小说论要	程毅中 著
《聊斋志异》面面观	马振方 著
《儒林外史》简说	何满子 著
我的杂学	周作人 著 张丽华 编
写作常谈	叶圣陶 著
中国骈文概论	瞿兑之 著
谈修养	朱光潜 著
给青年的十二封信	朱光潜 著
论雅俗共赏	朱自清 著
文学概论讲义	老舍 著
中国文学史导论	罗庸 著 杜志勇 辑校
给少男少女	李霁野 著
古典文学略述	王季思 著 王兆凯 编
古典戏曲略说	王季思 著 王兆凯 编
鲁迅批判	李长之 著
唐代进士行卷与文学	程千帆 著
说八股	启功 张中行 金克木 著
译余偶拾	杨宪益 著
文学漫识	杨宪益 著
三国谈心录	金性尧 著
夜阑话韩柳	金性尧 著
漫谈西方文学	李赋宁 著
历代笔记概述	刘叶秋 著

周作人概观	舒芜 著	
古代文学入门	王运熙 著	董伯韬 编
有琴一张	资中筠 著	
中国文化与世界文化	乐黛云 著	
新文学小讲	严家炎 著	
回归，还是出发	高尔泰 著	
文学的阅读	洪子诚 著	
中国文学1949—1989	洪子诚 著	
鲁迅作品细读	钱理群 著	
中国戏曲	么书仪 著	
元曲十题	么书仪 著	
唐宋八大家 ——古代散文的典范	葛晓音 选译	

辛亥革命亲历记	吴玉章 著	
中国历史讲话	熊十力 著	
中国史学入门	顾颉刚 著	何启君 整理
秦汉的方士与儒生	顾颉刚 著	
三国史话	吕思勉 著	
史学要论	李大钊 著	
中国近代史	蒋廷黻 著	
民族与古代中国史	傅斯年 著	
五谷史话	万国鼎 著	徐定懿 编
民族文话	郑振铎 著	
史料与史学	翦伯赞 著	
秦汉史九讲	翦伯赞 著	
唐代社会概略	黄现璠 著	
清史简述	郑天挺 著	
两汉社会生活概述	谢国桢 著	
中国文化与中国的兵	雷海宗 著	
元史讲座	韩儒林 著	

魏晋南北朝史稿	贺昌群 著
汉唐精神	贺昌群 著
海上丝路与文化交流	常任侠 著
中国史纲	张荫麟 著
两宋史纲	张荫麟 著
北宋政治改革家王安石	邓广铭 著
从紫禁城到故宫 ——营建、艺术、史事	单士元 著
春秋史	童书业 著
明史简述	吴晗 著
朱元璋传	吴晗 著
明朝开国史	吴晗 著
旧史新谈	吴晗 著 习之 编
史学遗产六讲	白寿彝 著
先秦思想讲话	杨向奎 著
司马迁之人格与风格	李长之 著
历史人物	郭沫若 著
屈原研究（增订本）	郭沫若 著
考古寻根记	苏秉琦 著
舆地勾稽六十年	谭其骧 著
魏晋南北朝隋唐史	唐长孺 著
秦汉史略	何兹全 著
魏晋南北朝史略	何兹全 著
司马迁	季镇淮 著
唐王朝的崛起与兴盛	汪篯 著
南北朝史话	程应镠 著
二千年间	胡绳 著
论三国人物	方诗铭 著
辽代史话	陈述 著
考古发现与中西文化交流	宿白 著
清史三百年	戴逸 著

清史寻踪	戴逸 著	
走出中国近代史	章开沅 著	
中国古代政治文明讲略	张传玺 著	
艺术、神话与祭祀	张光直 著	
	刘静 乌鲁木加甫 译	
中国古代衣食住行	许嘉璐 著	
辽夏金元小史	邱树森 著	
中国古代史学十讲	瞿林东 著	
历代官制概述	瞿宣颖 著	
宾虹论画	黄宾虹 著	
中国绘画史	陈师曾 著	
和青年朋友谈书法	沈尹默 著	
中国画法研究	吕凤子 著	
桥梁史话	茅以升 著	
中国戏剧史讲座	周贻白 著	
中国戏剧简史	董每戡 著	
西洋戏剧简史	董每戡 著	
俞平伯说昆曲	俞平伯 著	陈均 编
新建筑与流派	童寯 著	
论园	童寯 著	
拙匠随笔	梁思成 著	林洙 编
中国建筑艺术	梁思成 著	林洙 编
沈从文讲文物	沈从文 著	王风 编
中国画的艺术	徐悲鸿 著	马小起 编
中国绘画史纲	傅抱石 著	
龙坡谈艺	台静农 著	
中国舞蹈史话	常任侠 著	
中国美术史谈	常任侠 著	
说书与戏曲	金受申 著	
世界美术名作二十讲	傅雷 著	

中国画论体系及其批评	李长之	著		
金石书画漫谈	启 功	著	赵仁珪	编
吞山怀谷				
——中国山水园林艺术	汪菊渊	著		
故宫探微	朱家溍	著		
中国古代音乐与舞蹈	阴法鲁	著	刘玉才	编
梓翁说园	陈从周	著		
旧戏新谈	黄 裳	著		
民间年画十讲	王树村	著	姜彦文	编
民间美术与民俗	王树村	著	姜彦文	编
长城史话	罗哲文	著		
天工人巧				
——中国古园林六讲	罗哲文	著		
现代建筑奠基人	罗小未	著		
世界桥梁趣谈	唐寰澄	著		
如何欣赏一座桥	唐寰澄	著		
桥梁的故事	唐寰澄	著		
园林的意境	周维权	著		
万方安和				
——皇家园林的故事	周维权	著		
乡土漫谈	陈志华	著		
现代建筑的故事	吴焕加	著		
中国古代建筑概说	傅熹年	著		
简易哲学纲要	蔡元培	著		
大学教育	蔡元培	著		
	北大元培学院	编		
老子、孔子、墨子及其学派	梁启超	著		
春秋战国思想史话	嵇文甫	著		
晚明思想史论	嵇文甫	著		
新人生论	冯友兰	著		

中国哲学与未来世界哲学	冯友兰	著		
谈美	朱光潜	著		
谈美书简	朱光潜	著		
中国古代心理学思想	潘菽	著		
新人生观	罗家伦	著		
佛教基本知识	周叔迦	著		
儒学述要	罗庸	著	杜志勇	辑校
老子其人其书及其学派	詹剑峰	著		
周易简要	李镜池	著	李铭建	编
希腊漫话	罗念生	著		
佛教常识答问	赵朴初	著		
维也纳学派哲学	洪谦	著		
大一统与儒家思想	杨向奎	著		
孔子的故事	李长之	著		
西洋哲学史	李长之	著		
哲学讲话	艾思奇	著		
中国文化六讲	何兹全	著		
墨子与墨家	任继愈	著		
中华慧命续千年	萧萐父	著		
儒学十讲	汤一介	著		
汉化佛教与佛寺	白化文	著		
传统文化六讲	金开诚	著	金舒年 徐令缘	编
美是自由的象征	高尔泰	著		
艺术的觉醒	高尔泰	著		
中华文化片论	冯天瑜	著		
儒者的智慧	郭齐勇	著		
中国政治思想史	吕思勉	著		
市政制度	张慰慈	著		
政治学大纲	张慰慈	著		
民俗与迷信	江绍原	著	陈泳超	整理

政治的学问	钱端升 著	钱元强 编
从古典经济学派到马克思	陈岱孙 著	
乡土中国	费孝通 著	
社会调查自白	费孝通 著	
怎样做好律师	张思之 著	孙国栋 编
中西之交	陈乐民 著	
律师与法治	江平 著	孙国栋 编
中华法文化史镜鉴	张晋藩 著	
新闻艺术（增订本）	徐铸成 著	
经济学常识	吴敬琏 著	马国川 编
中国化学史稿	张子高 编著	
中国机械工程发明史	刘仙洲 著	
天道与人文	竺可桢 著	施爱东 编
中国医学史略	范行准 著	
优选法与统筹法平话	华罗庚 著	
数学知识竞赛五讲	华罗庚 著	
中国历史上的科学发明（插图本）	钱伟长 著	

出版说明

"大家小书"多是一代大家的经典著作,在还属于手抄的著述年代里,每个字都是经过作者精琢细磨之后所拣选的。为尊重作者写作习惯和遣词风格、尊重语言文字自身发展流变的规律,为读者提供一个可靠的版本,"大家小书"对于已经经典化的作品不进行现代汉语的规范化处理。

提请读者特别注意。

北京出版社